채샘과 함께하는 독서활동

학교 밖에서 책과 놀다

2

2

1판 1쇄 발행 | 2010년 4월 25일
1판 2쇄 발행 | 2011년 2월 25일

지은이 | 채풍묵
그린이 | 이라하
펴낸이 | 김태석
펴낸곳 | (주)천년의시작
등록번호 | 제300-2006-9호
등록일자 | 2006년 1월 10일

주소 | (우110-034) 서울시 종로구 창성동 158-2 2층
전화 | 02-723-8668
팩스 | 02-723-8630
홈페이지 | www.poempoem.com
전자우편 | poemsijak@hanmail.net

ISBN 978-89-6021-124-7 43800

값 13,000원

채샘과 함께 하는 독서활동

학교 밖에서 책과 놀다

2

채풍묵 지음 이라하 그림

천년의시작

세상에 책은 많다.

저마다 취할 점도 있다.

너무 많아서 선뜻 책을 고르기도, 권하기도 쉽지 않다.

여기 소개하는 70권도 권할 만한 수많은 책들 중 극히 일부이다.

다만 이것들은 학생들을 위해 내 스스로 읽고 느낀 것들일 뿐이다. 일부는 토론이나 논술 수업에 활용하기도 했다.

이 글은 천재교육의 청소년 웹진 『드림10』에 연재했던 원고를 바탕으로 한 것이다. 2002년부터 2008년까지 6년 남짓 책에 대해 매월 산문을 썼다. 그렇게 다루었던 책들을 묶으니 70여 편이 되어 두 권으로 펴낸다. 단순히 책을 소개하기 위해 이 글을 쓴 것은 아니다. 우리 학생들에게 나는 책읽기의 한 오솔길 정도는 안내하고 싶었다. 책을 통해 자신과 이웃과 세계에 대해 생각해 볼 수 있었으면 했다. 그런 생각에 공감하고 선뜻 책으로 묶어 준 (주)천년의시작 출판사에 감사한다.

20년 남짓 교직 생활을 해왔다. 줄곧 고3 수업과 고3 담임을 맡았던 연속이었다. 청춘의 많은 부분을 대학입시와 문제집 속에서 헤맸던 것 같다. 고3과 함께 하는 학교생활은 언제나 쫓겼다. 그래도 나름 위안은 있다. 가끔 시를 써서 발표했고, 더러는 책을 읽고 이런 원고도 썼다. 무엇보다, 내게는 언제나 학생들이 우선이라는 신념을 얼마큼 지키고 살아서 다행스럽다.

우리 학생들이 아직도 나를 철없는 선생으로 보아주었으면 좋겠다. 학생들과 함께 뒹구는, 선뜻 손 내밀고 싶은 선생으로 남았으면 좋겠다. 올해 담임을 맡은 25기 독일어과 학생들과 함께 출간의 기쁨을 소박하게 나누고 싶다.

2010년 봄날

저자 **채 풍 묵**

학교 밖에서 책과 놀다 2

차례

part 2
삶
더 깊게 가꾸는 생각

학교 밖에서 책과 놀다 2

차례

part 1

이웃

나를 있게 하는 내 주변의 삶

part 2

나

세상에서 가장 소중한 존재

차례

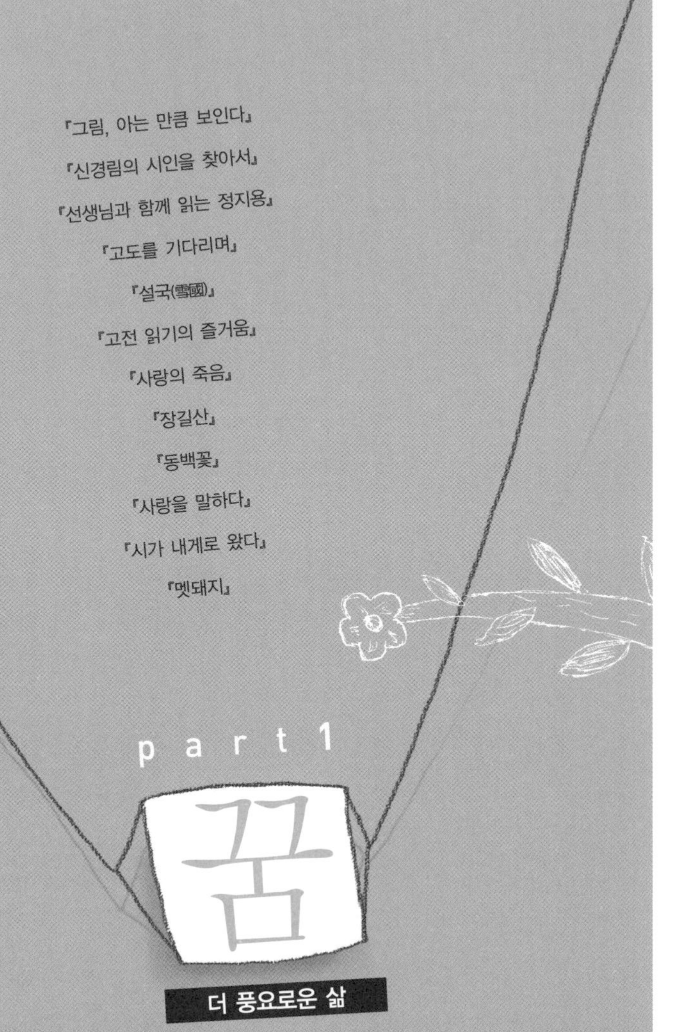

『그림, 아는 만큼 보인다』

『신경림의 시인을 찾아서』

『선생님과 함께 읽는 정지용』

『고도를 기다리며』

『설국(雪國)』

『고전 읽기의 즐거움』

『사랑의 죽음』

『장길산』

『동백꽃』

『사랑을 말하다』

『시가 내게로 왔다』

『멧돼지』

part 1

꿈

더 풍요로운 삶

1

미술과 사이좋게

『그림, 아는 만큼 보인다』

손철주 지음 | 1998 | 효형출판사

평생 난초와 대나무와 괴석만을 그렸던 청나라 화가 판교板橋 정섭鄭燮, 1693~1765은 시詩도 모른 채 그림붓을 휘두르는 껍데기 화가들에게 "제발 격부터 좀 갖추어라"라고 꾸짖었다. 예로부터 동양에서는 시를 쓰는 것과 그림 그리는 것이 하나라고 했다. 시화동원詩畵同源이란 말이 그것이다. 판교가 격을 갖추라고 한 말은 바로 시를 알고 그림을 그려야 그것이 살아 있는 예술이 될 수 있다는 뜻이었다. 태양으로부터 에너지원을 공급받지 못한 식물은 껍질에 지나지 않는다. 이를테면 시는 에너지원인 태양, 그림은 탄소동화작용을 해나가는 식물과 같다고 보면 크게 틀리지 않는다.

필자는 이런 생각을 본문 「더 나은 우리 것 이야기」에서 수묵화를 이야기하며 다음과 같이 말합니다.

요즘과 같은 산문시대에도 수묵화만큼은 여전히 '화중유시'畵中有詩, 시 같은 그림이다. 송나라 때 화원지금의 화가와 같은 관직을 뽑는 시험은 참으로 흥미롭다. 뭐 뭐를 그려보라는 주문 없이 아예 시詩를 출제했다. 이런 문제도 있었다. '꽃을 밟고 달려온 말 발굽의 향기'. 시험에서 꽃이나 말을 그린 사람은 죄다 떨어졌다. 입선작은 흙바람을 따라 날아오르는 한 무리의 나비를 그린 작품이었다. 꽃향기가 날리는 곳에 어찌 나비가 없을까보냐는 참으로 시적인 발상이다.

조금 긴 문제로 '한적한 산골에 강 건너는 사람 하나 없고 외로운 나룻배 종일토록 떠 있네'라는 것도 있다. 그림 속에 물결이니 계곡이니 나무니 하는 따위를 집어넣은 응시자들은 말짱 헛것이었다. 뱃머리에 다리 괴고 누워 피리 부는 노인을 그린 사람이 장원으로 뽑혔다.

단 한순간에 초월의 경지로 나아가는一超直入 그림이 수묵화이다. 그것은 손끝 재주가 아니라 정신의 깊이에서 탄생된다.

그렇다면 '그림이 곧 시'詩인 수묵화의 깊은 경지까지는 아니더라도 교과서에서 배우는 조지훈의 '승무'僧舞라는 시에 나오는 '파르라니 깎은 머리'는 우리 전통 색깔로 표현하면 어떤 색일까? 본문 중 토박이 색농사꾼벌교읍에 살며 우리 조상들이 사용하던 전통 염색법을 찾아 온 산야를 헤매고 다니는 색色지기 한광석 씨을 소개하는 장에서, 색色지기 한 씨가 표현하는 푸른빛 도는 회색을 이렇게 소개합니다.

"머리칼 하나 남기지 않고 박박 배코를 친면도하듯이 머리를 빡빡 깎은 머리통은 약간 번들거립니다. 하룻밤 자고 나면 머리 밑 기름기가 덮일 정도로 까실까실해지죠. 아침 산봉우리를 막 넘어온 햇살이 하루 자란 머리를 비칠 때 나타나는 색이 곧 차분한 푸르름이 감도는 회색입니다. 파르라니 깎은 머리가 그것이죠."

이런 색깔을 염두에 두면서 조지훈 시인의 '승무'僧舞 한 구절을 다시 읽어보자.

얇은 사紗 하이얀 고깔은
고이 접어서 나빌레라.

파르라니 깎은 머리
박사薄紗 고깔에 감추오고,

두 볼에 흐르는 빛이
정작으로 고와서 서러워라.

– 조지훈, 「승무」

어떤가? 오동잎이 달빛을 받으며 떨어져 내리는 밤. 아무도 없는 산사의 빈 터에서 황촉불을 밝혀놓고 춤을 추며, 세속의 번뇌를 서럽게 승화시키고 있는 젊은 여승. 그런 이미지와 '파르라니 깎은 머리색'이 한층 더 잘 어울린다고 생각되지 않는가?

그는 '파르라니 깎은 머리색'을 산죽나무 태운 재 또는 진달래로 만든다고 합니다. 자연에 들어 있는 색인 것입니다. 바로 우리 고유의 색들이 마치 자연의 한 귀퉁이를 빌려온 듯한 색이 될 수 있는 까닭입니다. 그는 20년째 우리 색을 찾아다니는 요즘 세상에 보기 드문 알짜 '색色농군' 이라고 합니다. 왜냐하면 색을 얻는 모든 재료는 자연생산물이고 색을 만드는 일은 그대로 농사짓는 마음이기 때문입니다. 그런 그가 민족의 색이라고 하는 쪽빛색을 만드는 과정을 보면 그 마음이 이해가 갑니다. 더불어 '쪽빛은 청靑인지 벽碧인지 남藍인지 꼭 짚을 수 없이 까마득한 색' 이라고 말하는 이유를 알 것 같습니다.

푸른색은 쪽이라는 식물 잎에서 채취합니다. 그래서 청출어람靑出於藍의 본뜻이 '모든 푸른색은 쪽에서 나온다' 입니다. 쪽이 색소를 가장 많이 지닐 때는 6 · 7월 꽃이 필 즈음입니다. 쪽을 베어 항아리에 꼭꼭 눌러 담고 깨끗한 물을 채웁니다. 사나흘 뒤 물이 녹색을 띠면 쪽풀을 건져냅니다. 그리고 굴껍질이나 조개껍질을 구워 가루를 내 그 속에 넣고 저으면, 물은 연녹색에서 청색 · 가지색으로 변한 거품을 냅니다.

이것이 '꽃거품' 입니다. 꽃거품이 일지 않으면 그때까지 기울인 노력은 물거품이 된다고 합니다. 하루 뒤 윗물을 쏟고 색소 앙금만 모아, 쪽대나 찰볏짚 콩대 태운 것으로 만든 잿물과 섞습니다. 이때부터 고무래아궁이의 재를 긁어내는 데 쓰이는 T자 모양의 나무 기구로 저으면서 따뜻한 온도를 유지해주면 일주일 뒤나 늦게는 석 달이 지나 쪽물이 일어섭니다. 물발이 설 때쪽물이 이는 것 그 색은 군청색이지만 입김으로 훅 불면 신기하게도 진한 배추색으로 변합니다. 바로 이 물에 모시 · 무명 · 삼베 · 명주 따위를 넣고 주무르면 천은 배추색이 됩니다. 따뜻한 봄 · 가을 햇살에 말린 천은 서서히 옥색에서 하늘빛 쪽색으로 모습을 드러냅니다. 이렇게 우리의 색, 자연의 색이 나오는 것입니다.

『그림, 아는 만큼 보인다』는 필자가 7년 동안 일간지 문화부 미술기자로 일하며 취재한 미술 현장과 미술 관계자, 각종 문헌 등을 뒤져 찾아낸 미술계의 좁쌀 같은 이야기들을 주워 담은 글들입니다. 미술사의 흐름이나 미술의 원리 등등을 운운한 심각한 미술 서적이 아닙니다.

필자의 말처럼 '미술을 데리고 놀아볼 사람들을 위한 기록' 입니다. 그래서 책의 내용은 미술에 대한 전문적 심안을 필요로 하지 않습니다. 작가 이야기, 작품 이야기, 더 나은 우리 것 이야기, 미술동네 이야기 등 작품과 작가 그리고 미술 주변의 이야기를 통해 우리 한 번 미술과 가깝게 지내보자고 손을 벌리고 있습니다.

네덜란드 출신의 후기인상파 화가 빈센트 반 고흐Vincent van Gogh, 1853~1890 미술책에 어김없이 등장하는 인물입니다. 어느 날 발작을 일으켜 한 쪽 귀를 자른 사람. 1890년 〈자화상〉을 그린 두 달 뒤 권총자살로 37세의 생을 끝낸 정신이상 증세의 화가. 그는 "예쁜 초상화나 세련된 풍경화는 내 것이 아니다. 거칠더라도 영혼이 있는 인생을 그리겠다"고 했습니다. 그래서 오렌지색과 자주색, 불타는 진노란색과 아찔한 녹색으로 사람의 넋을 흔들었습니다. 반 고흐의 발작은 뜨거운 아를르의 태양 아래 마시던 독주毒酒 압생트와 초주검에 이르는 하루 14시간의 그림노동에서 비롯되었다고 합니다. 10년이 채 안 되는 기간 동안 1백 점의 유화와 8백 점의

데생을 남기고도 생전에 팔린 그림은 〈붉은 포도밭〉 딱 한 점이었다고 합니다. 그것도 달랑 4백 프랑. 그러나 그는 지금 중학교 교과서에 지금도 살아 있습니다.

이에 비해 교과서에조차 없는 천재적인 우리 화가도 있습니다. 조선 시대 최북崔北이란 화가. 조선조 숙종 대에 태어나 영조 대까지 살다 49세에 겨울밤 홑적삼 입고 눈구덩이에서 얼어 죽었습니다. 이 화가 역시 '미치광이 화가' 소리를 들었습니다.

돈 보따리를 싸들고 와서 거드름 피우는 세도가가 그의 붓 솜씨를 트집 잡자 "네까짓 놈의 욕을 들을 바에야" 하며 제 손으로 한쪽 눈을 찔러 애꾸가 된 화가입니다. 그는 언제나 취해 비틀거렸으며 오두막에서 종일 산수화를 그려 겨우 아침저녁 끼니를 때웠습니다. 최북은 열흘을 굶다 그림 한 폭 팔아 술을 사 마신 날 겨울, 성곽 아래 눈밭에 쓰러져 죽었습니다. 고흐와 최북에서 치열한 예술가의 닮은꼴을 봅니다.

반 고흐, 〈파이프를 물고 붕대를 감은 자화상〉, 캔버스에 유채, 51×45cm, 1889, 시카고 레이 B 블록.

〈전傳최북 자화상〉, 종이에 수묵 담채, 56×38.5cm, 18세기, 개인 소장.

그런가 하면 갓 스물을 넘은 나이에 너무 일찍 세상을 알아버린 천재 화가도 있습니다. 조선조 후기 전기田琦, 1825~1854라는 화가. 그는 그보다 서른 살 훌쩍 많은 문인화가 조희룡趙熙龍, 1789~1866으로부터 "1백 년 아래 위에서 그와 겨룰 화가를 찾을 수 없다. 적막하고 요요한 필치, 배우지 않고도 신묘한 경지에 들었다."는 평을 들었습니다. 그가 스물넷에 그린 〈계산포무도溪山苞茂圖〉는 꾸밈이라고는 단 한 점도 없어서, 보는 이의 가슴을 치는 그림이라고 합니다. 세상사에 어떤 애증도 품지 않은 표표한 심회, 마치 싸리 빗자루로 마당을 쓸어놓은 것처럼 몽당한 붓끝이 종이 위를 듬성듬성 훑고 간 자취가 보는 이의 마음까지 스산하게 만듭니다.

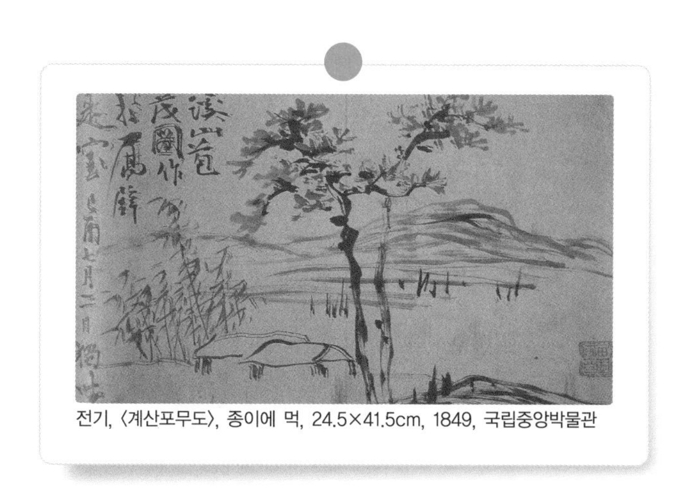
전기, 〈계산포무도〉, 종이에 먹, 24.5×41.5cm, 1849, 국립중앙박물관

『그림, 아는 만큼 보인다』에는 그림과 관련된 주변 이야기들로 그림 세계의 흥미를 돋우는 일화들을 많이 소개하고 있습니다. 전통적 표현 수단인 붓을 버리고 온몸을 표현 도구로 써서 표현 영

역을 확장한 화가들의 이야기, 갖가지 기행과 행위 예술, 설치 예술에 얽힌 이야기 등이 재미있게 소개되어 있습니다.

모딜리아니, 〈잔느의 초상〉, 캔버스 유채, 92×54cm, 1919, 개인소장.

뿐만 아니라 일반인들이 흔히 궁금해 하는 사연에 관한 이야기도 있습니다. 가령, '화가와 모델은 어떤 사이일까?' 같은 궁금증이 그런 것입니다. 모델과 화가의 사연 중에 첫손가락 꼽히는 것으로 '얼굴이 길어 슬픈' 여인상을 그렸던 모딜리아니를 듭니다.

모딜리아니는 한때 여류 시인과 연애를 했고, 그녀를 모델로 한 인물화에 깊이 빠졌다고 합니다. 사랑이 영감을 낳는다는 것을 깨우친 그는 마침내 평생의 모델이 된 아내 잔느를 만나면서 얼굴이 긴 여인이란 불후의 캐릭터를 완성했습니다. 잔느는 화가에게 영혼을 다 쏟아 부었고 화가는 이를 고스란히 화폭에 재생했습니다. 그렇게 모든 것을 소진하고 모딜리아니가 숨을 거둔 날 밤, 아내 잔느는 자기 육신에 대해 생각했습니다.

영혼을 아낌없이 주고 난 뒤에 남은 모델의 육신은 껍데기에 지나지 않는다고 그녀는 생각했습니다. 그녀는 아파트 창문에서 뛰어내렸습니다. 모딜리아니 사후 불과 여섯 시간 만이었습니다. 잉

태한 아기와 함께…….

책 제목 중 '아는 만큼 보인다'는 구절은 유홍준 교수의 『나의 문화유산 답사기』에 나오는 인용구입니다. '알면 사랑하게 되고, 사랑하면 보게 되고……'라는 구절이 그것입니다.

눈이 있는 사람은 모두 다 볼 수 있지만, 본다고 해서 모두가 아는 것은 아니라고 합니다. 결국 자기가 가진 애정과 지식의 한계 안에서 세상을 볼 수 있는 것이라고 필자는 말하고 있습니다. 그래서 그림도 아는 만큼 보입니다. 어찌 그것이 문화유산이나 그림뿐이겠습니까.

2

치열한 삶의 산물

『신경림의 시인을 찾아서』

신경림 지음 | 1998 | 우리교육

「농무」「가난한 사랑 노래」로 낯익은 신경림 시인은 76세 노인입니다. 실제로 그 분을 마주 대하면 저항적인 느낌이나 선 굵은 그의 작품 세계와는 달리 소탈하고 순수한 노인입니다. 동안에 가까운 얼굴에 작은 체구이며 약주를 즐겨 하고 말씀을 아주 재미있게 하는 달변가입니다. 때때로 외손자 자랑을 하면서 녀석이 즐겨 먹는 피자나 자장면을 자신도 좋아하니 함께 먹으러 가자고 해서 젊은 우리들을 당혹스럽게 만들기도 합니다.

그런가 하면 간밤에 바람이 몹시도 불었던 어느 여름날엔 느닷없이 우리들에게 '간밤에 잘 잤느냐' 고 물으시더니 자신은 옥상에 올라 바람 부는 풍경을 바라보느라 한숨도 못 잤다고 말하시기도 합니다. 어찌 그것이 70대 노인의 정서란 말입니까. 그래서 우리들 젊은 시인 몇몇은 신경림 선생님을 만나면 늘 그 선생님의 입담을 들어주는 것만으로도 그 날 저녁 몇 시간 술자리는 부족함이 없습니다. 그런 입담으로 이런 저런 세상 이야기를 하다가 시에 관한 이야기도 함께 나누게 되는데, 그럴 때면 참 인상 깊은 것이 있습니다. 선생님께서는 시를 말하실 때 다른 사람의 시 구절을 자주 인용하는데, 그것들은 모두 당신의 머릿속에 암송하고 있는 것들입니다.

언젠가 예총회관 강당에서 일반 강의를 하시는 것을 들은 적이 있는데 그때도 마찬가지였습니다. 선생께서는 어떤 소재든 그 소재와 관련된 시 작품들을 줄줄이 구절을 읊어내곤 하셨습니다. 젊은 시절에는 책을 살 수 없어서 백석 시인의 『사슴』이란 시집을 서점에서 읽으며 암기해 나오기도 했다고 합니다. 선생께서 이제는 나이가 들어 예전만큼은 못하지만 그래도 줄잡아 500여 편은 암기한다고 말씀하시는 것이 결코 허풍은 아닌 듯싶습니다.

그와 더불어 선생의 풍모에서는 늘 어디론가 떠나갈 것 같은 이미지가 느껴집니다. 사회 운동 시절 전국 곳곳을 떠돌며 몸을 피하고 민요 가락을 따라 떠돌고 그것들을 바탕으로 시집을 엮은 그의 이력이 더해져서인지도 모르나 무언가를 끊임없이 찾아다니는 큰 시인다운 풍모는 여전합니다.

그런 신경림 시인이 『신경림의 시인을 찾아서』를 통해 작고한 시인들의 세계를 새삼 찾아 나섰습니다. 그가 우리 시사의 고전이 된 시들을 찾는 기행을 하게 된 까닭은 이렇습니다.

"기왕에 시를 좋아하는 사람들이 좋은 시를 찾아 읽을 수 있다면 얼마나 더 즐겁게 읽을 수 있겠는가 하는 생각에서, 나는 몇 차례 독자가 시에 쉽게 다가갈 수 있는 해설서 비슷한 글을 썼었다. 그러면서 깨달은 것은 어떤 면에서 감정의 확대라 할 수 있는 시를 가장 잘 이해하려면 그 시인이 어떤 환경에서 자랐고, 어떤 조건 아래서 살았으며, 그 시를 쓸 당시 무슨 생각을 하고 있었는가를 알아야 한다는 것이었다."

이렇게 그는 해당 시인의 생가, 무덤, 시비, 학교 등을 직접 찾고 그들의 작품을 다시 읽었습니다. 또한 그들 시에 대한 작자나 평자의 의견을 참작하여 시인의 작품과 삶을 유기적으로 엮어내며 이 글을 썼습니다. 그래서 그는 이 기행을 통해 새롭게 확인한 것이 많았다고 합니다. 더불어 기행을 하는 동안 중 · 고교에서 문학을 담당하는 교사들과 함께 하기도 했는데 그들이 학교의 시 교육이 안고 있는 문제점을 제기한 점도 글을 쓰는 데 도움이 되었다고 합니다. 그러므로 이 글에서 찾아가는 시인들의 모습은 우리가 교육 현장에서 시를 읽고 감상하는 데도 일견 도움을 줄 수 있는 시 읽기가 될 것입니다.

책의 시작은 근대시의 아버지라고 할 만한 정지용 시인을 찾아가는 것으로 출발합니다. 6 · 25 무렵 월북했다고 해서 시인의 작품이 알려지는 것이 금지되었던 시절, 종교 집단의 은밀한 의식을 행하는 듯 지용의 시를 노래하고 암송하던 때가 있었습니다. 1988년에 와서 금지가 풀려 지용의 「향수」 같은 시는 노래로도 불려져 인기를 끌었고 시비가 세워지고 지용의 고향 마을의 거리 이름도 '지용로' 로 칭해졌으며 그의 작품이 중 · 고등학교 교과서에도 실리는 등 가히 국민적 시인으로 돌아온 정지용. 작자는 지용의 생가 터를 돌아보면서 예의 그 노래로도 유명한 「향수」를 떠올립니다.

넓은 벌 동쪽 끝으로
옛이야기 지줄대는 실개천이 휘돌아 나가고,
얼룩백이 황소가
해설피 금빛 게으른 울음을 우는 곳,

—그곳이 차마 꿈엔들 잊힐 리야.

– 정지용, 「향수」

이 시 구절에서 재미있는 부분이 눈에 띕니다. '얼룩백이 황소'가 과연 토종 황소냐, 아니면 시인이 관념적으로 사용한 젖소를 말하는 시어냐에 대한 논란입니다. 이에 대해 지은이는 조선 초기 농업 서적인 강희맹의 『금양잡록』에 나오는 '얼룩배기 소'를 들어 얼룩배기는 우리 소이며, 실제로 평창과 제주에 순토종 얼룩소가 보존되어 있다고 말합니다.

한때 인사동에 가면 '시인학교'라는 카페가 있었습니다. 그러나 사실 카페 이름 '시인학교'는 김종삼 시인의 시집에 실린 「시인학교」라는 시에서 따온 것입니다.

시 부문
에즈라 파운드

모두
결강.

김관식, 쌍놈의 새끼라고 소리 지름. 지참한 막걸리를 먹음. 교실 내에 쌓인 두터운 먼지가 다정스러움.

김소월
김수영 휴학계

전봉래
김종삼 한 귀퉁이에 서서 조심스럽게 소주를 나눔. 브란덴브르크 협주곡 제5번을 기다리고 있음.

교사校舍
아름다운 레바논 골짜기에 있음

– 김종삼, 「시인학교」

이 시를 쓸 당시 김종삼 자신을 제외한 등장인물이 모두 고인들입니다. 그것도 평범하지 않은 생을 보냈던 시인들입니다. 가령 김소월은 30초반 요절했고, 김관식은 독설과 술로 일생을 살다가 술로 죽었습니다. 김수영은 술을 마시고 귀가하던 도중 교통사고로 비명횡사했으며, 전봉래는 피난지 부산의 한 다방 구석에 앉아 새코날을 먹고 자살했습니다. 김종삼 자신도 생활과는 동떨어진 채 예술가답게 세상을 살다 갔습니다.

기행과 인사동에 얽힌 시인으로 천상병 시인도 소개되어 있습니다. 인사동에는 고 천상병 시인의 부인이 경영하는 카페가 있습니다. 그 카페 이름은 천상병 시인의 작품 「귀천」을 따서 지었습니다. 천상병 시인은 숱한 화제를 남겼던 사람입니다. 흔히 기인奇人이라고 말하는 시인입니다. 하루에 막걸리 한 되와 아이스크림 한 개로 끼니를 때우고 동료 문인들을 찾아다니며 작은 돈을 손 벌려 얻으면서도 너무나 당당했던 사람으로 알려져 있습니다. 그는 돈을 뜯고도 대놓고 말했습니다.

"너는 내한테 돈 주었다고 좋다 카겠지만, 니같이 시도 못 쓰는 놈은 돈 좀 내놔도 된다."

말하자면 시인 행세하는 값으로 세금을 받겠다는 투였습니다. 이렇게 당당하면서도 또한 말 잘하고 순발력과 기지도 뛰어나 얻어먹는 자리에서도 그는 늘 주인 행세를 했다고 합니다. 그렇게 매일처럼 술을 마시고 아무데나 묻어가자면서도 쓸 글은 다 썼습니다. 그리곤 소제목에서 나타나듯 '순진무구한 어린이의 마음과 눈'으로 세상을 살다가 평생의 삶처럼 무소유로 세상의 소풍을 마치고 갔습니다. 장례에서조차 조의금마저 버리고 빈손으로 떠났습니다. 3백만 원이 넘는 큰돈을 어디다 둘 줄 몰라 쩔쩔 매던 그의 장모가 잘 숨겨둔다고 넣어 둔 곳이 하필이면 아궁이. 숨겨둔 것을 모르고 연탄불을 넣는 바람에 결국 천상병 시인의 저승길은 살아서의 삶처럼 빈털터리가 되었다고 합니다.

그를 알고 지냈던 저자의 말에 따르면 천상병 시인은 애초부터 기인은 아니었다고 합니다. 남다른 점은 있었지만 본격적으로 그가 기인의 모습이 된 것은 1967년 동백림 사건에 연루되어 고문을 받고 난 후였습니다. 동백림 사건의 진실에 관해서는 세월이 흘러 우리 사회가 더 좋아진 후에 알려졌거니와, 이른바 반공법지금의 국가 보안법 위반으로 엉뚱하게 천상병 시인이 잡혀 들어간 것입니다. 당시 중앙정보부가 얼마나 무서운 곳이었던가는 고생 끝에 선고유예로 나온 그가 20년이 지나서야 겨우 말을 연 고백에서도 나타납니다.

> ……내 육십 년을 돌아보면 나도 별나게 제멋대로 인생을 살아왔다. 이십대에 문인이 되어 음악을 논하고 문학을 논하며 많은 술도 마셨다. 그로 인하여 몇 번의 병원 신세도 졌다. 그리고 다정한 친구로 인해 동백림 사건에 걸려들어 심한 전기 고문을 세 번 받았고 그로 인해 정신병원에도 갔고 아이를 낳지 못하는 몸이 되었지만 나는 지금의 좋은 아내를 얻었다. 고문은 받았지만 진실과 고통은 어느 쪽이 강자인가를 나타내 주었기 때문에 나는 진실 앞에 당당히 설 수 있었던 것이다. 남들은 내가 술로 인해 몸이 망가졌다고 말하지만 잘 모르는 사람들의 추측일 뿐이다.

이렇게 망가진 자신을 끌고 기행을 일삼으며 살다가 그는 어느 해 거리의 행려병자로 잡혀서 시립 보호소에서 2년 정도를 갇혀 지내게 됩니다. 그 바람에 가족이나 문인 동료들이 행방불명된 그가 객사한 것으로 생각하고 유고 시집을 묶어 그의 죽음을 애도했다고 합니다. 그러나 신문기자의 눈에 발견되어 멀쩡히 살아 돌아온 그를 보고 사람들은 아연실색하지 않을 수 없었습니다. 그 덕에 그는 살아서 유고 시집을 낸 특이한 사람이 되기도 했습니다. 유고 시집이란 죽음 시인의 작품을 묶어 세상에 내놓은 시집이니 오죽하겠는가. 단순한 우스갯소리만이 아니라 그 이면에서 쓸쓸한 우리 시대 자화상을 읽을 수 있습니다.

『신경림의 시인을 찾아서』에는 이 지면에서 다 소개할 수 없는 여러 시인들의 삶과 작품에 얽힌 사연들이 담겨 있습니다. 조지훈과 박목월 시인이 서로 주고 받았던 작품 「완화삼」과 「나그네」를 통해 시인을 말합니다. 그러면서 「완화삼」을 원전으로 하여 차용한 시 「나그네」가 훨씬 성공한 시가 되는 까닭을 지적하며 단순성과 구체성이라는 시의 한 비밀을 제시하기도 합니다.

그런가 하면 50, 60년대에 시대정신과 역사의식을 대표하는 두 시인 신동엽과 김수영에 대해서도 '민족적 순수와 반외세' 그리고 '앞을 향하여 달리는 살아 있는 정신' 으로 표현하며 그 시인들의 세계를 조명하고 있습니다. 또한 목가적인 시인 신석정, 시를 음악으로 여겨 시를 쓰면서도 작품에 제목을 달지 않았던 '쓸쓸함과 애달픔' 그리고 남도의 사투리를 지극히 아름다운 시어로 다시 살려낸 김영랑 시인, 근원을 알 수 없는 슬픔과 외로움으로 전후의 허무함을 표현한 「목마와 숙녀」의 시인 박인환의 체취 등등을 저자는 찾아다녔습니다.

이렇게 시인의 삶과 작품에 얽힌 이야기들은 자칫 작품 자체를 시인의 특이한 행적의 산물로 보고 시인의 작품 속에서 그 꼬투리를 찾으려는 심리를 유발시킬 수 있는 염려도 안고 있습니다. 그러나 사람들의 관심을 불러일으켜 작품에 더 친근하게 다가갈 수 있을 뿐 아니라, 궁극적으로는 저자가 의도하는 대로 시를 보다 잘 이해할 수 있는 한 방법이 되기도 합니다.

모든 예술 작품에는 흥미성과 교훈성이 있습니다. 교훈성만을 전달하려고 하면 비효율적입니다. 그래서 흥미성을 가미해서 그 것을 따라가다 보면 교훈성에도 이를 수 있도록 하는 것입니다. 예술가의 삶만이 인간의 삶이 아니요, 그들이 남긴 작품만이 세상의 진실은 아닙니다. 그러나 한 사람의 삶과 정신을 통해 그가 추구했던 인간다운 삶을 느껴보는 것은 바로 우리들 자신의 삶에 한 이정표를 제시할 수는 있습니다. 그럴 때 우리는 우리의 치열한 삶을 다시금 꿈꾸게 됩니다.

3

봄날, 닮은 영혼 찾아 길 떠나기

『선생님과 함께 읽는 정지용』

김성장 엮음 · 해설 | 2001 | 실천문학

중국의 근대 문명 비평가이며 작가인 린위탕임어당 林語堂, 1895~1976은 「독서론」이란 글에서 다음과 같이 독서 방법을 주장합니다.

> 고대나 현대의 작가 중에서 자신의 영혼과 유사한 영혼을 가진 작가를 발견해야만 한다. 이러한 방법으로만이 독자는 독서를 통하여 진실로 좋은 것을 얻을 수 있다. 사람들은 완전히 독립된 경지에서 자신의 스승을 스스로 찾아야 한다. 이는 누가 마음에 드는 작가인지 아무도 말할 수 없으며, 심지어 자기 자신도 알 수 없는 일이기 때문이다. 좋아하는 작가를 발견하는 것은 마치 첫눈에 반해 버리는 사랑을 찾는 것과 같다.

그래서 한 시인이 남긴 시 전체를 아울러서 읽는 작업이란 어쩌면 자신과 비슷한 영혼을 가진 사랑을 찾아가는 과정과 같을 수 있습니다. 물론 어떤 사람은 거기서 아무것도 발견하지 못할 수도 있습니다. 그러나 책에서 자신과 비슷한 생각을 발견한 사람은 지은이와 영혼의 교류를 느끼게 됩니다. 그러다 보면 작가의 세계에 점점 관심을 갖게 되고, 마침내 작가의 영혼이 자신의 문학적인 애인이 될 수도 스승이 될 수도 있는 것입니다. 그러면서 우리의 영혼도 함께 자랍니다.

그런 사랑을 찾는 마음으로 정지용 시인의 세계로 함께 떠나보겠습니다. 『선생님과 함께 읽는 정지용』은 청소년들을 위한 담쟁이교실 시리즈 6권째로 기획된 책입니다. 현직 고등학교 선생님이 안내하는 해설을 따라가다 보면 정지용 시인의 삶과 작품 세계는 물론 당시의 시대에 대한 인식도 함께 할 수 있습니다.

정지용 시인은 한국 현대시의 진정한 성숙에 기틀을 마련한 뛰어난 시인으로 알려져 있습니다. 그러나 불행하게도 그가 오늘날처럼 우리들에게 알려진 것은 그리 오래전이 아닙니다. 광복 직후까지 활발한 활동을 하던 시인의 작품은 남북 분단으로 인해 읽기가 금지되었기 때문입니다. 그의 시가 해금되던 1988년, 그의 시와 산문들이 실린 『정지용 전집』이 출판되며 비로소 이 뛰어난 시인은 우리 곁에 돌아올 수 있었습니다. 분단이 만든 또 하나의 슬픈 산물인 것입니다.

정지용 시인은 1902년 충북 옥천군에서 출생했습니다. 집안은 그리 넉넉하지 않았으며 오히려 불우한 어린 시절을 보냈다고 합니다. 당시의 조혼 풍속에 따라 그는 12세에 동갑내기 여인 송재숙과 결혼합니다. 그리고 얼마 안 있어 서울로 공부를 떠나 그의 나이 스물두 살에 휘문고등보통학교를 졸업할 때까지 8년 동안 홀로 타향살이를 합니다. 그리고 장학생으로 동경 유학을 가게 됩니다.

그의 청년 시절 이후의 삶 대부분은 일제가 우리를 강점했던 시기였습니다. 그래서 정지용 시인도 어쩔 수 없이 다른 식민지 지식 청년들처럼 시대적인 아픔을 안고 살아갔습니다. 그는 휘문고보를 거쳐 일본 도지샤대학同志社大學 영문과를 졸업합니다. 그리고 자신의 모교인 휘문고보의 영어 교사로 16년간 재직하게 됩니다.

이때의 일화에 따르면 교무실 그의 책상 아래 휴지통에는 항상 그가 쓰다 구겨버린 원고지 뭉치가 가득하였다고 합니다. 쓰고 고치고 쓰고 지우며 자신의 시를 다듬고 열심히 창작 활동을 했다는 것입니다. 그뿐 아니라 그는 그의 나이 서른여덟 살인 1938년에 문예지 『문장』의 창간과 함께 시 부문 심사위원이 되어 조지훈, 박목월, 박두진, 김종한, 이한직, 박남수 등 우리 현대시사의 중요한 시인들을 배출하는 데 역할을 하였습니다. 광복 후에는 이화여전 교수, 경향신문 주간, 조선문학가동맹 중앙집행위원 등을 역임했습니다.

그러나 1950년 6 · 25가 일어난 이후 그의 행적에 대해서는 증언이 엇갈리고 있습니다. 이 부분은 6 · 25 후 그의 모든 작품에 대한 출판과 접근이 금지되었던 이유이기도 하기 때문에 정지용 행방에 관한 몇 가지 주장을 살펴보기로 합니다. 그의 행방불명 시기는 1950년 7월 말인데 조선문학가동맹 회원으로 같이 활동한 4~5명의 사람들이 함께 찾아와 집을 나서면서였다고 합니다.

그 이후 ①월북설–정부측 주장. 의용군에 끌려 나가 거제 포로 수용소에서 포로 교환 시 북한으로 갔다는 것. ②납북설-계광순 주장. 북한의 정치 기구였던 정치보위부에 자수하러 갔다가 납북되었다는 것. ③월북 중 폭사설-정구인 주장. 인민군과 함께 북으로 가던 중 미군 폭격기의 공격으로 죽었다는 북한측 자료. ④미군에 의한 처형설-김양수 주장. 의용군 가입 후 방송 요원으로 착출되어 대미 방송을 강요당하다가 서울 수복 후 체포되어 오키나와에서 군사 재판을 받고 죽었다는 것. 이런 등등 갖가지 주장들이 있습니다.

그러다가 1988년 민주화의 진전과 함께 상당수의 금지 문인들에 대한 출판이 허용되었고, 더불어 정지용 시인의 작품도 다시 빛을 볼 수 있었습니다. 불우한 시대의 물결에 휩쓸릴 수밖에 없었던 지식인의 슬픔이 느껴집니다. 시인이 남긴 식구들조차그의 자손이 여덟 명이라는 말에서 열 명이 넘는다는 말까지 있다 4남매만 성장했다고 하는데, 그나마 남북 이산가족 2차 상봉 때에 북한에 있는 아들 정구인 씨가 서울에 와 형과 여동생을 만났다고 합니다. 정지용 시인은 평생 인간적인 고통을 질기게 안고 산 사람인 것 같습니다. 그가 말한 대로 '시의 태반은 아무리 생각하여도 쾌활보다는 비애인 것 같다' (『정지용 전집 2』)는 말이 결코 그의 삶과 무관하지는 않습니다.

한 시인의 세계를 엿봄으로써 자신과 유사한 영혼의 모습을 찾아보려는 생각 때문에 시인의 삶을 다소 장황하게 나열해 보았습니다. 이런 것들은 『선생님과 함께 읽는 정지용』을 읽다보면 여기저기 흩어져 있는 시인의 내력을 모아본 것에 불과합니다. 이보다도 더 중요한 것은 시인의 작품을 통해 느끼는 영혼의 교감이겠지요. 그런 교감을 위해 책의 저자는 여러분을 찬찬히 작품 세계로 안내합니다.

저자는 정지용 시인의 120편이 넘는 전체 작품들을 몇 가지 관련성 단위로 다섯 부분으로 나누어 각각 10편 이내의 작품들을 추려서 소개하고 있습니다. 이러한 기획은 청소년 독자들을 배려한 것이라고 볼 수 있습니다. 그러나 비록 추린 것이라고 하지만 시인의 전체 작품 세계를 이해하는 데 부족함이 없습니다. 지역 사투리 등 특별한 경우를 제외하고는 원시의 표기를 현대 표준어로 고쳐 실었고, 어려운 시어에 대해서는 해설자의 풀이를 더해 놓는 자상함도 잊지 않았습니다.

흔히 시를 읽을 때 시인과 시 속의 화자서정적 자아 혹은 시적 자아라고도 합니다를 동일한 인물로 생각하다가는 낭패를 보기 십상입니다. 그러나 저자는 정지용 시인의 작품 가운데 '고향'에 관련된 시는 시 속의 화자와 정지용 시인 자신을 동일하게 보는 것이 더 작품을 이해하는 데 바람직할 것이라고 소개합니다. 대중가요로 작곡되어 많은 사랑을 받았던 「향수」의 경우가 대표적입니다.

"넓은 벌 동쪽 끝으로/옛이야기 지줄대는 실개천이 휘돌아 나가고' 라는 시작부터 시인의 실제 고향을 닮아 있습니다. 시인이 태어난 충북 옥천군 옥천면 하계리 생가 앞에는 아직도 실개천이 지줄대며 흐르고 있다고 합니다. 뿐만 아니라 '함부로 쏜 화살을 찾으려/풀섶 이슬에 함추름 휘적시던' 시인의 유년 모습이 있고, '아무렇지도 않고 예쁠 것도 없는/사철 발벗은 아내'의 모습도

있습니다. 아내에 대한 구절과 관련하여 작고하신 서정주 시인께서 남긴 일화가 있습니다.

서정주 시인께서 자신을 찾아온 문단의 후배 시인에게 그랬답니다. 이런 시 구절을 쓸 수만 있다면 더할 것도 덜할 것도 없는 가장 알맞은 표현일 것이라고. 그때 예를 든 표현이 바로 「향수」의 '아무렇지도 않고 예쁠 것도 없는 아내'라는 구절이었답니다. 대시인이 인생 말년에 삶과 세상에 대한 사색의 깊이가 깊을 대로 깊어진 다음에 비로소 감탄하게 된 구절로서 어떨런지요. 아마 우리들로서는 가슴에 닿기가 아직 힘든 일화인지도 모르겠습니다.

한편 산에 관련된 시들을 모아 소개하기도 합니다. 「장수산 1」 「구성동」 「백록담」 등 문학 교과서에도 소개되는 시들이 그것입니다. 그러면서 정지용 시인이 산을 주요 소재로 시를 발표하던 무렵에 왕성한 사회적 활동을 하였으며, 특히 박목월, 조지훈, 박두진 이른바 청록파로 불리던 이들에 대한 산파 역할을 한 것도 소개합니다. 알다시피 이 3인은 한국시의 완성도를 가장 높인 중요한 시인들로 꼽히고 있습니다.

『청록집』이라는 3인 공동 시집을 내면서 청록파라 불렸고, 자연이라는 공통의 화제가 있었기에 자연파라고도 불리는 시인들이기도 합니다. 그런 인연 때문인지 정지용 시인의 「구성동九城洞」에 나오는 '꽃도/귀향 사는 곳,//절터ㅅ드랬는데/바람도 모이지 않고//산그림자 설핏하면/사슴이 일어나 등을 넘어간다.'는 구절은 후의 박목월 시에서도 낯익은 분위기입니다.

정지용 시인은 박목월에게 이런 평가를 하여 그 말 그대로가 한국시의 한 정론이 되기도 했다고 합니다.

> 북에 김소월이 있었거니 남에 박목월이가 날 만하다. 소월의 툭툭 불거지는 삭주 구성조는 지금 읽어도 좋더니 목월이 못지않게 아기자기 섬세한 맛이 좋다. 민요풍에서 시에 진전하기까지 목월의 고심이 더 크다.
>
> – 삭주 구성은 평안도에 있는 김소월의 고향–필자

정지용은 가톨릭 신자이기도 했습니다. 그래서 「그의 반」처럼 절대자를 노래한 작품 또는 마가복음이 시화된 「갈릴레아 바다」와 같은 신앙시들을 쓰기도 했습니다. 그의 세례명은 프란시스코입니다.

이름에서 유래한 별명도 있습니다. 학생들과 동료들 사이에서 '닷또상' 닷또는 소형 자동차를 뜻하는 일본어 또는 '정종' 술을 좋아한 데서 왔다고 함 등으로 불렸다고 합니다. 그가 작고 다부진 체구였으며 술도 좋아했다는 인간적인 일면을 추측하게 합니다.

『선생님과 함께 읽는 정지용』에서 저자가 소개하는 시시콜콜한 이야기를 새삼 들추는 까닭은 역시 시인의 세계를 보다 잘 이해해 보려는 의도에 있습니다. 정지용 자신도 김영랑의 시를 논하면서 '시를 통째로 파악하려면 시인도 알아야 한다' 고 말한 적이 있습니다. 그렇게 하여 작품을 보다 여러 가지 시선으로 바라보게 되고 문득 시인의 영혼과 만나기도 합니다. 그리고 그 영혼의 모습이 자신과 비슷하다고 느낄 때 우리는 문학적 사랑을 하게 됩니다. 책을 읽는다는 것은 정신적 스승이거나 정신적 애인을 만나는 소중한 기회인 것입니다.

4

인간의 본원적 기다림

『고도를 기다리며』

사뮈엘 베케트 지음 | 오증자 옮김 | 2000 | 민음사

1969년 노벨 문학상 수상작인 『고도를 기다리며』는 고전 작품으로 꼽습니다. 고전 읽기란 분명 부담스러운 일입니다. 특히 청소년들에게는 더욱 그렇습니다. 입시를 위해 억지로 읽는 경우를 제외하고는 기피 대상이기도 합니다. 우선 그 분량이 만만치 않고 무엇보다도 이해가 어렵거나 지루하게 느껴지기 때문입니다. 그러나 어떤 책이 인류 문화의 보물창고로서 오랫동안 가치를 갖는다는 것은 다 나름대로의 이유가 있습니다. 깊은 곳에 닿으려면 일종의 인내심도 필요한 법입니다.

고전과 관련한 것으로 국내에서 번역 출간된 책 중 『교양으로 읽어야 할 절대지식』이란 서적이 있습니다. 책 내용이야 둘째 치고 재미있는 것은 그 책의 표지 그림입니다. 아래쪽에 인간이 있고 위에 신이 있습니다. 신이 손을 내밀어 인간에게 무엇인가를

전하려고 합니다. 그런데 아래 있는 인간의 모습이 걸작입니다. 고개를 외로 튼 채 한쪽 무릎을 세우고 비스듬히 누운 자세로 한 손을 내밀고 있습니다. 팔을 뻗고는 있되 도무지 적극적이지 않습니다. 마지못해 손을 내민 것 같기도 하고 심드렁한 마음으로 그저 무릎 위에 팔을 올려놓은 것처럼 보이기도 합니다.

'고전'이 신의 영역에 가장 근접한 인간 정신의 위대한 보물이라면, 어쩌면 독자인 우리들은 '고전'을 통해 신의 뜻과 비밀을 전달받는 것인지도 모릅니다. 그러나 그것을 받아들이는 인간의 자세는 오만합니다. 마치 어떤 시구처럼 평생 시나 소설 한 편 읽지 않아도 훌륭하게 살고 죽어서는 무덤 앞에 근사한 묘비명을 기록해 후세에 남길 수 있다는 생각과 같습니다. 어떻게 살아가든 세월은 똑같이 흐르고 누구나 자신의 삶을 인간세계에서 마무리하게 됩니다. 그러나 누구나 같은 삶을 살지는 않습니다. 우리가 받아들이는 팔을 오만하게 뻗을 수만은 없는 까닭이 삶의 진정성에 있습니다.

『고도를 기다리며』는 아일랜드 출신의 작가 사뮈엘 베케트의 희곡입니다. 1953년 파리의 바빌론 소극장에서 처음 공연된 이 작품은 작가 베케트를 일약 저명인사 반열에 올려 놓았습니다. 당시 성공을 거두던 작품들이 대부분 통속극이었는데 반해 이 작품은 내용과 형식에서 매우 새로워 관객들은 충격 속에서 그 의미를 파악하려고 애썼다고 합니다. 그런 까닭으로 영국의 연극학자 마틴 에슬린이 『고도를 기다리며』를 부조리 연극이라고 지칭했는데 이로서 이 연극은 반연극 또는 부조리 연극이라는 새로운 연극 운동의 방향을 제시하게 되었다고 합니다. 실제로 이 글을 읽어보면 뚜렷한 줄거리도 극적인 사건도 없습니다. 무대는 너무 단순할 정도이고 배우들은 황당한 대사와 동작을 보여줄 뿐입니다.

요즈음 대학로 소극장들에서 공연되는 연극들은 모두 단막극1막으로 이루어진 연극들입니다. 그에 비해 극이 한참 진행되다가 중간에 막을 내렸다가 휴식 시간을 갖고 다시 막을 올리는 장막극막을 내렸다 올리는 회수에 따라 2막 혹은 3막 등으로 부릅니다. 이런 극들은 주로 고전극의 형태에 많습니다.은 상당히 긴 편에 속합니다. 『고도를 기다리며』는 전체가 2막으로 이루어져 있습니다. 그럼에도 불구하고 등장인물은 고작 5명뿐입니다. 무대는 나무 한 그루가 서 있는 어느 시골길이고 시간은 해지기 전 늦은 오후입니다. 그리고 극 전체는 1막이 전날 오후, 2막이 다음날 오후 즉 같은 시간 같은 장소 이틀간이 전체의 공간 시간 배경입니다.

아무 일도 없고 아무도 지나가지 않는 시골길에서 누구인지도 모르고 언제 올지도 모르는 '고도'라는 이를 기다리는 두 사람은 에스트라공과 블라디미르라고 하는 그저 평범하고 늙은 방랑자입니다. 그들은 결코 고상하지도 않고 부유하지도 않으며 오히려 천박할 뿐 아니라 거지처럼 궁핍하고 약간 비굴하기까지 합니다. 게다가 '고도'를 기다리기 위해 지루한 시간 동안 이런저런 얘기와 다툼으로 어떻게든 시간을 때우려고 하는 대화와 행동을 합니다. 그러던 중 그 지방의 부자로 보이는 '포조'가 그의 종인 '럭키'를 목에 끈을 맨 채 몰고 나타납니다. 그리고 네 명의 등장인물이 서로 주고받는 대화와 기이한 행동이 무의미할 정도로 이어집니다. 1막이 끝날 무렵, 포조가 럭키를 몰고 사라지자 '소년'이 등장합니다. '고도'의 심부름을 온 그 소년이 "고도 씨가 오늘 밤엔 못 오고 내일은 꼭 오겠다고 전하랬어요." 하고 물러가자 남은 두 사람은 내일을 기약하며 헤어집니다.

2막의 시작은 다음날 같은 장소 같은 시각입니다. 블라디미르가 등장하고 뒤이어 에스트라공이 등장해 예의 1막에서와 비슷한 대화를 이것저것 나눕니다. 그러다가 다시 '포조'와 '럭키'가 등장하는데 1막과 다르게 그 둘은 포조는 장님, 럭키는 벙어리가 되어 나타납니다. 그리고 전날의 만남이나 대화조차 까마득하게 모르고 있습니다. 언제부터 그렇게 되었느냐는 물음에 포조가 말합니다.

> (버럭 화를 내며) 그놈의 시간 얘기를 자꾸 꺼내서 사람을 괴롭히지 좀 말아요! 말끝마다 언제 언제 하고 물어대다니! 당신, 정신 나간 사람 아니야? 그냥 어느 날이라고만 하면 됐지. 여느 날과 같은 어느 날 저놈은 벙어리가 되고 난 장님이 된 거요. 그리고 어느 날엔가 우리는 귀머거리가 될 테고, 어느 날 우리는 태어났고, 어느 날 우리는 죽을 거요. 어느 같은 날 같은 순간에 말이오. (더욱 침착해지며) 여자들은 무덤 위에 걸터앉아 아이를 낳는 거지. 해가 잠깐 비추다간 곧 다시 밤이 오는 거요.

포조와 럭키가 퇴장하고 뒤이어 소년이 등장합니다. 그러나 그 소년 역시 어제 일은 모르는 채 어제와 똑같은 전달을 하고 갑니다. '고도' 씨가 보내서 왔고, 오늘 밤에는 못 오고 내일 온다고 한다는 전달입니다. 블라디미르와 에스트라공만 남고 그들은 무심코 나무를 바라봅니다. 그러다가 거기에 목이나 매어볼까 생각했지만 끈이 없어 그만두고 내일 고도가 안 오면 목이나 매자고 말하고는 서로 헤어자고 합니다. 그러나 둘은 움직이지 않습니다.

글 전반에 걸쳐 특정 줄거리가 없고 등장인물의 대화와 행동에는 시종 무기력과 궁핍, 무의미가 나타납니다. 그러나 아이러니컬하게도 이런 점들이 관객을 웃게 만들게도 하고 새롭게 느끼게도 합니다. 베케트의 연극을 부조리 연극이라고 최초로 이름 붙인 마틴 에슬린이 베케트를 '유쾌한 허무주의자'라고도 말했다는데 허무 속에서 웃음을 유발하기 때문인가 싶습니다.

어쨌든 베케트는 이런 빈곤과 궁핍, 고통 등을 인간 존재의 핵심에 다가가기 위한 글쓰기의 통로 역할로 삼았다고 합니다. 어쩌면 이런 점은 그의 작품들이 지나칠 정도로 독창적이고 사생활도 극히 폐쇄적이었다는 면모와 관련 있을지도 모릅니다. 그는 노벨 문학상을 수상했을 때도 시상식에 나타나지 않았으며 인터뷰도 일절 거부한 채 생을 마감할 때까지 베일 속에서 살았다고 합니다. 말이라고 하는 것을 모든 인간의 존재를 지탱하는 도구이자 존재의 핵심이라고 생각했습니다.

이 작품에 나타나는 인물이나 대화 행동 등 여러 요소를 넘어 작품 전체를 관통하는 것은 한 마디로 '고도'에 대한 기다림입니다. 등장인물들은 오래전부터 '고도'를 기다려 왔고, 기다림을 포기하지 않기 위하여 즉, 여전히 살아 있음을 실감하기 위하여 끊임없이 말을 합니다. 서로 질문하고 되받고 욕하고, 구두장난, 모자 장난, 심심풀이 운동 등등. 그러면서도 기다리는 대상인 '고도'라는 인물이 꼭 누구인지 언제 올 것인지에 대한 확신도 없습니다. 습관처럼 지루한 기다림을 달래기 위해 그들은 온갖 노력을 하고 또 지쳐갑니다. 그 중간 중간에 두 사람은 대화를 통해 기다림을 재확인하는 일관된 행동을 보일 뿐입니다.

"그만 가자."
"가면 안 되지."
"왜?"
"고도를 기다려야지."
"참 그렇지."
"이 모든 혼돈 속에서도 단 하나 확실한 게 있지. 그건 고도가 오기를 우린 기다리고 있다는 거야."

분명한 것은 '고도'를 기다린다는 것이고 '고도'를 기다리기 위해 살아 있다는 것입니다. 그럼 '고도'란 누구일까요? 무엇을 상징하는 것일까요? 그에 대해 고도는 신이다, 자유다, 빵이다, 희망이다 등등 무수한 의미 파악이 있었다고 합니다. 심지어는 미국에서 이 작품을 공연할 때 연출자 알랭 슈나이더가 작가인 베케트에게 '고도'가 누구이며 무엇을 의미하는가 하는 질문을 던진 적도 있었답니다. 그때 작가가 "내가 그걸 알았다면 작품 속에 썼을 것입니다."라고 말한 일화는 유명합니다. '고도'의 상징성에 대해 책의 해설자는 이렇게 말하고 있습니다.

"어쨌건 고도에 대한 정의는 구원을 갈망하는 관객 각자에게 맡겨진 셈이다."

그렇다면 작가 자신조차도 모르는 '고도' 라는 존재를 하염없이 기다리는 설정으로 작가가 말하고자 하는 것은 무엇이었을까요? 그것은 역시 동서양, 고금을 초월해 모든 인류에게 보편적으로 작용하는 '본원적인 기다림' 이 아닐까요? 인간은 기다림의 존재입니다. 사랑을 기다리고 희망을 기다리고 이상 실현을 기다리면서 산봉우리를 넘듯 봉우리 하나하나를 넘습니다. 그 사람을 간절히 기다리는 것이 사랑입니다. 해방을 기다리는 것이 자유입니다.

자식이 잘 되기를 기다리는 것이 부모의 마음입니다. 그러므로 기다림은 사랑이요 자유요 마음입니다. 그것이 인간의 삶입니다. 그러므로 인간은 누구나 가슴 속에 '고도' 를 기다리고 있고 '고도' 를 기다림으로 해서 또한 인간답습니다. 과연 여러분이 기다리는 '고도' 는 무엇일까요? 어디에 있을까요? 저 멀리 강심에 돌을 던지듯이 여러분 가슴 복판에 그런 물음을 던져볼 일입니다.

5

그 슬프도록 아름다운 눈의 세계

『설국(雪國)』

가와바타 야스나리 지음 | 유숙자 옮김 | 2002 | 민음사

> 한 나라의 고유한 문화와 정서가 짙게 배어 있는 훌륭한 작품일 수록 번역이 힘들다. 그런 까닭에 『설국』은 참으로 번역자를 곤혹스럽게 만드는 소설이다. (…중략…) 독자들도 함께 슬프도록 아름다운 『설국』의 세계에 흠뻑 빠져들 수 있기를 희망해 본다.

번역자가 독자들에게 빠져들 것을 희망한 '슬프도록 아름다운 세계'는 이렇게 펼쳐지기 시작합니다.

> 국경의 긴 터널을 빠져나오자, 눈의 고장이었다. 밤의 밑바닥이 하얘졌다.
> (국경-군마 현群馬懸과 니가타 현新瀉懸의 접경. 터널-군마 현과 니가타 현을 잇는 시미즈淸水 터널)

눈에 갇힌 채 겨울을 보내야 하는 곳. 기차마저 눈에 치여 한동안 다니지 못하는 곳. 눈은 기다림을 동반하고, 눈보다 먼저 먼 그리움을 가슴에 쌓도록 만드는 곳. 그곳이 '설국雪國'의 세계입니다. 그래서 문득 그 나라로 가고 싶다는 생각을 하며 책을 펼치게 됩니다.

『설국雪國』의 무대는 눈의 고장인 니가타 현新瀉懸의 에치고越後 유자와湯澤 온천이라고 합니다. 눈지방의 독특한 분위기를 작가 가와바타 야스나리가 서정적인 문체로 묘사하여 전 세계의 독자를 매료시킨 소설입니다. 작가는 『설국』을 포함한 일련의 작품으로 일본 국내외에서 독보적인 작가로 자리매김되었으며 1968년 노벨문학상을 수상하기도 했습니다.

우리 작가 중에는 일본인에게 널리 알려진 사람이 별로 없다고 합니다. 반면에 일본 작가들 경우에는 노벨 문학상 수상 작가인 오에 겐자부로, 가와바타 야스나리를 비롯해서 무라카미 하루키, 무라카미 류 등 비교적 국내 독자에게 널리 알려진 사람들도 있습니다. 그렇다고 해서 그것이 곧 우리 문화의 열등함을 말하는 것은 아닙니다. 그에 대한 것들은 다른 기회에 얘기해 볼 수 있을 것입니다. 그보다는 해외 문학을 보는 시각을 잠시 언급하고자 합니다. 『설국』은 일본문학 작품이며 우리가 읽는 것은 번역판이기 때문입니다.

이 책은 출판사에서 선정해 펴낸 세계문학전집 61권에 해당합니다. 이 전집에는 한국문학을 비롯한 많은 해외 문학작품이 있는데 그것들을 번역하면서 이런 의견을 내세우고 있습니다.

『두시언해』는 조선조 번역 문학의 빛나는 성과이지만 우리에게는 우리 시대의 두시 번역이 필요하다. …오늘에는 오늘의 젊은 독자들에게 호소하는 오늘의 번역이 필요하다. 『두시언해』가 단순한 번역 문학이 아니고 당당한 우리의 문학 고전이듯이 우리말로 옮겨놓은 모든 번역 문학은 사실상 우리 문학이다.

'우리 문학' 이라는 표현이 받아들이기에 따라서는 지나친 면이 없지 않습니다. 그러나 우리들 성장에는 해외문학도 우리 문학 못지않은 훌륭한 자양분이 된다는 점은 틀림없을 것입니다. 그런 면에서 『설국』에 담겨 있는 지방의 정서와 인물의 심리도 또한 인류의 보편적인 정서를 자극하는 한 풍경일 것입니다. 온갖 사물이 흰 눈빛 하나로 평등한 풍경.

소설은 터널을 빠져나온 기차가 신호소에 멈춰서는 장면에서 시작합니다. 혹시 일본 영화 〈철도원〉을 보셨는지요. 역장님이 두터운 겨울옷을 입고 손으로 기차에 신호를 보내는 눈 덮인 시골 간이역. 그 기차를 타고 허무감에 싸여 자신을 무위도식하는 여행자로 생각하는 '시마무라' 가 온천 마을을 찾습니다. 그는 이미 지난 초여름, 자연과 자신에 대한 진지함마저도 잃기 일쑤여서 이를 회복하기 위해 혼자서 자주 산행을 즐기며 국경의 산들을 돌아다니다가 이 온천장에 내려와 묵은 적이 있습니다. 거기서 그는 샤미센三味線—세 개의 줄이 있는 일본의 전통 현악기과 춤을 가르치는 선생님 댁에 있는, 아직은 게이샤노래와 춤으로 손님 시중을 드는 여자가 되기 전인 고마코를 만납니다. 그 후 몇 달이 지난 그 해 겨울에 그녀를 찾아 이 지방에 다시 온 것입니다.

같은 기차 안에서 우연히 보게 된 남자 환자와 그를 간호하는 아름다운 처녀. 그들은 고마코의 선생님 아들 유키오와 그 애인인 청순한 요꼬. 고마코는 선생님 댁에서 아들인 유키오와 어린 시절을 함께 보냈고 선생님은 그들이 결혼하기를 바랍니다. 그래서 동네 사람들은 둘이 약혼한 사이라고 여기고 있습니다. 그러나 그 아들은 도회지인 도쿄에 나가 돌이킬 수 없는 병을 얻게 되고 고마코는 그를 위해 게이샤로 나서서 병원비를 보냈다고 합니다.

그 겨울 시마무라가 떠나올 무렵 선생 아들 유키오는 죽습니다. 그 후 시마무라는 엷게 눈을 인 삼나무숲이 찌를 듯 하늘을 향해 서 있고, 억새 이삭이 온통 꽃을 피워 눈부신 은빛으로 흔들리는 늦가을에 또 한 번 그 고장을 찾습니다. 거기서 유키오를 그리워하며 미쳐버릴 듯한 요꼬가 마을 사람들이 모여 있는 고치 창고에서 일어난 화재 현장에서 죽어가는 것으로 소설은 끝을 맺습니다.

사실 이 소설은 읽는 사람들에게 사건 전개의 흥미로움과 긴장감을 주는 면은 적습니다. 그것은 이 소설이 연작 형태의 중편인 까닭도 있습니다. 작가가 1935년부터 이 작품의 소재를 살려 간간이 발표한 단편들이 모여 중편 『설국』이 완성되었고, 1948년에야 완결판 『설국』이 출간되었습니다. 그래서 이 소설은 분명한 줄거리보다는 등장인물의 심리 변화와 주변의 자연 묘사에 상당 부분 치중하고 있습니다. 인물들의 섬세한 감정 흐름을 표정이나 말, 움직임 등으로 표현하고 일본 시골 풍경의 고즈넉함이 감각적인 묘사에 살아 있습니다.

이런 특징은 자연 풍경 묘사에 대한 작가의 관심 때문이라고 합

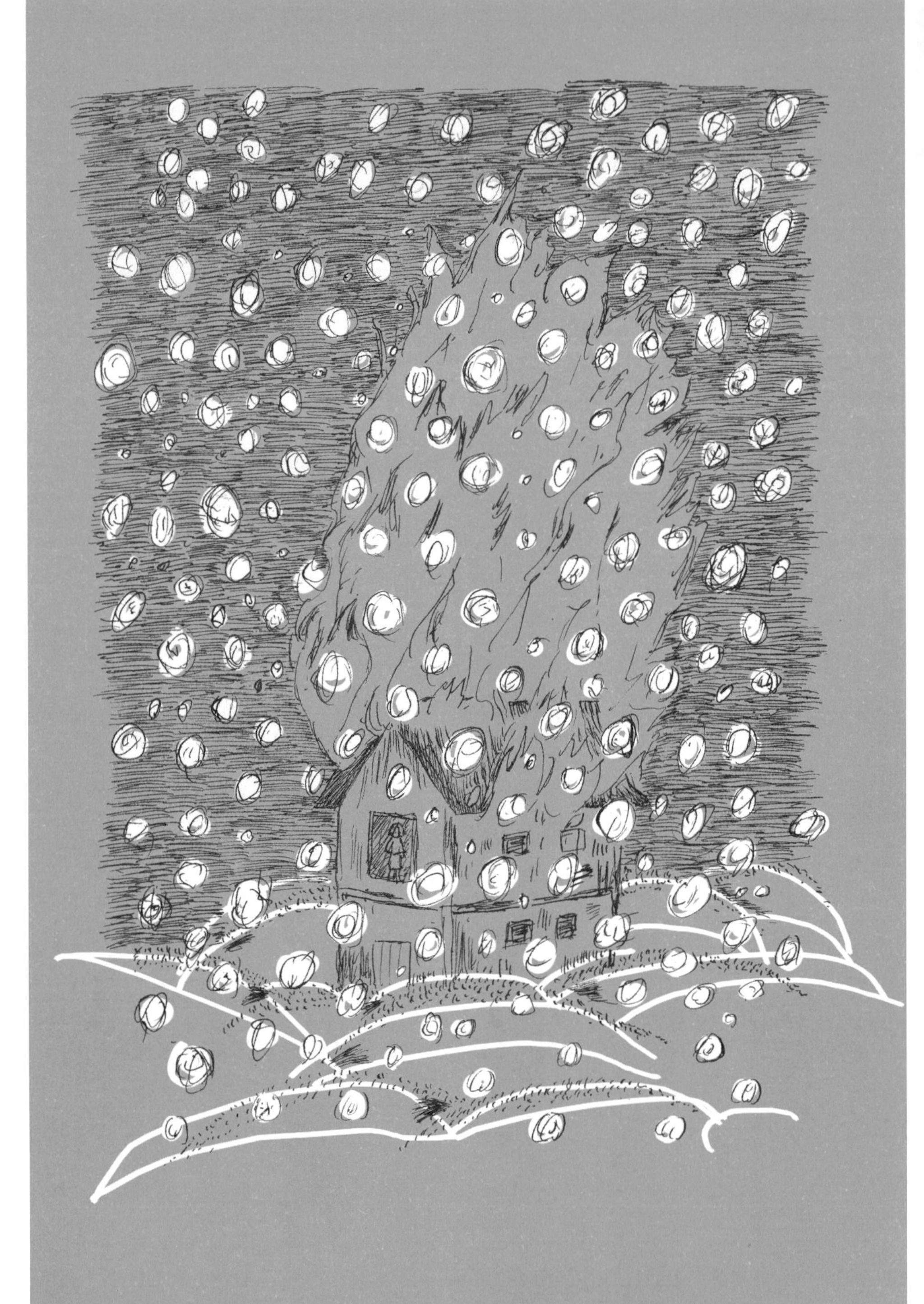

니다. 작가가 이 소설을 쓰던 당시의 일본 소설들이 자연에서 멀어지고 그 묘사를 소홀히 한 결과, 낡고 구태의연한 표현들에 머물렀다는 작가의 자각에서 비롯되었다는 것입니다. 온천을 향해 달리는 기차 안에서 차창거울에 비추는 요꼬의 모습과 바깥 풍경을 작가는 시마무라의 눈을 통해 이렇게 묘사하고 있습니다.

> 거울 속에는 저녁 풍경이 흘렀다. 비쳐지는 것과 비추는 거울이 마치 영화의 이중노출처럼 움직이고 있었다. 등장인물과 배경은 아무런 상관도 없었다. 게다가 인물은 투명한 허무로, 풍경은 땅거미의 어슴푸레한 흐름으로, 이 두 가지가 서로 어우러지면서 이 세상이 아닌 상징의 세계를 그려내고 있었다. 특히 처녀의 얼굴 한가운데 야산의 등불이 켜졌을 때, 시마무라는 뭐라 형용할 수 없는 아름다움에 가슴이 떨릴 정도였다. …차창에 비치는 처녀의 윤곽 주위를 끊임없이 저녁 풍경이 움직이고 있어, 처녀의 얼굴도 투명하게 느껴졌다.

저녁에 버스를 타고 집으로 돌아가는 때에, 차창에 기대 무심코 거리 풍경을 봅니다. 그때 유리에 비치는 버스 안 풍경과 창밖 풍경의 겹침을 아스라하게 바라보며 감상에 젖은 적이 있다면 이 장면이 더 잘 느껴질 겁니다. 작가는 주요인물인 시마무라의 눈을 통해 비친 풍경으로 인물들에 대한 미묘한 관심과 자신의 허무감을 은연중에 내비치고 있습니다. 작가는 일찍 부모를 잃고, 15세에는 10년간 함께 살던 조부마저 떠나보내는 외로운 어린 시절을 보냈다고 합니다. 그런 까닭에 허무와 고독, 죽음에 대한 집착이 평생 그의 작품에 투영되었다고도 합니다. 작가는 급성 맹장염으로 수술을 받은 후 퇴원 한 달 만에 자택에서 가스 자살로 생을 마감하였습니다.

소설 속에는 일본 눈지방의 토속적 풍경도 빼놓지 않아 독특한 분위기를 더하고 있습니다. 특히 우리나라의 삼베에 해당하는 '지지미'를 그 지방 사람들이 한겨울에 눈밭에서 널어 바래게 하는, 이른바 '눈 바래기' 같은 풍습은 인상적입니다. 눈에 갇힌 한겨울, 잿물에 담궈 놓았다가 물로 씻은 지지미를 눈 위에 직접 널어 바랠 때 아침 해가 새빨갛게 비추는 풍경은 비할 데 없는 아름다움이라고 표현하고 있습니다. 뿐만 아니라 아이들의 '새쫓기 축제'에서 눈집 만들기, 나무줄기와 줄기 사이에 나무막대를 장대처럼 연결해 벼를 걸어놓고 말리는 '핫테' 등도 그 풍경에 대한 상상력을 더합니다.

어떤 사람은 이 소설을 '엿가락을 길게 늘인 듯한 느낌'으로 표현하기도 합니다. 줄거리보다는 분위기로, 긴박감보다는 섬세함으로 전달하기 때문입니다. 그래서 소설의 마지막, 불타는 고치창고에 고마코와 시마무라가 달려가는 길에도 은하수가 빛납니다.

> 아아, 은하수, 하고 시마무라도 고개를 들어 올려다본 순간, 은하수 속으로 몸이 둥실 떠오르는 것 같았다. …은하수는 밤의 대지를 알몸으로 감싸 안으려는 양, 바로 지척에 내려와 있었다. 두렵도록 요염하다. …은하수에 가득한 별 하나하나가 또렷이 보일 뿐 아니라, 군데군데 광운光雲의 은가루조차 알알이 눈에 띌 만큼 청명한 하늘이었다. 끝을 알 수 없는 은하수의 깊이

> 가 시선을 빨아들였다.

그리고 불타는 창고 이 층에서 떨어진 요코를 옮기는 소설의 마지막 장면.

> 정신없이 울부짖는 고마코에게 다가가려다, 시마무라는 고마코로부터 요코를 받아 안으려는 사내들에 떼밀려 휘청거렸다. 발에 힘을 주며 올려다본 순간, 쏴아 하고 은하수가 시마무라 안으로 흘러드는 듯했다.

아무래도 우리는 조금쯤 천천히 그리고 조금 더 찬찬히 『설국』을 읽어야 할 것 같습니다. 그리고 훗날, 온통 새하얀 눈밭을 보는 저녁에 '밤의 밑바닥이 하얘졌다' 는 소설 첫머리가 더 가깝게 다가오는 그런 겨울날, 다시 이 소설을 꺼내들면 한결 좋을 것 같습니다. 그때, 소설의 제목부터 마음껏 음미한 후 책장을 열면, 잔잔한 사랑과 허무와 슬프도록 아름다운 풍경을 마음에 담을 수 있을 것이리라 믿습니다.

6

스스로 깨닫는 묘미

『고전 읽기의 즐거움』

정약용, 박지원, 강희맹 외 지음 | 민족문화추진회 엮음 | 1997 | 솔

조선 숙종 때 사람 홍우원1605~1687의 『남파집』에 실린 「목근침설木根枕說」이란 글은 버려진 나무뿌리에서 얻는 깨달음입니다. 길옆 밭두둑에서 자란 나무가 매양 소나 양에 시달리고 농부의 도끼에 가지가 찍혀 제대로 뻗지 못하고 뿌리가 땅속에서 울퉁불퉁 구부러졌습니다. 농부가 밭두둑을 개간하다가 쓸모없는 뿌리라 하여 파서 길 가운데 버렸습니다. 이 버려진 것을 필자가 우연히 발견하여 깎고 다듬어 베개를 만들었습니다. 그랬더니 이 뿌리가 오히려 기이한 노리개 같은 형상을 하여, 기대거나 머리에 고이면 이상 세계를 나는 듯 하였습니다. 그래서 세상에서 아무리 좋은 베개와도 바꾸고 싶지 않았다고 합니다.

큰 재주를 가진 탁월하고 훌륭한 선비일지라도 그를 알아주는 사람을 만나지 못하는 경우는 많습니다. 그래서 뜻을 이루지 못하

고 곤궁함 속에 허덕이고 남에게 업신여김을 당할 수 있습니다. 그러나 이 버려진 나무뿌리처럼 스스로의 가치를 알아주는 사람을 만나 비로소 자신의 값어치를 십분 발휘할 수도 있습니다.

우리가 어떤 도전에 실패했다고 해서 결코 의기소침하게 자신을 탓하기만 할 필요가 없는 까닭이 여기에 있습니다. 자신의 능력을 스스로 키워 가면 마치 주머니 속의 송곳처럼 반드시 자신의 가치는 드러나게 마련입니다. 새로운 시작을 앞두고 자신을 정리해야 하는 사람들이라면 꼭 마음에 새겨두고 자기 자신을 귀한 존재로 사랑하며 위로해야 할 필요가 있습니다.

위 일화는 『고전 읽기의 즐거움』에 실려 있는 글들 중 한 편입니다. 『고전 읽기의 즐거움』은 민족문화추진회가 소식지인 민족문화추진회보를 통해 한국 고전 중 명문을 알기 쉽게 번역하여 실은 것들의 모음입니다.

주로 우리 선인들의 슬기를 담은 재미있는 내용을 추진회에 재직하고 있는 전문직 위원들이 쉬운 우리말로 풀어 쓴 것입니다. 그래서 우리 고전 원전의 난해함 때문에 일반인들이 그동안 쉽게 접할 수 없었던 글들을 부담 없이 접할 수 있는 좋은 기회를 제공하고 있습니다. 수능시험 등에서도 다루고 있는 고전 수필들이 여기에 속해서 우리가 교과서를 통해 알고 있는 글도 더러 눈에 띕니다.

각 편들은 모두 일상이나 사물의 새로운 발견을 통해 현실과 세계에 대한 깨달음을 얻는 내용입니다. 필자들이 조선 시대의 유학자들인 만큼 당대의 풍속이나 현실 정치에 대한 질책 등 주로 교훈적인 내용을 담고 있습니다. 그러나 그런 것들은 현대에서도 똑같이 적용되는 것들이라서 고전이 주는 긴 생명력을 느낍니다. 가령 고령 사회인 우리 시대에서도 간과하기 쉬운 고령자의 능력에 대한 재인식을 갖게 하는 이런 글 '솥뚜껑을 여는 묘수'(『태촌집』 권 5)이 있습니다.

> 옛날에 먹을 것을 훔치는 데 귀신 같았던 쥐가 있었다. 그러나 그 쥐가 늙어 기력이 떨어지자 다른 쥐들이 그에게 가서 먹을 것을 훔치는 법을 배우게 되었다. 그리고 그 대가로 훔쳐온 것을 늙은 쥐에게 나누어주곤 하였다. 이렇게 얼마간 지나자 쥐들은 늙은 쥐의 술수를 다 배웠다고 여기고 다시 먹을 것을 나누어주지 않았다. 어느 날 시골 아낙네가 밥을 지어놓고 돌로 솥뚜껑을 눌러놓은 채 외출한 틈에 여러 쥐들이 밥을 훔쳐 먹으려 했으나 방도가 없었다. 마침내 늙은 쥐에게 방법을 물어보자며 그에게 갔는데 늙은 쥐가 말한다. "너희들은 모두 내게 방법을 배워서 항상 배부르게 먹고 지냈다. 그런데 지금 와서는 나에게 먹을 것을 나누어주지 않는다. 나는 가르쳐 주고 싶지 않다." 이에 다른 쥐들이 모두 잘못을 빌자 비로소 솥의 발 세 개 중 하나가 놓인 곳을 조금 파내 기울어지게 하면 저절로 뚜껑이 열린다고 알려준다. 그제야 여러 쥐들이 그 말을 따르고 실컷 먹고는 늙은 쥐에게도 바쳤다고 한다.

'그물코에 얽힌 세상 이치' 원제는 보망설補網說에서는 오늘날 우리가 정치권에 대해 비난하는 모습을 연상케 하는 질책이 있습니다. 필자가 귀양지에서 만난 사람이 그물 손질을 매우 잘했다고 합니다.

어느 날 그 대신 다른 노비를 시켜 그물 손질을 시켜보니 제대로 해내는 자가 없었습니다. 그래서 그에게서 그물 손질하는 법도를 설명 듣고는 그 말이 참으로 나라를 다스리는 이가 알아야 할 내용이라고 깨닫게 됩니다.

그물은 '벼리'와 '코'가 서로 잘 얽혀서 이루어지는데 벼리가 끊기고 코는 엉키어 해진 그물 같은 당시 세상이 말세라는 것입니다. 끊기고 엉킨 벼리와 코를 보고 모른 체 버려두고 어찌해 볼 수가 없다고 말하는 것 또한 어리석은 종놈에게 맡겨 그르치게 하는 풍조를 비판합니다. 오늘날 정치에 대해 불신하면서 비난만 일삼는 사람들, 자기가 나서서 정치를 제대로 해보겠다고 말하고는 국회에 들어가 싸움만 일삼는 국회위원들은 바로 여기에 속할 것입니다.

이렇게 일상 속에서 발견한 것들을 확대 재생산하여 추상적인 발견으로 승화하는 것이 이 글의 주요 내용입니다. 그러나 우리가 이 글에서 발견한 깨달음에 대해 그저 공감하는 것만으로는 선인들의 슬기를 온전히 받아들인다고 보기는 어렵습니다. 물고기보다는 물고기 잡는 방법을 배우는 것이 더 현명하다는 것은 명확한 이치입니다. 글들 중 '낚시 바늘에 매달린 도' 또는 '자득의 묘' 원제 도자설盜者說에서 말하듯 스스로 터득함이 더 중요합니다.

도둑 부자가 있었다. 아비에게서 그 기술을 배운 아들은 자기가 아비보다 훨씬 낫다고 자만한다. 이에 아비는 지혜라는 것은 배워서 이르는 데 한계가 있는 법이어서 스스로 터득함이 있어야 한다며 아직 멀었다고 가르친다. 그러나 아비의 말을 듣지 않고 자만하는 아들에게 어느 날, 부잣집 보물 창고를 털다가 아들이 창고에 들어간 틈에 아비 도둑이 밖에서 문을 잠그고는 자물통 흔드는 소리를 내어 집주인이 창고에 달려오도록 만든다. 빠져 나올 길 없는 아들 도둑은 손톱으로 박박 쥐가 문짝을 긁는 소리를 냈다. 주인이 쥐를 쫓아버리려 창고 문을 여는 순간 아들 도둑이 빠져나갔다. 그리고는 집 안 사람들에게 쫓겨 위태로운 아들 도둑이 다급해지자 연못에 큰 돌을 집어던져 마치 물속에 뛰어든 것처럼 꾸며 집을 빠져나온다. 집에 돌아와 아비에게 따지는 아들에게 아비 도둑이 말한다. "이제 너는 천하의 독보적인 존재가 될 것이다. 사람의 기술이란 남에게서 배운 것은 한계가 있기 마련이지만 스스로 터득한 것은 그 응용이 무궁한 법이다. 내가 너를 궁지로 몬 것은 너를 안전하게 하자는 것이고 너를 위험에 빠뜨린 것은 너를 건져주기 위한 것이다. 너는 곤경을 겪으면서 지혜가 성숙해졌고 다급한 일을 당하면서 기발한 꾀를 냈다. 이제 지혜의 샘이 한 번 트였으니 다시는 실수하지 않을 것이다." 그 후에 과연 그 아들은 천하제일의 도둑이 되었다고 한다.

필자는 도둑질처럼 악한 일도 반드시 스스로 그 묘한 방법을 터득해야 비로소 천하제일이 될 수 있다고 말합니다. 하물며 더 좋은 도리를 추구하는 삶에 있어서야 두 말할 나위가 없는 것입니다.

아울러 도둑이 창고에 갇히고 다급하게 쫓기던 곤경과 같은 어려움을 피하지 말고 마음속에서 스스로 깨달아 얻음이 있어야 한다고 말하고 있습니다. 이런 자각은 비단 이 글 '도자설' 에서만이 아닙니다. 우리가 『고전 읽기의 즐거움』 전체에서 진정으로 읽어야 하는 것은 바로 이런 자각입니다. 일상 속의 대상이나 체험 속에서 스스로 무언가를 깨달아 얻는 삶의 자세. 그럴 때 우리는 진정 선인들처럼 지혜를 간직한 사람으로 성숙할 것입니다.

7

고전소설에 나타난 선조들의 사랑

『사랑의 죽음』

박희병, 정길수 편역 | 2007 | 돌베개

슬픔조차 아름다운 것이 있습니다. 세대에서 세대를 건너 인간의 삶에 영원히 유전하는 것이 있습니다. 밥을 먹는 것처럼, 아무리 반복해도 질리지 않는 것이 있습니다. 바로 남녀 간의 사랑입니다. 사랑은 신비한 묘약이라고 합니다. 그것은 마시면 마실수록 더욱 갈증이 나는 이상한 음료수입니다. 그것은 온몸의 핏기를 남김없이 빨아 없애는 흡혈귀입니다. 그러나 고통스러울수록 더욱 더 그리움이 솟는 신비의 샘입니다. 그 샘물은 쓰지만 달기도 합니다. 그래서 사랑의 얼굴은 둘입니다.

여기에 17, 18세기 한문 애정소설 네 편이 있습니다. 네 편의 사랑 이야기가 있습니다. 『운영전』 『심생전』 『위경천전』 『옥소선』. 그 중 고전소설의 일반적인 형태인 '행복한 결말'을 맺는 것은 『옥소선』뿐이고 나머지 세 편은 모두 '비극적 결말'입니다. 그러나 행복이든 비극이든 그 안에는 사랑의 본질적 속성이 담겨 있습니다. 두 남녀의 사랑 방식은 오늘날과 차이가 있습니다. 그러나 그 본질은 같습니다. 아무리 세상의 가치가 뒤바뀌어도 변하지 않는 것이 본질입니다.

『심생전』은 정조 때 문장가인 이옥1760~1812이 창작한 작품입니다. 조선 초기의 『금오신화』, 17세기의 『운영전』 등 비극적 감정이 드러나는 애정소설의 계통을 잇는 작품입니다. 사랑을 맞이하는 여인의 복잡한 내면과 심리적 고민이 나타납니다. 작자 미상의 『위경천전』은 중국인을 주인공으로 설정하고 있지만 우리나라 비극적 애정소설의 기본 구도를 충실히 따르고 있는 소설입니다.

『옥소선』은 숙종 때 문신인 임방1640~1724이 창작한 작품입니다. 평안도 관찰사의 외아들과 명기 옥소선의 사랑 이야기입니다. 세상의 어려움을 모르던 귀공자가 여인과 이별한 후 비로소 사랑을 깨닫고는 모든 것을 버리고 연인을 찾아 사랑을 성취하는 내용입니다. 『옥소선』의 원제목은 '소설인규옥소선' 인데 우리말로 풀이하면 '눈을 쓸면서 옥소선을 엿보다' 라는 뜻입니다.

도련님이 사랑하는 사람의 얼굴을 먼발치에서나마 보고 싶어 정자 앞의 눈을 치우는 하인들 틈에 끼어 그녀를 바라보는 장면을 제목으로 취한 것입니다. 또한 『춘향전』과 마찬가지로 이 소설은 '옥소선' 이 정실부인이 되는데, 이는 중세적 신분 질서에 비추어 볼 때 매우 대담하고 파격적인 것입니다.

『운영전』은 우리 고전소설의 최고봉이라 일컬어지는 『금오신화』와 『구운몽』과 견주어 손색이 없는 걸작으로 꼽히고 있습니다.

전체 구조는 이른바 '액자식 구성'을 취하고 있습니다. 청파지금의 서울 용산구 청파동에 사는 선비 '유영'은 경치가 아름답기로 소문난 수성궁안평대군의 옛집으로 서울 경복궁 뒤쪽의 인왕산 아래, 지금의 부암동 근방 자리에 홀로 놀러갑니다. 거기서 천상의 신선인 한 소년과 젊은 미인을 만나는데 그들이 바로 소설 속 주인공인 김 진사와 운영입니다. 이야기는 인간 세상에 있을 때 운영과 김 진사가 겪은 사랑의 슬픔을 그 둘이 말하고 유영은 그것을 듣는 형식입니다.

안평대군은 세종대왕의 여덟 대군 중에서도 가장 총명하며 재주가 뛰어난 인물입니다. 그는 자신의 집 '수성궁'에 나이 어리고 용모가 아름다운 궁녀 열 사람을 뽑아 가르쳤습니다. 그녀들은 모두 빼어난 재주를 갖게 되는데 그 중 한 명이 운영입니다. 대군은 열 사람 모두를 매우 아껴서 항상 궁중에 두고 다른 사람과는 마주하여 말하지도 못하게 했습니다.

한편 김 진사는 열네 살에 진사 시험에 합격한 나이 어린 선비입니다. 안평대군이 그 재주를 높이 사 수성궁으로 그를 초대하는데, 대군은 진사가 나이 어린 선비인지라 궁녀들로 하여금 진사를 시중들게 합니다. 이 때 운영은 진사가 글을 쓰는 곁에서 벼루 시중을 들다가 서로 첫눈에 반하게 됩니다. 진사가 붓을 휘둘러 글씨를 쓰다가 그만 먹물 한 방울이 잘못 운영의 손가락에 튀어 작은 먹점이 묻게 되는데 운영은 그것을 영광으로 여겨 닦아 없애지 않습니다.

이후부터 두 사람은 서로를 그리워하게 됩니다. 그 뒤에도 대군이 진사와 자주 만났으나 궁녀들을 더 이상 가까이 두지 않았기

때문에 운영은 그때마다 문틈으로 진사를 엿보며 사랑을 키워갈 수밖에 없었습니다. 진사 역시 운영을 한 번 본 이후로 사랑을 품게 되나 자신의 마음을 전할 길이 없었습니다. 그러던 중 선비들과 어울리는 자리에 다시 초대 받은 진사가 모퉁이에 앉아 몰래 벽의 구멍 틈으로 운영의 편지를 받고 사랑을 확인하게 됩니다. 그리하여 진사도 수성궁을 드나드는 무녀에게 도움을 청해 자기의 편지를 궁 안의 운영에게 어렵게 전달합니다.

서로를 연모하는 정이 깊어져 마음의 병에 이를 때, 운영은 다른 동료 궁녀들의 도움으로 행사를 틈타 무녀의 집에서 김 진사와 상봉합니다. 그 후 김 진사는 '특' 이라고 하는 하인의 도움으로 수성궁 높은 담장을 넘어 운영과 은밀히 만나고 돌아오기를 반복합니다. 그러나 점점 안평대군의 의심을 사게 되고 이로 인해 진사가 더 이상 몰래 궁궐 출입을 할 수 없게 됩니다.

진사와 운영은 서로를 볼 수 없게 되자 각각 병을 얻게 되는데 이 때 하인 '특' 이 간교한 꾀를 냅니다. 즉 운영을 궁 밖으로 몰래 빼내자고 진사를 부추깁니다. 그 계획을 운영에게 알리고 운영은 자신의 재산을 몰래 궁 밖으로 먼저 내보냅니다. 이 과정에서 '특' 이 재산을 빼돌리고 진사의 질책을 받게 되는데 이로 인해 궁 안까지 소문이 나게 됩니다.

마침내 안평대군이 노하여 운영이 사는 궁 안을 수색하여 운영과 김 진사의 일이 발각되고 맙니다. 결국 운영은 자결을 하고 맙니다. 김 진사는 청량사에 올라 부처님께 운영의 명복을 빌고 나서 세상에 뜻을 두지 않고 몸을 깨끗이 씻고 새 옷으로 갈아입은 다음 조용히 방에 눕습니다. 나흘 동안 먹지 않다가 한 번 장탄식을 하고는 마침내 일어나지 못했다고 합니다.

『운영전』이 걸작으로 꼽히는 이유는 여러 가지가 있습니다. 먼저 이 소설은 표현 수준이 뛰어납니다. 주인공뿐만 아니라 등장하는 주변 인물에도 나름대로 성격 부여를 하고 있습니다. 그리하여 다양한 인물들의 세심한 성격화를 통해 전체적인 모양새를 풍성하게 합니다. 그리고 중간 중간에 삽입된 시는 전체 스토리 전개에 긴밀한 연관 관계를 주어 풍성한 세부 묘사에 일익을 담당합니다.

무엇보다 이 작품이 뛰어난 것은 작품이 담고 있는 문제의식 수준이 대단히 높다는 점에 있습니다. 그 문제의식이란 궁녀로 대표되는 억압된 여성의 꿈과 슬픔을 담고 있다는 점입니다. 당시 궁녀들의 처지는 안평대군의 이런 명령에 잘 나타납니다.

"궁녀는 한 번이라도 궁문을 나서면 그 죄는 죽음에 해당한다. 외부인이 궁녀의 이름을 알게 되면 그 죄 또한 죽음에 해당한다."

이렇듯 궁녀들의 삶이란 폐쇄적이고 억압적이었습니다. 그런 억압성은 궁녀뿐만 아니라 조선 시대 여성들의 보편적인 모습이라고 볼 수도 있습니다. 이런 제도적인 억압 구조 속에서 등장인물들은 해방을 꿈꿉니다. 그것은 사랑의 자유를 항변하는 목소리로 드러납니다. 안평대군에게 발각되어 궁녀들 모두가 처벌을 받기 전 각각의 발언에서 운영의 동료인 은섬은 말합니다.

"남녀의 정욕은 음양으로부터 부여받아 귀천을 막론하고 사람이라면 누구나 가지고 있습니다. 그런데 한 번 깊은 궁궐에 갇히

고 난 뒤에는 이 한 몸 외로운 그림자와 짝하여, 꽃을 보고 눈물을 삼키고 달을 마주해서는 슬픔으로 넋이 나갑니다. (…중략…) 궁궐 담장을 넘기만 하면 인간 세상의 즐거움을 알 수 있건만 그렇게 안한 것은 그럴 만한 힘이 없어서이거나 그러고 싶은 마음이 없어서였겠습니까? 오직 주군의 위엄이 두려워 이 마음을 단단히 다잡고 궁궐 안에서 말라 죽으리라 생각했던 것입니다."

작품의 이런 특성으로 『운영전』이 우리 고전소설을 통틀어 몇 손가락 안에 꼽히는 걸작으로 평가되는 것입니다. 그래서 이 작품이 작자 미상이기는 하나 당대의 유명 문인에 의해 창작된 작품으로 추측되기도 합니다. 그것은 비슷한 시기의 명편으로 꼽히는 『주생전』과 『최척전』이 각각 당대의 손꼽히는 문인인 권필과 조위한의 작품이라는 점에서 볼 때 더욱 그렇습니다. 『운영전』은 중세적인 억압 구조 속에서 '인간 감정의 해방'을 꿈꾸고 있습니다. 그리하여 이 작품은 흥미와 메시지 양면에서 훌륭한 성취를 이루었습니다.

중학교 도덕 교과서에 이런 구절이 있습니다.

"스위스의 한 80세 노인이 자기의 생애를 시간의 양으로 계산해 놓은 통계는 무척 재미있다. 잠자는 데 26년, 일하는 데 21년, 식사하는 데 6년, 남이 약속 안 지켜 기다리는 데 5년, 불안스럽게 혼자 낭비한 시간이 5년, 세수하는 데 228일……."

여기에 몇 가지를 보태보겠습니다. 설거지 하는 데 2년 반, 사무실로 걸려온 남의 전화를 바꿔주는 데 2년. 결국 우리 삶 동안 진정으로 의미 있고 행복한 시간을 지내는 것은 얼마나 될까?

그러므로 우리는 사랑할 수 있는 순간에 사랑하며 살아야 합니다. 사랑은 인간에게 주어진 가장 큰 특권입니다. 사랑에는 고전과 현대가 따로 있을 수 없습니다. 사랑이라는 이름 하나입니다.

8

조선 시대 3대 의적

『장길산』

황석영 지음 | 1995 | 창비

역사소설은 결코 고리타분한 것이 아닙니다. 거기에서 독자는 오늘날에 견주어도 손색이 없는 재미와 함께 역사의식이라는 시대정신을 만날 수 있습니다. 특히 우리나라의 나지막한 산봉우리들처럼 다양한 등장인물들이 엮어내는 흥미진진한 줄거리는 소설 속 시대를 넘어 지금 우리의 이야기이기도 합니다. 그래서 이 땅의 민중들은 우리 민족이 어려운 시대에 장편 역사소설을 읽으며 민족의 자긍심을 키웠습니다. 그리고 오늘날에도 이런 역사적 인물들의 이야기가 드라마의 인기 있는 소재로 끊임없이 재생산되고 있습니다.

10권짜리 장편, 그것도 활자가 빼곡한 책을 단숨에 읽어낼 수는 없을 것입니다. 그렇지만 시작하기만 한다면 여러분은 곧 소설 속 재미에 푹 빠져 어느덧 종반에 이르고, 마지막 장을 덮을 무렵에는 아쉬움과 함께 뿌듯한 성취감도 맛볼 수 있을 것입니다. 장편 역사소설을 하나씩 섭렵해 나가는 것은 새로운 도전이자 즐거움이기도 합니다.

홍명희의 『임꺽정』이 16세기 중반 조선 중기의 사회상을 배경으로 민중들의 삶을 역동적으로 그려낸 기념비적 작품이라면 황석영의 『장길산』은 그것을 이어 받아 17세기 말 18세기 초 조선 후기의 시대상을 담고 있는 작품입니다. 이것은 후에 김주영의 『객주』로 이어집니다. '의적 소설'은 조선 시대 3대 의적 즉, 홍길동,연산군 재위 1494~1506 임꺽정,명종 재위 1545~1567 장길산숙종 재위 1674~1720을 소재로 한 소설을 말합니다.

의적이 출현하던 시대라는 것은 그만큼 그 사회가 백성들의 배고픔을 외면하였고 백성들이 살기 어려웠던 때라는 징표이기도 합니다. 그런 의미에서 의적소설이 나오고 읽혀진다는 것 또한 얼마큼 부정적인 사회 현실에 대한 반응임에 틀림없습니다. 그래서 소설 『장길산』을 '7,80년대 진보운동의 집단적 초상이자 우리의 얼굴'이라고 주장하는 이도 있습니다. 아무래도 『장길산』이란 의적소설의 등장은 7,80년대 군부독재 정치로 인한 경직된 사회 분위기와 무관하지 않은가 봅니다.

『장길산』의 터전은 황해도 구월산입니다. 거기서 출발해 장길산의 활빈도가 세력을 넓혀 백두산 두만강 일대로 진출해 나갑니다. 그러나 소설 전반에 걸쳐 가장 묘사가 잦은 지역은 역시 황해도입니다. 그 황해도 산천에 대한 묘사는 '갈 수 없는 고향을 그리워하는 작가의 마음'이라고도 합니다. 어떤 이들은 소설 속 황해도 산천과 고을과 풍속에 대한 묘사에서 마치 산천을 애무하듯 하는 작가의 따뜻한 손길이 느껴진다고 합니다. 아울러서 광범위한 조선 후기 사회상의 묘사는 『장길산』이 개인 창작이지만 집단 창작적 성격도 아우르고 있음을 보여주기도 합니다. 작가의 고백처럼 장길산을 중심으로 한 광범위한 사료 발굴이나, 조선 후기 역사 · 사상 · 문학 · 예술에 대한 연구 등은 진보학계의 업적을 활용한 것이라고 합니다.

『장길산』의 구성은 전체 4부 10권으로 이루어져 있습니다. 제1부 '광대'廣大에는 장길산의 탄생과 청년 시절이 그려집니다. 특히 길산과 의형제를 맺으며 작품 전반에 중요한 역할을 담당하는 인물들이 등장합니다. 문화 재인말 광대패인 '장충'이 만삭의 몸으로 쫓기는 노비를 구해주게 되는데 그 노비가 죽으며 낳은 아이가 길산입니다. 아이는 장충의 집에서 자식으로 길러지게 되고 자연스럽게 광대패가 됩니다. 그 마을재인말에서 길산과 가장 친한 친구이자 동지가 천하장사 이갑송입니다. 길산은 해주 신복동 패거리를 혼내주다가 모함에 빠져 감옥에 갇혔다가 탈출한 후 그동안 인연을 맺었던 사람들과 의형제를 맺습니다. 그들이 송도 배대인 상단의 행수인 박대근을 비롯하여 양반인 김기, 뱃사람 우대용, 구월산 산적 마감동과 오만석, 천하장사이자 소금장수인 강연홍입니다.

제2부 '군도'群盜는 장길산이 세력을 모아 활빈도 활동을 하기 전 의형제들 각자가 자기 세를 이루어가는 기간입니다. 그들 모두가 시대에 적응해 착한 백성으로 살아가려고 했지만 끝내 사회의

불합리로 인해 세상을 등지게 될 수밖에 없었던 사연들이 펼쳐집니다. 우대용은 그토록 원하던 뱃사람으로 남지 못하고 수적으로 일당을 꾸리고, 강선홍도 달마산으로 들어가 산적이 됩니다. 구월산에는 마감동과 오만석이 있고, 김기가 그들의 책사가 되어 도와줍니다. 장길산은 스승인 금강산의 운부대사 밑에서 3년 수도를 한 후 곁을 떠나 혼자서 묘향산 등지를 돌며 수도를 합니다.

제3부 '잠행'潛行은 장길산이 의형제들을 규합하여 본격적으로 활빈도로서 한 무리를 이루고 활동하는 시기입니다. 장길산의 활빈도가 점점 세력을 더해 가면서 그 존재가 마침내 조정에서 근심하는 정도에 이릅니다. 그 때문에 조정에서 파견한 토포군포도청 종사관이며 당대 최고의 칼잡이 최형기가 토포 대장에 의해 구월산 마을이 초토화되고 소두령인 마감동과 오만석이 피살됩니다. 한편 조정의 무능함을 고치고 백성들의 세상을 꿈꾸는 무리들이 등장해 활동하는데 도성 안의 대갓집 노비들이 결성한 '살주계'와 하층 무뢰배 중심의 '검계' 승려 여환과 무녀 원향을 중심으로 한 '미륵도'가 그것입니다.

제4부 '역모'逆謀 상上은 전국적으로 흩어진 집단들이 연합하여 모반을 일으키는 내용입니다. 미륵도, 검계, 살주계, 자비령의 장길산 부대, 박수 오계준을 중심으로 한 해서 무계, 운부대사를 중심으로 한 전국적인 승병 조직 등이 연합을 하여 거사를 정합니다. 그러나 미륵도의 향도들이 성급한 이동을 하는 바람에 전국적인 거사는 결렬되고 미륵도는 해체됩니다.

제4부 '역모'逆謀 하下에서 장길산의 활빈도 세력이 점점 커져서

황해 이북의 산적들이 거의 그의 휘하에 들어가게 됩니다. 그리고 활빈도는 서북 경영 상고 체제를 확립하여 활빈에 필요한 물질적인 경영을 함께하는 조직력을 갖게 됩니다.

한편 전국적인 모반이 결렬된 후 운부대사 등 승병이 중심이 되어 다시 거사를 계획하지만 한양 내 동조 세력그들의 거사에 찬성하는 선비들의 배신으로 결국 수포로 돌아갑니다. 장길산의 활빈도 역시 고달근의 배신으로 최형기에 의해 길산 식구들과 측근 식구들이 죽게 됩니다. 그러나 배신자는 길산 일당에 의해 징벌을 받고 최형기는 운산 군수로 파견된 후 길산과의 대결에서 죽게 됩니다. 이후 장길산의 활빈도는 유민들과 함께 두만강 하류 서수라와 백두산 일대 광활한 무인지경에 무리들을 이끌고 새로운 세상을 꿈꾸며 정착했다는 소문이 세상에 남습니다.

> 백성들이 억눌려 살지 않도록 끊임없이 잘못된 제도와 싸우고 드디어는 백성의 세상을 세워야 할 것이다. …출발은 스스로 살기 위하여 일어났으되, 가는 곳은 여럿이 함께 사람다웁게 살아가는 세상을 세우는 길이다.
>
> – 장길산이 자비령 산채에서 부하와 나눈 대화에서

장길산 무리가 꿈꾸던 세상은 곧 시대와 지역을 초월해서 모든 백성들이 바라는 나라입니다. 국민이 사람답게 살 수 있는 나라. 몇몇 정치하는 위정자들이 서로 무리지어 다투기만 하지 않고, 백성을 무시하지도 않는 나라. 우리가 장길산의 시대를 돌이켜 보며 그 시대 백성들의 아픔을 느끼듯, 앞으로 100년 200년이 지난 후

후손들도 현재의 우리들 마음을 헤아려 볼 것입니다. 그때 우리는 과연 후손들에게 부끄럽지 않게 국민들을 위한 세상 속에서 살았다는 말을 들을 수 있을까요? 혹시 지금 우리 시대에도 영웅을 필요로 하는 것은 아닌가요? 우리는 지난 역사 속에서 오늘을 봅니다. 그 시대 백성들의 마음에서 오늘의 우리 마음을 읽습니다. 자, 『장길산』이 벌이는 장대하고 통쾌한 활약처럼, 바로 내가 백성을 이끄는 영웅이 되어 이 산하를 아우르는 상상의 여행을 떠나보면 어떨까요?

9

김유정의 고향 실레 마을을 담은 단편들

『동백꽃』

김유정 지음 | 2006 | 열림원

김유정의 동백꽃은 서정주의 동백꽃이 아닙니다. 서정주 시인이 노래했던 「선운사 동구」의 동백꽃은 서럽도록 붉습니다. 붉디붉어서 어느 한 순간 이별처럼 떨어져 남도의 땅을 수놓는 꽃입니다. 그러나 김유정의 동백꽃은 노랗습니다. 단편 「동백꽃」에서 순박한 사춘기 남녀가 그 속에 폭 파묻힌 꽃. 알싸한 그리고 향긋한 냄새에 땅이 꺼지는 듯 온 정신이 고만 아찔해진 꽃입니다. 같은 표현인데 다른 꽃을 가리키는 이유는 무엇일까? 김유정의 고향은 강원도 춘천시 신동면에 위치한 실레마을입니다. 그곳 강원도에서는 노란 생강나무꽃을 동백꽃이라 부르기 때문입니다.

김유정은 1908년 태어나 1937년 3월, 병으로 세상을 떠났습니다. 만 29세였습니다. 그는 1935년 「소낙비」가 조선일보에 당선되고 「노다지」가 중앙일보에 가작으로 입선되어 등단했습니다.

이때부터 죽기 전 약 2년 동안 발표한 단편 소설이 30여 편에 가깝습니다. 그 중 약 12편이 고향인 실레마을을 배경으로 탄생했습니다. 이들 작품들은 거의 실레마을이라는 공간과 이곳에서 일어났던 실제의 삶을 반영하여 소설적 재현을 하고 있습니다. 하지만 그의 소설 속에서 현실은 새롭게 재창조되고 이렇게 재창조된 세계에는 삶의 진실이 녹아 있다고 합니다. 김유정의 고향 마을 이름이 '실레'인 것은 산에 묻힌 마을 모양이 마치 옴팍한 떡시루 같다 하여 붙은 이름입니다. 결국 작가는 고향 마을에서 시루떡 열두 개를 쪄낸 셈입니다.

그러나 고향 마을에서 작품을 쓰던 그의 삶은 행복하지 않았습니다. 가난과 지병 때문이었습니다. 김유정은 첫 아들을 낳고 내리 딸 다섯을 둔 뒤 얻은 귀한 아들로 태어났습니다. 8남매 중 일곱째입니다. 집안도 대대로 천석을 웃도는 부자였습니다. 그런 귀한 아들로 태어났건만 그는 어려서부터 병약했습니다. 그가 일곱 살 되던 해, 일본의 재산 몰수를 피해 땅을 팔고 서울로 식구들이 올라온 후 어머니가 돌아가시고 2년 뒤 아버지마저 저 세상에 가셨습니다.

이때부터 집안은 스무 살이나 위인 형이 꾸려 나갔습니다. 하지만 그 형은 방탕 때문에 재산을 탕진하고 어린 동생 유정에게는 아버지로부터 물려받은 재산을 한 푼도 남겨주지 않았습니다. 김유정이 열여덟 살이 되던 해 휘문고보에 입학하게 되는데, 이때 이미 가세는 기울고 오랜 배앓이로 인해 원래 병약했던 그에게 치질까지 생겨 악화됨으로써 경제적, 신체적으로 고통을 받게 됩니다. 그러면서 힘들게 졸업을 하고 1930년 연희전문 문과에 입학했으나 출석일수 미달로 두 달 만에 제적당하고 맙니다.

이 시절 김유정은 누나, 형수네 집을 전전하며 근근이 생활을 이어갑니다. 그러나 누나도 역시 공장에서 번 적은 월급으로 병약하고 무력한 동생을 부양하는 데 괴로움이 있었습니다. 「생의 반려」「연기」「따라지」「슬픈 이야기」 등 도시 빈민층을 배경으로 하는 소설은 대부분 당시 궁핍하고 무력한 삶을 살았던 자신의 경험을 바탕으로 창조된 세계입니다.

결국 김유정은 가난과 병마를 안고 다시 실레마을로 되돌아오게 됩니다. 마음을 다잡아 마을 청년들과 함께 농우회를 꾸려 문맹 퇴치, 놀음 퇴치, 협동조합운동 등 농촌계몽운동에 힘씁니다. 그러나 그는 여전히 가난했으며, 그래서 병마와의 싸움은 더욱 고통스러운 지경에 이릅니다. 이런 힘든 상황에서 그를 지탱해 준 것은 소설 쓰기였습니다. 이 무렵 휘문고보 시절 단짝 친구였던 안회남이 신춘문예로 등단하자 김유정도 소설 쓰기에 도전해 본격적인 창작 활동에 몰입하게 됩니다.

마침내 1935년 등단을 하게 되고 왕성한 창작열을 보여줍니다. 그러나 창작열 이면에는 개인적인 아픔이 있습니다. 자신의 병을 고치려면 돈이 필요했고, 돈을 벌기 위해 무리하게 소설을 썼고, 그 때문에 그의 병은 더욱 악화될 수밖에 없었습니다. 그의 몸은 1933년 폐결핵 진단을 받은 후 결핵성 치루로까지 치질이 악화되어 있었습니다. 1937년 3월 김유정은 다섯째 누이가 살고 있는 경기도 광주로 거처를 옮깁니다. 그때는 이미 혼자서 세수도, 식사도 할 수 없을 정도로 쇠약해진 상태였습니다. 그때 누나의 집에서 동창생 안회남본명 안필승에게 다음과 같은 편지를 씁니다. 그가 세상을 떠나기 11일 전이었습니다.

필승아.
나는 날로 몸이 꺼진다. 이제는 자리에서 일어나기조차 자유롭지가 못하다. 밤에는 불면증으로 하여 괴로운 시간을 원망하고 누워 있다. 그리고 맹열이다. 아무리 생각하여도 딱한 일이다. 이러다가는 안 되겠다. 달리 도리를 차리지 않으면 이 몸을 다시는 일으키기 어렵겠다.
필승아.
나는 참말로 일어나고 싶다. 지금 나는 병마와 최후의 담판이다. 흥패가 이 고비에 달려 있음을 내가 잘 안다. 나에게는 돈이 시급히 필요하다. 그 돈이 없는 것이다.
필승아.
내가 돈 백 원을 만들어볼 작정이다. 동무를 사랑하는 마음으로 네가 좀 조력하여 주기 바란다. 또다시 탐정소설을 번역해 보고 싶다. 그 외에는 다른 길이 없는 것이다.
(…중략…)
그 돈이 되면 우선 닭을 한 30마리 고아 먹겠다. 그리고 땅꾼을 들여 살모사, 구렁이를 10여 마리 먹어보겠다. 그래야 내가 다시 살아날 것이다. 그리고 궁둥이가 쏙쏙구리 돈을 잡아 먹는다. 돈, 돈, 슬픈 일이다.
필승아.
나는 지금 막다른 골목에 맞닥뜨렸다. 나로 하여금 너의 팔에 의지하여 광명을 찾게 하여다오.

나는 요즘 가끔 울고 누워 있다. 모두가 답답한 사정이다. 반가운 소식 전해다오. 기다리마.

3월 18일 김유정으로부터

편지 속에는 천재적인 작가의 요절을 가져왔던 병마와 가난함이 뼈저리게 담겨 있습니다. 이런 환경 속에서도 김유정이 남긴 작품들은 한국 문학사에 남는 명작들이 되었습니다. 특히 그의 작품에는 우리말을 맛깔스럽게 살린 언어 미학과 전통적인 해학성이 돋보입니다. 그것들은 작가의 비극적인 처지를 딛고 창조한 것이라는 점에서 더욱 값진 것입니다. 그는 차츰 차츰 스러져가는 목숨을 부여잡고 원고지에 자신의 영혼을 소진해 갔던 것입니다.

그의 소설 속에서 등장인물들이 사용하는 언어는 생생한 강원도 사투리와 하층민들의 적나라한 비속어입니다. 그리고 그의 소설 제목들은 대개 순 우리말입니다. 소박한 고유어들을 발굴하여 밀려난 삶을 사는 하층민들의 삶을 그들 자신의 언어로 이야기합니다. 그들의 절망적인 갑갑함을 비속어를 통해 일정 부분 해소시킵니다.

이것은 그의 소설이 전통적인 해학성을 갖는 것과 관련이 있습니다. 전통적인 해학은 고전 소설에서 보듯이 해학적인 전개와 문체를 통해 웃음을 유발하면서 비극적인 상황을 풀어냅니다. 그렇기 때문에 그것을 읽으며 웃음 짓게 되는 독자의 심리 한편에는 서글픔이나 안타까움 같은 한이 고이기 마련입니다.

문학 작품을 감상할 때 작품과 작가와의 관계를 고려해 감상하는 방법을 '표현론적 관점' 이라고 합니다. 천재 작가그가 등단 후 2년 동안 쓴 작품들의 양과 질이 그것을 증명한다였으나 비극적인 환경과 타고난 병약함 때문에 스물아홉 나이로 요절할 수밖에 없었던 인물. 그래서 그가 자신의 고향을 밑그림으로 창조해 낸 소설의 세계로 들어가는 독자들의 발걸음에는 비감이 서릴 수밖에 없습니다.

강원도 춘천시 신동면 실레마을. 그곳에 가면, 둘러 선 산들에 감싸여 잔잔하게 언덕진 마을이 있습니다. 그곳에는 노란 '동백꽃' 퍼드러진 뒷산 언덕이 있고, 산 중턱 어디쯤엔 '만무방' 이 놀음하던 동굴도 있습니다.

동네를 돌아 멀리 고개를 넘는 곳에 '산골 나그네' 의 주막이 있고, 마을로 내려오면 '봄봄' 의 장인님과 멱살잡이 하던 고샅길이 있습니다. 그리고 마을 어귀 논밭 사이 '금따는 콩밭' 에는 아직도 콩 잎새들이 햇살에 짙어 가고 있습니다. 건너편 '김유정 문학관' 을 찾아온 사람들이 그런 마을 풍경들을 바라보면서 이제 막 김유정의 작품 속으로 들어가고 있습니다.

시인의 사랑

『사랑을 말하다』

강수 외 지음 | 2005 | 다시

인간은 '불쌍한 사랑 기계' 입니다. 목숨이 붙어 있는 한 사랑을 합니다. 끊임없이 사랑에 목말라하며, 그러다가 파도처럼 부딪쳐 깨지면서 수없이 사랑에 아파합니다. 그러면서도 또 사랑을 찾아 나섭니다. 그래서 사랑은 인간을 존재하게 하는 영원한 에너지입니다. 평생을 파고 또 파도 고갈되지 않는 에너지입니다. 세상을 살아가는 모든 사람들은 저마다 사랑에 대해 할 말이 있습니다. 시인이든 시인이 아니든, 누구든.

『사랑을 말하다』에서 저마다의 사랑을 말하는 이들은 〈글발〉의 시인들입니다. 〈글발〉은 시인 축구단 이름입니다. 10여 년도 훌쩍 넘은 어느 날, 젊은 시인 몇몇이 모여 술을 마셨습니다. 늘 그렇듯 술이 거나해지면서 이런저런 객기가 쏟아져 나왔습니다. 때론 호탕하게 때론 자조적으로 자신들의 삶을 얘기했을 것입니다.

그러다가 흠씬 술에 취하고 어떤 시인은 귀가를 서두르고 어떤 시인은 생떼를 부리고 그랬을 것입니다. 그렇게 반복 아닌 반복이 그들의 친소친소 모임이었습니다. 술을 빙자한 모임. 그러다가 누군가 엉뚱한 제안을 했습니다. 모여서 술만 마시지 말고 특이하게 축구를 한번 해보자고. 그래서 탄생한 모임이 〈글발〉입니다. 우리 문단에서 유일한 시인 축구단 〈글발〉. 현재 60여 명 남여 시인들이 회원인 〈글발〉 팀은 매달 한 번씩 축구를 합니다.

그 회원들이 각자의 시집을 내는 것 외에 공동으로 시집을 냈습니다. 사랑을 주제로 한 시 한 편씩과 산문을 묶었습니다. 그것이 『사랑을 말하다』가 만들어진 계기입니다. 시인들이란 어쩌면 나이가 들어가도 제 나이를 잊고 사랑에 목말라하며, 사랑이란 미명 아래 시를 쓰는 존재들인지도 모릅니다. 그러나 어찌 그것이 시인들만의 특권일 수 있겠는가? 적어도 사랑 앞에서는 우리 모두 시인입니다. 적어도 사랑을 품게 되면 이 계절을 시인보다 더 기꺼이 느낄 수 있습니다. 사랑을 하면 주변의 사물과 소리와 날씨와 계절에 더 민감해집니다.

시인과 축구와 사랑이라는 주제. 이것을 이렇게 연결하여 시인은 설명합니다.

> 축구를 할 때, 게임을 앞두고 운동장에 들어서기 직전, 나는 항상 가벼운 긴장을 한다. 나는 그런 긴장감이 좋다. 그 긴장의 실체가 무엇이든, 가벼운 긴장감 속에는 여러 가지 다양한 감정이 들어 있다. 그런 감정은 게임 때마다 차이가 있고 새롭다. 그래서 축구 게임은 매번 살아 있다. 살아 있다는 점에서 축구와 사

랑은 비슷하다. 그리고 그 둘은 항상 시작 전에 설렘으로 온다. 그래서 축구를 하는 것, 사랑을 하는 것, 거기에 하나 더해 시를 쓰는 것에는 서로 공통점이 있다. 살아 있음과 설렘. 가을날, 높은 하늘에서 지상으로 내려온 바람 한 줄기와 더불어 천천히 거리를 걸어가며 느끼는 맑고 자유로운 설렘이다.

– 채풍묵, 「사랑하러 간다」

그렇습니다. 살아 있음과 설렘. 그렇게 사랑은 옵니다. 매일 매일 지나치는 길이 있습니다. 그 길가에 풀이 자랍니다. 풀잎은 내가 알기 이전부터 아침 이슬을 받았을 것이고 바람에 흔들리기도 했을 것입니다. 그것은 일상일 뿐입니다. 그러다가 어느 순간, 풀잎의 흔들림이 심상치 않게 감지되는 때가 있습니다.

태풍이 온다거나, 폭우가 쏟아질 것이라는 예보가 있으면 그렇습니다. 그럴 때 그 풀잎의 흔들림을 보면서 의미를 부여합니다. 저 흔들림이 점점 더해져 마침내 태풍이 올 것이라든지, 혹은 그 흔들림 속에서는 어쩐지 폭우의 전주가 느껴진다든지 하는 의미 말입니다. 그렇게 아무렇지도 않았던 일상에 의미를 부여하면서 사랑은 옵니다. 그리고 마침내 태풍처럼 폭우처럼 옵니다. 이렇게 다가온 사랑은 무엇이라고 설명하기 힘든 존재입니다. 시인은 또 말합니다.

하늘을 가리키면서, 베르메르가 그리트에게 묻는다. 하늘은 무슨 색이지? 그리트는 푸른색…이라고 했다가, 아니 흰색…, 아니 회색이네…라고 중얼거린다. 하늘의 빛은 인간이 만든 색깔

> 의 이름으로 환원되지 않는다. 크레용에 씌어 있는 '하늘색'이라는 색은 기만적이다. 사랑이 그렇다.
>
> – 이장욱 「나비」

이렇게 인간의 표현으로 정확한 설명이 불가능한 사랑이지만 확실한 것은 사랑은 오고 동시에 간다는 점입니다. 그래서 시인은 늘 사랑이 끝날 것을 예감하며 죄 없는 사람과 이별을 결심하기도 합니다.

> 나 같은 얼간이에게/사랑은 손톱과 같아서/너무 자라면 불편해진다/밥을 먹다가도 잠을 자다가도/웃자란 손톱이 불편해 화가 난다/제 못난 탓에 괴로운 밤/죄 없는 사람과 이별을 결심한다/손톱깎이의 단호함처럼/철컥철컥 내 속을 깎는다/아무 데나 버려지는 기억들/나처럼 모자란 놈에게/사랑은 쌀처럼 꼭 필요한 게 아니어서/함부로 잘라버린 후/귀가 먹먹한 슬픔을 느끼고/손바닥 깊숙이 파고드는 아픔을 안다/다시 손톱이 자랄 때가 되면/외롭다고 생각할 것이다
>
> – 전윤호, 「손톱」

아무리 이별을 해도, 아무리 더 이상 사랑은 없다고 결심해도, 지나간 사랑은 어느덧 다른 그리움을 부릅니다. 그러면 또 다른 사랑이 그리워집니다. 그것이 사랑을 벗어나서 살 수 없는 인간의 실체이기도 합니다. 그때, 시인은 사랑을 위해 철새가 됩니다.

대책 없이 뛰쳐나온 불륜이/먼 길을 돌아 이제 막/숨차게 들어 선 곳,/허름한 여인숙 같은 둥지 속에/살림이랄 게 뭐 있나요// 솔직히 우리/부끄런 몸사랑 가려줄/펄렁이는 나뭇잎/몇 장이면 족하지요/어차피 다 한 철인데요 뭐//그래요/이 무성한 여름 지나/서늘한 바람이 불어오면/문득 몸살처럼/머나 먼 남지나해 건너/또 다른 사랑이 그립겠지요//벌써부터/오며 가며/눈맞은 옆집 여자에게/도망가자! 버릇처럼 속삭입니다

– 이덕규, 「철새들 사랑」

『사랑을 말하다』에서 시인들은 각양각색의 사랑을 말합니다. 사랑의 완성은 이별이라고 말하기도 하고, 미완의 사랑이 가장 완전한 사랑이라고 말하기도 합니다. 또는 너를 사랑하는 일은 결국 나를 사랑하는 일이었다고 고백합니다. 그러나 사랑에 대해 뭐라고 말하든, 사랑이 가슴 속에 문신처럼 남긴 흔적은 모두가 소중하게 여깁니다. 그래서 자신만의 그 흔적을 찾아 나서기도 합니다.

시가 부재의 소산이란 말은 내게 너무도 옳다. 나로부터, 내 주변으로부터 그 무엇인가 하나씩 사라질 때 내게로 시가 왔다. 더러는 오지 않는 시를 기다리다 내가 시로 달려가다 무르팍을 깨기 일쑤였다. 한 여자에 대한 추억도 그렇다. 그녀의 유혹은 매혹적이었지만 내 기다림의 시간은 고통이었다. 내가 그녀를 잊고자 찾아간 유폐지가 외포리였고 그녀를 떠올리며 시를 쓴 곳도 외포리였다. 지금도 나는 아름다운 시절이라고 그때를 추억할 수 없다. 아이러니하게도 등대 다방에서 빛도 없는 내 생

을 그려보았던 것.

– 우대식, 「그리운 등대 다방」

맨 끝에 서 있다/맨 끝에 앉아 있다/간혹 바람이 오고/간혹 사랑이 오고/간혹 증오가 오고/강화 차부에서 날아온 함박눈이/가만 가만 물었다/언제쯤 다시 만나지/강아지풀, 뜸쇄기풀 잘린 허리/피로 물들은 가난한 외포바다/눈이 내린다

– 우대식, 「외포리」

자, 우리 이제 무엇을 망설일 것인가. 사랑의 감정이 오고 이별이 오고 또 다른 사랑이 오는 것임을 알고 있다면 사랑을 받아들이는 데 무엇을 주저하겠는가. 노란 은행나무가 가을 문 앞에 서 있는 계절, 은행잎 몇 잎을 속주머니에 슬며시 넣고 맑은 하늘을 보며 심호흡을 해보자. 그리고 사랑을, 나만의 사랑을 기다려 보자.

11

시를 찾아가는 가을날

『시가 내게로 왔다』

김용택 엮음 | 2001 | 마음산책

"나는 인간의 선함과 진실함을 그려야 한다는, 예술에 대한 대단히 평범한 견해를 가지고 있다. 따라서 내가 그리는 인간상은 단순하다. 나는 그들의 가정에 있는 평범한 할아버지와 할머니, 그리고 물로 아이들의 이미지를 그린다."

박수근 화가의 말입니다. 그런데 여기 그 '선함과 진실함' 을 그리는 시인이 있습니다. '사랑하고, 감동하고, 희구하고, 전율하며 사는 것이다' 라는 로댕의 말을 책상 앞에 적어 놓고 있는 시인, 산골 초등학교 선생을 하며 문학에 빠져 14년을 혼자 공부한 시인, 자신이 낳고 자란 섬진강 가의 흙집에서 어머니와 사는 초등학교 선생님 시인, 바로 섬진강 시인 김용택입니다. 그가 엮은 책이 『시가 내게로 왔다』입니다. '김용택이 사랑하는 시' 라는 부제가 붙어 있습니다.

흔히 가을은 사색의 계절이라고 합니다. 그래서인지 계절이 깊어진다는 표현을 흔히들 씁니다. 그러나 어디 깊어지는 것이 계절뿐이겠는가. 사람들 마음도 따라서 깊어집니다. 가을에 시를 읽는 사람들은 마치 가을 강물처럼 가을 하늘처럼 점점 투명해집니다. 저 혼자 깊어가는 자연을 닮아가는 것입니다. 그럴 때 마음속에는 찐득하지도 차갑지도 않은 바람 속을 유유히 걸어가는 자유로움이 있습니다.

가령, 그런 바람 속을 걸어 학교 뒷산에서 오래 된 소나무 한 그루를 만나면 어떨까? 지난 겨울 눈을 머리에 이고 눈 무게만큼 허리가 휜 소나무, 다가올 겨울날 다시 하늘의 무게를 담기 위해 바람에 머리를 흔들고 있는 소나무 말입니다.

학교 뒷산 산책하다, 반성하는 자세로,
눈발 뒤집어쓴 소나무, 그 아래에서
오늘 나는 한 사람을 용서하고
내려왔다. 내가 내 품격을 위해서
너를 포기하는 것이 아닌,
너 있는 그대로 받아들이는 이것이
나를 이렇게 휘어지게 할지라도.
제 자세를 흩트리지 않고
이 地表 위에서 가장 기품 있는
建木; 소나무, 머리에 눈을 털며
잠시 진저리친다.

– 황지우, 「소나무에 대한 경배」

있는 그대로 너를 받아들이느라 그렇게 자신이 휘어진 나무. 그래서 그 나무는 지상에서 가장 기품 있는 나무일 것이리라. 필자는 이 시에서 시인의 기개를 봅니다. 오만함과 당당함. 그러나 사실 시인이란, 글을 쓴다는 자들이란 한편으로 한없이 나약한 이들이기도 합니다.

『시가 내게로 왔다』에 실린 시들 중에는 뼈저린 가난이 느껴지는 시가 있습니다. 시인 김관식, 명함에 '대한민국 시인 김관식'이라고 써서 내밀던 기개 있는 시인입니다. 그는 한국 문단에 남는 기인 중 한 사람입니다. 허위와 가식이 판을 치는 문단행사에 나가 판을 엎기도 하고, 선거운동은 하나도 안 하면서 국회의원선거에 나가 당시의 최고 실력자 장면과 한판 붙기도 했다는 시인입니다. 그러나 그 시인은 자하문 밖 허름한 집에 살았습니다.

병명도 모르는 채 시름시름 앓으며
몸져 누운 지 이제 10년.
고속도로는 뚫려도 내가 살 길은 없는 것이냐.
간, 심, 비, 폐, 신 ……
오장이 어디 한 군데 성한 데 없이
생물학 교실의 골격 표본처럼
뼈만 앙상한 이 극한 상황에서……
어두운 밤 턴넬을 지내는
디이젤의 엔진 소리
나는 또 숨이 가쁘다 열이 오른다
기침이 난다.

머리맡을 뒤져도 물 한 모금 없다.
하는 수 없이 일어나 등잔에 불을 붙인다.
방안 하나 가득 찬 철모르는 어린것들.
제멋대로 그저 아무렇게나 가로세로 드러누워
고단한 숨결은 한창 얼크러졌는데
문득 둘째의 등록금과 발가락 나온 운동화가 어른거린다.
내가 막상 가는 날은 너희는 누구에게 손을 벌리랴.
가여운 내 아들딸들아.
가난함에 행여 주눅들지 말라.
사람은 우환에 살고 안락에서 죽는 것,
백금 도가니에 넣어 단련할수록 훌륭한 보검이 된다.
아하, 새벽은 아직 멀었나보다.

– 김관식, 「병상록」

필자는 도종환의 시 「꽃씨를 거두며」를 읽으며, 생각만 해도 선생님이라는 직업이 좋다고 말합니다. 아이들 앞에 서 있는 우리나라 선생님들, 그 선생님 앞에는 늘 머리통이 까만 아이들이 있으므로 그렇다고 합니다. 필자가 섬진강변에서 나고 자라고 또 강변의 작은 풀꽃더미와 같은 아이들과 더불어 살아가는 선생님이라는 사실이 새삼스럽습니다. 그런 필자를 상상하면서 섬진강변의 저녁 어스름을 떠올리면 자연스럽게 다음 장면이 이어집니다. 필자가 젊은 선생님 시절 자전거로 학교와 집을 오갈 때 늘 뒷주머니에 넣고 다녔다는 김종삼 시집 속에서 빠져 나온 풍경입니다.

물 먹는 소 목덜미에

할머니 손이 얹혀졌다.

이 하루도

함께 지났다고,

서로 발잔등이 부었다고,

서로 적막하다고.

– 김종삼, 「묵화」

가을이 깊어가는 강을 떠올리며 시에게로 가봅시다. 그러면 시를 찾아가는 이 가을날, 시가 내게로 올 것입니다.

책 읽기 그리고 시의 탄생

『멧돼지』

채풍묵 지음 | 2008 | 천년의시작

필자의 시집을 소개해 보겠습니다. 아마도 이것은 시 창작 이면을 조금쯤 들여다보는 시작노트가 될 수 있을 것입니다. 아울러 지난 수 년 간에 걸친 독서산문 작업이 나의 시 창작에 어떤 영향을 미쳤는지도 함께 살펴 볼 수도 있을 것입니다. 그것은 시가 탄생하는 여러 가지 순간 중, 독서 행위가 우리 인식에 어떻게 구체적으로 작용하는가 살펴볼 수 있어서 나름대로 흥미 있는 정리가 되리라 믿습니다.

가장 중요한 설계 초점은
가장 좋은 상품인 인간을
최소한의 공간에 산 채로
얼마나 많이 싣고 가느냐이다

밀림의 늪보다 낮은 배 바닥에
검둥이를 눕혀서 진열한다
발목과 족쇄 발목과 사슬
빈틈없이 더 촘촘히
머리 위에 다리 또 머리 위에 다리
절반 이상 깨지고 부패해도 좋다
사회진화론에 대한 믿음이
광활한 농장에서 목화로 꽃피는
신대륙 남부에 이르면 된다
커피와 담배로 바뀐 상품이
가장 우월한 색깔의 땅을 향해
대서양을 건너면 그만이다
열등한 색의 향과 맛을 우려내
하얗게 내뿜으면 그뿐이다

–「18세기 영국 노예선 설계도」 전문

이 시를 쓰도록 내게 충격을 준 것은 『좌우는 있어도 위아래는 없다』라는 책에 실린 사진 한 장이었습니다. 책을 읽으며 나는 서구의 중심이라고 하는 유럽의 내면 들여다보기를 시도하고 있었습니다. 겉으로는 선진 의식이며 인권이며 인류 보편의 인간애를 말하고 있지만 사실은 자기들 밖의 세계를 열등하고 불결하게 바라보는 그들의 이면을 읽었습니다. 그때 책에 삽입된 사진 한 장이 문득 눈에 들어왔습니다. 배 바닥에 빽빽하게 눕혀진 노예들이 그려진 영국 노예선 설계도였습니다. 거기서 나는 사회진화론을

주장하던 제국주의의 모습과 그렇게 얻은 풍요로 건설된 자본주의의 이면을 보았습니다.

그 사진에서 받았던 충격을 어떻게 언어로 묘사할까 고민하며 몇 번 고쳐 쓰기를 반복했습니다. 결국 감정을 배제한 몇 가지 편집적인 이미지를 냉철하게 드러내는 것이 충격을 더 효과적으로 극대화할 수 있겠다고 판단했습니다. 그렇게 이 시는 탄생했습니다.

무량수전 앞마당 돌배나무가
팔매질을 연습하고 있다
때가 오면 나무는 제 손의 돌멩이를
발아래 소백산 능선이 물결치는 바다로
미련 없이 던져버릴 심산이리라
그러기 위해 돌배나무는 여름 내내
추녀 끝까지 타고 오른 물고기가 내는
풍경소리를 바람결에 듣고 또 들으며
물고기가 떠나온 바다를 생각했을 것이다
배흘림기둥이 온몸으로 활시위를 당기는 동안
산으로 올라온 물고기가 햇살과 바람에
말려지는 벌을 받고 있는 동안
노랗게 응어리진 물고기의 죄를
한 알 한 알 품 안에 키웠을 것이다
허공에 새겨진 청동의 종에게
한사코 매달린 죄
애써 부딪힌 죄

또 흔들린 죄
무량수전이 짐짓 단풍에 한눈파는 아침
언제 날아갈지 모른다, 저 돌멩이

– 「바람도 다녀가기 전」 전문

이 시의 제재는 부석사 무량수전 앞마당에 있는 돌배나무입니다. 그 나무를 보게 된 것은 모 문예지 주관으로 개최된 아시아 시낭송 대회를 다녀오면서 몇몇 시인들과 함께 부석사를 들렸던 때였습니다. 무량수전은 우리나라 전통건축물 가운데 최고의 명품으로 꼽히는 건물입니다. 『한국 전통건축의 좋은 느낌』에서 안내한 열 곳 중의 하나입니다. 그 책의 저자는 부석사 무량수전은 진정한 명품만이 갖는 조건을 모두 갖추고 있다고 했습니다. 그리고 부석사의 가파른 발길을 올라 무량수전에 닿으면 발아래 펼쳐지는 소백산과 태백산 줄기의 시원한 눈맛이 또한 일품이라고 했습니다.

과연 그러한 것인지 무량수전 앞마당에서 멀리 굽이치는 소백산 줄기들을 먼 바다인 양 바라보다가 마당가의 돌배나무를 발견했습니다. 명품 곁에서 명품을 하염없이 바라보고 있는, 먹지도 못하는 돌배나무라니. 그 나무가 받아야 하는 형벌 같은 무엇이 머릿속에 떠오르고 있었습니다. 그러면서 무량수전 기둥과 추녀의 풍경이 함께 가슴에서 울고 있었습니다.

허리춤 감싼 등짐
따스하다

겉옷을 내준
사내에게 실려 가는
긴 머리칼 같은

그런 날이 있었다

자전거 뒤에
신혼을 태우고
단칸방을 나서던,

그
여자

또, 봄날이 오고 있다

-「봄은 자전거에 실려 간다」 전문

『살아 있는 동안 꼭 해야 할 49가지』라는 책은 따스했습니다. 만약에 거기에 한 가지를 더해 50가지를 채운다면 나는 무엇을 제시할 수 있을 것인가 생각했습니다. 그러는 동안 봄이 왔습니다. 어느 주말 맑은 햇살을 안고 퇴근하는 한낮 버스 안이었습니다. 이번에도 그 50번째를 생각하고 있었습니다. 그때 창밖으로 향하던 무심한 시선에 부부로 보이는 남녀가 오토바이를 타고 지나가는 풍경이 잡혔습니다.

나는 마치 충격을 받은 것처럼 단칸방과 골목과 자전거를 탄 신혼이 떠올랐습니다. 살아 있는 동안 꼭 해야 할 한 가지가 더해졌습니다. 세상 무슨 일이든 때가 있습니다. 그 때에만 행할 수 있고 느낄 수 있는 것들이 있습니다. 지나고 나면 더 이상 할 수 없는 것들, 그것이야말로 우리가 살아가면서 꼭 해봐야 할 것들이란 생각 속에 나는 이 시의 장면을 50번째로 끼워 넣었습니다.

수렵 채취 이후 생계 방식 중
가장 오래된 미래는* 유목이라고 한다
땅이야 하늘이 선물한 공동의 것
땅이 재산이 될 때 땅이 인간을 지배하리니
누구든 초원을 소유하지 않는다
목마른 들판은 풀을 키울 수밖에 없어서
한 곳에 오래 머물면 살갗이 드러난다
생존하려면 반드시 옮겨가야 하고
움직이려면 최소한의 물자만 필요한 법
가축이든 물건이든 차고 넘치면 짐이다
말달려 왔다가 말달려 가는 삶
하늘이 준 대로 한동안 빌려 쓰다가
말하지 않아도 반드시 돌려주는 유목은
역사에서조차 자신의 기록을 남기지 않는다

*오래된 미래–헬레나 노르베리 호지가 쓴 책의 제목

–「유목」 전문

이 작품은 『세계사 교과서 바로잡기』의 구절에서 탄생했습니다. 세계사 서술에서 잃어버린 역사, 비어 있는 공간으로 치부되는 중앙유라시아 역사에 대한 진술 부분에서입니다. 유목과 유목

문화가 주는 소중한 교훈은 아예 찾을 길이 없고 그 문화에 대하여는 중국적 사고에 물들어 중국 왕조사의 한 부분으로 기술될 뿐인 현실이라는 서술입니다. 아프게 다가왔습니다. 평소에도 문명을 다른 시각에서 바라보려는 생각을 가지고 있었던 나는 『선사시대』를 비롯해 니어링 부부의 저작인 『조화로운 삶』 『헬렌 니어링의 소박한 밥상』 『조화로운 삶의 지속』 『사랑 그리고 마무리』 등을 관심있게 읽었습니다. 오늘날 우리가 일구어놓은 문명이 완벽한 것이 아니라면, 우리가 간과한 것이 있다면 그것이 무엇일까. 이런 생각이 문명과 유목에 대한 생각을 깊게 만들었습니다.

그러면서 사방 1미터가 안 되는 책걸상 공간에서 하루 14시간씩 공부해야 하는 청소년들의 현실도 우리가 점점 잃어가고 있는 건강한 야성과 연관되었습니다. 그런 생각이 「멧돼지」 창작의 시발점이 되었습니다. 물론 「종의 기원」이나 「한글날 내가 태극기를 다는 이유」 등 학교 현장을 소재로 한 작품들은 『거창고등학교 이야기』 『모래밭 아이들』 등의 독서와 무관하지 않았음은 물론입니다.

독서가 내면을 일깨우고 그것은 다시 새로운 창작의 모태가 되는 과정을 누구나 겪을 수 있습니다. 왜냐하면 창작이란 비단 문학만이 아니라 생활 속 도처에서 우리가 창의적으로 생각하고 접근하는 모든 것이기 때문입니다. 인간이 신을 닮은 유일한 점이 있다면 바로 '창작 능력' 입니다. 그래서 인간은 만물의 영장이기도 합니다. 독서는 그 씨앗을 제공합니다.

더 깊게 가꾸는 생각

『산에는 꽃이 피네』

『김용택의 한시 산책 1, 2』

『미쳐야 미친다不狂不及-조선 지식인의 내면 읽기』

『아주 쉽고도 재미있는 철학 이야기』

『철학 땅으로 내려오다』

『한국 전통건축의 좋은 느낌』

『영화로 떠나는 불교 여행』

『거꾸로 읽는 세계사』

『위대한 종교』

『임꺽정』

『태백산맥』

1

봄날의 명상

『산에는 꽃이 피네』

법정 스님 말씀 | 류시화 엮음 | 1998 | 동쪽나라

봄날, 여린 햇살 아래서는 누구나 명상가가 됩니다. 꽃을 바라보는 시선으로 『산에는 꽃이 피네』를 넘기면 그 속에는 그윽한 풍경소리가 들려옵니다. "저마다 자기 나름대로의 꽃이 있다. 다 꽃씨를 지니고 있다."는 법정 스님의 순수한 목소리가 바람을 흔듭니다.

『무소유』 『서 있는 사람들』 등의 수필집으로 유명한 법정 스님은 강원도 산골에서 화전민이 살던 오두막을 빌려 홀로 수행을 하고 있다고 합니다. 세상의 명성을 뒤로 한 채 그가 평소에 가장 강조하는 단순하고 간소한 삶을 스스로 실천하고 있습니다. 전기도 전화도 없는, 온갖 문명의 이기로부터 먼 순수한 삶을 선택한 까닭은 좀 덜 노출된 채 자기의 잠재력을 일깨우기 위해서라고 합니다. 고고봉정립 심심해저행高高峰頂立 深深海底行 때로는 높이 높이 산

위로 솟아오르고, 때로는 깊이깊이 바다 밑에 잠긴다. 당신께서 강원도로 옮겨 간 것은 깊이깊이 바다 밑에 잠기려는 일과 상통한다고 말씀합니다.

『산에는 꽃이 피네』는 명상 시인으로 불리는 류시화 시인이 법정 스님의 법문, 말씀, 강연 등을 책으로 엮고 매 장의 서두에 엮은이의 소감을 덧붙인 것입니다. 말씀과 말씀 사이에는 문양을 하나씩 넣고 여백을 두어 말씀들 배경에 놓인 침묵의 세계를 고려하고 있습니다. 엮은이는 이 여백이 말씀 도중에 하나의 맑은 풍경 소리를 듣는 것처럼, 이른 아침의 순수한 새소리를 듣는 것처럼 읽는 이의 마음속에 자리하기를 바란다고 했습니다.

스님의 말씀에 담긴 고요한 침묵의 세계는 '삶의 진정한 가치를 발견하는 일과 매순간 자기를 점검하는 구도자적 자세'로 그 주제가 집중됩니다. 날카로운 칼로 날카로운 대나무를 깎으며 졸음을 쫓는 스님의 자세. 세상과 타협하는 일보다 더 경계해야 할 일은 자기 자신과 타협하는 일이라고 했던가?

스님 같은 분에게 산은 단순한 자연일 수 없습니다. 한평생 산을 의지하고 살며 산을 떠나지 않기 때문입니다. 산은 곧 커다란 생명체며 시들지 않는 영원한 품속입니다. 그래서 『산에는 꽃이 피네』라는 제목의 울림이 더 큽니다. 스님은 말씀하십니다. 현대 문명의 해독제는 자연밖에 없다고. 동양의 전통적인 생각에서 산은 하나의 생명체입니다. 그래서 등산이라는 말을 쓰지 않습니다. 입산 즉 산에 들어간다고 했지 산에 오른다는 말을 감히 하지 않았습니다.

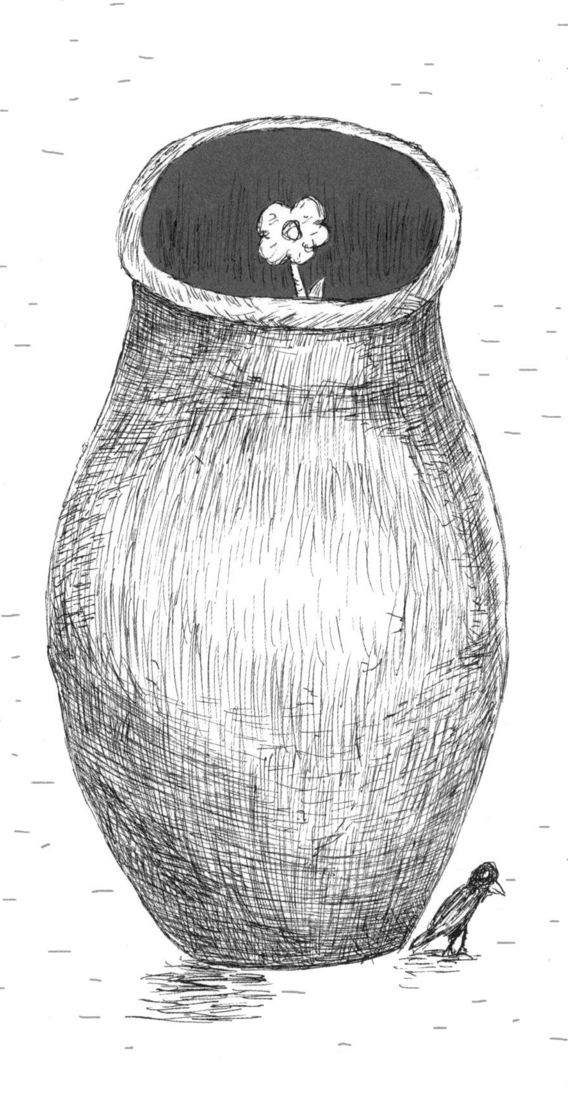

때로는 전화도 내려놓고, 신문도 보지 말고, 단 십 분이든 삼십 분이든 허리를 바짝 펴고 벽을 보고 앉아서 나는 누구인가 물어보라. 이렇게 스스로 묻는 속에서 근원적인 삶의 뿌리 같은 것을 확인할 수 있다.

–「홀로 있는 시간」 중에서

행복의 비결은 필요한 것을 얼마나 갖고 있는가가 아니라 불필요한 것에서 얼마나 자유로워져 있는가 하는 것이다. 필요에 따라 살되 욕망에 따라 살지는 말아야 한다. 내 개인적인 소원은 보다 단순하고 보다 간소하게 사는 것이다. 절제된 미덕인 청빈은 그 뜻이 나눠 갖는다는 뜻이다. 청빈의 상대 개념은 부가 아니라 탐욕이다. 한자로 '탐'貪자는 조개 '패'貝 위에 이제 '금'今자이고, 가난할 '빈'貧자는 조개 '패'貝 위에 나눌 '분'分자이다. 탐욕은 화폐를 거머쥐고 있는 것이고, 가난함은 그것을 나눈다는 뜻이다. 따라서 청빈이란 뜻은 나눠 갖는다는 것이다."

–「소유의 비좁은 골방」 중에서

사바세계가 무슨 뜻인가. 그것은 산스크리트에서 온 것으로, 우리말로 하자면 참고 견뎌 나가는 세상이란 뜻이다. 우리가 사는 세계는 '참는 땅'이라는 것이다. 참고 견디면서 살아가는 세상이기 때문에 거기에 삶의 묘미가 있다. 모든 것이 뜻대로 된다면 좋을 것 같지만 그렇게 되면 삶의 묘미는 사라진다.

–「가난한 삶」 중에서

'보다 단순하고 보다 간소하게'. 법정 스님은 단순하고 간소한 생활에 보탬이 되지 않는 물건이면 어떤 것이든 소유하지 말라고 합니다. 심지어는 말조차 간소해야 한다고 합니다.

"입에 말이 적으면 어리석음이 지혜로 바뀐다. 생각을 전부 말해 버리면 말의 의미가, 말의 무게가 여물지 않는다. 말의 무게가 없는 언어는 상대방에게 메아리가 없다"고 말씀하십니다.

난 기르기의 예화를 통해 무소유의 진리를 갈파한 「무소유」라는 수필과 비슷한 이런 일화가 있습니다. 스님은 글을 쓸 때 꼭 촉이 아주 가는 만년필을 고집한 적이 있었다고 합니다. 한번은 동경대학에 유학 중인 다른 스님께서 촉이 가는 만년필을 하나 사주어 그것으로 글을 많이 썼다고 합니다. 그러다가 파리에 갔을 때 보니 똑같은 만년필이 잔뜩 있어서 촉이 가는 만년필을 하나 더 사왔다고 합니다.

그날부터 처음 가졌던 그 필기구에 대한 살뜰함과 고마움이 사라졌답니다. 결국 나중에 산 만년필을 다른 스님께 주어버리고 나서야 비로소 처음의 그 소중한 감정을 회복할 수 있었다고 합니다. 하나가 필요할 때는 그 하나만을 가져야 한다는 것이 스님의 생각입니다.

이런 일화는 비단 난이나 만년필의 경우만이 아닙니다. 스님이 아끼던 다기찻잔도 그렇습니다. 그것들을 소유한 것이 오히려 자신의 마음을 옥죄는 결과를 초래하면 그때마다 선선히 남을 주어버립니다. 그렇게 해서 순수한 자유로 돌아오는 것입니다. 아끼던 것을 그렇게 선선히 남에게 주어버릴 수 있는 스님의 마음과 태도가 바로 수행입니다. 명상과 수행의 궁극적인 목표는 자유 획득에 있다고 하지 않는가. 그래서 말씀하십니다. "모든 것으로부터 자유로워질 수 있어야 한다. 물질이나 정신이나 밖으로나 안으로나 자유로워져야 한다. 또 온갖 관계로부터 자유로워져야 한다. 심지어 우리가 믿는 종교로부터도 자유로워질 수 있어야 한다. 어느 것 하나에라도 얽매이면 자주적인 인간 구실을 할 수 없다."

그러면서 청빈한 삶을 통해 스님은 '텅 빈 충만'을 채웁니다. 소유하고 싶은 것이 있더라도 필요한 것이 있더라도 절대적으로 필요한 생활 필수품이 아니면 자꾸 뒤로 미룹니다. 그러다 보면 세월이라는 여과 장치가 그 물건이 정말로 자신에게 필요한 것인지, 없어도 좋은 것인지를 판단하게 된다고 합니다. 구하지 않아도 좋았을 물건들이 우리 집안을 지배하고 있지 않은지 돌아보라고 합니다.

> 우리들의 목표는 풍부하게 소유하는 것이 아니라 풍성하게 존재하는 데 있다. 삶의 부피보다는 질을 문제 삼아야 한다. 사람은 무엇보다도 삶을 살 줄 알 때 사람일 수가 있다. 채우려고만 하지 말고 텅 비울 수 있어야 한다. 텅 빈 곳에서 영혼의 메아리가 울려나온다.
>
> –「행복의 조건」 중에서

『산에는 꽃이 피네』에서 울려 나오는 나직한 목소리에 귀 기울여 봅시다. 그리고 자신이 서 있는 자리를 살펴봅시다. 절에 가면 선방스님들이 참선하는 곳 앞 섬돌에 이런 표찰이 붙어 있다고 합니다. 조고각하照顧脚下. 비칠 '조', 돌아볼 '고', 다리 '각', 아래 '하'.

자기가 서 있는 자리를 살피라는 뜻입니다. 자기가 서 있는, 지금 자기의 현실을 살피라는 것입니다.

2

고요한 걷기

『김용택의 한시 산책 1, 2』

김용택 엮음 | 2003 | 화니북스

섬진강 시인으로 잘 알려진 김용택이 시를 쓰는 틈틈이 읽은 한시들을 엮었습니다. 그는 시를 '그리는' 사람입니다. 그의 설명에 따르면, 시를 그린다는 것은 곧 글이 삶 속에서 나온다는 뜻입니다. 사람들의 일상을 시는 그림으로 그린다는 뜻입니다.

이 책 『한시 산책』에는 엮은 시인의 일상도 또한 한시와 함께 그려져 있습니다. 가령 '늦가을'晩秋이란 시를 소개하는 대목에서 엮은이는 자신의 방을 이렇게 그리고 있습니다.

> '작은 서재에 찾아온 가을날' 이라는 말이 그림으로 그려지는 시입니다. 섬진강 가 내가 살고 있는 방도 작은 방입니다. 그 방은 내 문학이 시작된 방이며 끝이 될 방이지요. 그 방엔 창호지 문이 여섯 짝이나 됩니다. 문만 빼놓고 책으로 벽면이 가득합니다. 그 창호지 문으로 달이 뜨고 졌습니다. 새가 울고 비가 오고

바람이 불고 눈이 내렸습니다. 그 방의 적막과 고요는 세상을 향한 나의 촉수를 아름답게 길러주었습니다. 그 섬세한 촉수로 나는 자연을 더듬고, 세상을 불렀습니다.

아마도 이 책에 소개된 한시들은 섬진강 시인의 '창호지 문으로 달이 뜨고 지는' 이 방에서 읽는 것들일 것입니다. 밤늦도록 시를 읽다가 시인은 아마 이런 아침을 맞이하고 싶을지도 모릅니다.

풍로에 국 끓고 처마 끝에 까치 울고
치장 끝낸 아내는 국물 간을 맞추네
아침 해 높이 떠도 명주 이불 따뜻해
세상일 나 몰라라 잠이나 더 자자

– 이색, 「아침잠晨興卽事」

이 한시에 대해 이렇게 말하고 있습니다. 세상에서 가장 아름다운 소리는 이불 속에서 듣는 아내의 아침 짓는 소리라고. 참으로 평화로운 풍경이라고. 이 광경에 무엇을 더하고 무엇을 빼겠느냐고. 발소리를 죽이고 아내에게 다가가 뒤에서 안아주고 싶다고. 그러면서 시인은 자기 아내가 18년 동안 자기보다 앞서 일어난 적 없다고 투정합니다. 그리고는 이런 아내의 모습을 말합니다.

근심 걱정은 천만 가지요
아름다운 술은 삼백 잔이네

근심은 많고 술은 적지만
마신 뒤엔 근심이 사라지네
아, 이래서 옛날 주성이
얼근히 취하면 마음이 트였었구나

– 이백, 「달 아래 홀로 술 마시며月下獨酌」

'근심 걱정은 천만가지요/아름다운 술은 삼백 잔이네/근심은 많고 술은 적지만/마신 뒤엔 근심이 사라지네.' 이 구절이 요즘은 자꾸 마음에 와 닿습니다. 어젯밤엔 아내랑 약을 사러 나갔다가, 내가 이따금 들리는 '무채색의 아름다움'이라는 작은 술집에서 병맥주를 한 병씩 먹고 둘이 손잡고 걸어 집에 왔습니다. 아내 쪽 내 손에 무엇이 들려 있으면 아내는 늘 이렇게 말합니다. "저쪽 손으로 이것 들어요. 손 잡을랑게." 손잡고 하늘을 보니 달이 참 밝고 높습니다. 세상의 근심이 술 한 잔과 아내 손에서 녹습니다.

『한시 산책』은 이렇게 시인의 일상이 잔잔하게 섞이며 자연, 청빈, 사랑, 인생 네 주제로 나누어 전개됩니다. 『한시 산책』을 읽다가 그 속의 자연을 따라가고 싶어 잠시 손에서 책을 놓고 강변 산책을 나갔습니다. 비가 촉촉이 내리는 강으로 개울물이 흘러들고 있었습니다. 거기서 가늘고 긴 다리로 고요히 서서 물속을 응시하고 있는 왜가리 몇 마리를 만났습니다.

도롱이 빛깔이 풀빛과 똑같아

백로가 모르고 냇가에 앉았네
혹시라도 놀라 날아가면 어쩌나
일어날까 하다가 도로 앉아버렸네

– 이양연, 「백로白鷺」

"사람과 자연이 한 가지 색입니다."라고 옛은 시인은 말합니다. 참 적절한 표현입니다. 사람과 자연이 하나라는 것보다 더 웅변적인 자연 친화가 어디 있겠습니까? 나도 또한 숨죽이며 강가에서 만난 새들이 먹이 사냥하는 모습을 몰래 지켜볼 수밖에 없었습니다.

옛사람들은 복에도 맑음淸과 흐림濁이 있다고 생각했습니다. 청복淸福은 정신적으로 번뇌가 없는 삶을 말합니다. 반대로 탁복濁福은 물질적인 재물복을 말합니다. 옛사람들의 한시 속에는 가난하지만 '넉넉한 가난'이 있었습니다. 옛은 시인은 그것을 '청빈'淸貧으로 표현하고 있습니다.

내 몸 가리기엔 초가집 하나로도 넉넉하고
샘물은 맑아서 먹기 좋구나
어디서 새 우는지 알 수 없지만
아름다운 소리 때때로 들려오네
눕거나 일어나는 데 아무런 속박 없고
진리에 맡겨 살다 보니 벼슬도 잊었네
집 앞에 찾아오는 손님도 없으니

한가롭게 지내느라 그윽한 뜻만 깊어가네

– 최기남, 「한가롭고 넉넉함閑中用陶潛韻」

'읽기만 해도 선비의 청빈함과 여유로움이 물씬 풍겨나는 시' 라고 엮은 시인은 말했습니다. 나는 특히 '눕거나 일어나는 데 아무런 속박 없고' 하는 구절이 인상 깊습니다. 출근 시간에 등교 시간에 쫓기는 일상, 잠잘 시간을 쪼개어 일하고 공부해야만 하는 일상의 우리 모습으로는 감히 도달하기 힘든 정신적 경지일 것입니다. 부럽습니다. 이런 정신적인 경지에 도달하게 된 것은 아마 '느림에 대한 깨달음'에서 오는지도 모릅니다. 느림은 '바쁨'보다 더 빠르게 도달할 수 있는 방법이 될 수 있는 것이 틀림없습니다.

소를 타고 가는 즐거움 몰랐는데
말이 없으니 이제 알겠네
봄풀 향기로운 저녁 들길
지는 해와 함께 느릿느릿 가는

– 학포, 「소 타고 가는 즐거움偶吟」

느린 평화가 나타납니다. 지금 현재 우리 일상으로 바꾼다면 말은 무엇이고 소는 무엇일까요? 우리는 혹시 애초부터 소는 없는 것이라고 여기며 더 빠른 말만을 갈구하며 사는 것은 아닐까요? 즐거움과 평화란 반드시 빠름 속에만 있는 것은 아닙니다. 한편, 바쁜 우리네 일상이든 선비들의 여유로움이든 그 속에는 인간이 살아가는 공통적인 속성이 있습니다. 바로 '사랑' 입니다. 사랑은 시간과 장소와 대상을 초월해 인간에게 영원한 숙제입니다.

> 안부를 묻사옵니다 요즘 어떠신지요
> 창문에 달빛 어리면 그리움 더욱 짙어집니다
> 꿈속에서도 님을 만나려 내 영혼이 서성인 발자국을 본다면
> 문 앞 돌길이 모두 모래가 되었을 것입니다
>
> – 이옥봉, 「그리운 님에게贈雲江」

늘 우리는 안부를 묻고 삽니다. 늘 우리는 가슴 속에 그리움의 집 한 채를 짓고 삽니다. 그 집의 앞길은 잦은 서성임 때문에 돌길이 잘게 부서져 모래길이 되어 있습니다. 이렇게 우리는 우리가 비로소 살아 있음을 알리며 삽니다. 그리고 문득 '이 생에서 내가 빌린 모든 것은 언젠가 뒷사람들에게 넘겨주겠지' 하고 생각하며 오늘 내 앞에 주어진 삶을 삽니다.

> 눈 쌓인 들판을 걸어가는 자여
> 걸어가며 발걸음을 어지러이 하지 마라
> 오늘 걷는 나의 이 발자국이
> 뒤에 오는 이의 길이 되리니
>
> – 서산대사, 「눈 쌓인 들판을 걸어가는 자여野雪」

3

어떻게 이룰 것인가!

『미쳐야 미친다不狂不及-조선 지식인의 내면 읽기』

정민 지음 | 2004 | 푸른역사

'미쳐야 미친다' 제목부터 심상치 않습니다. 불광불급不狂不及을 풀이한 말입니다. 미치지 않으면 어떤 성취에도 도달하지 못한다는 뜻입니다. 그저 대충 해서 이룰 수 있는 일은 없습니다. 혹 운이 좋아 작은 성취를 이룬다 해도 결코 오래 가지 않습니다. 남이 미치지及 못할 경지에 도달하려면 미치지狂 않고는 안 됩니다. 세상 사람들에게 광기狂氣로 비칠 만큼 정신의 뼈대를 하얗게 세우고, 미친 듯이 몰두하지 않고는 결코 남들보다 우뚝한 보람을 나타낼 수 없다고 저자는 엄하게 말합니다.

한양대 국문학과에 재직 중인 지은이 정민 교수는 우리 고전을 현대적인 시각과 독특한 필치로 풀어내어 각광 받는 학자입니다. 그는 『정민 선생님이 들려주는 한시 이야기』 등 청소년들에게도 흥미 있는 저작을 선보이고 있습니다. 『미쳐야 미친다』는 그가 연구하며 읽은 조선 시대 글들 여기저기에서 만난 당시 지식인들 모습에서 발견한 깨달음이라고 합니다. 세상에 미치지 않고 이룰 수 있는 큰일이란 없다는 것입니다. 학문도 예술도 사랑도 자신을 온전히 잊는 몰두 속에서만 빛나는 성취를 이룰 수 있습니다.

소개하고 있는 조선조 지식인들은 허균, 권필, 홍대용, 박지원, 이덕무, 박제가, 정약용, 김득신, 노긍, 김영 등 대부분 당시 사회의 혁신적인 사고의 소유자들입니다. 하나같이 뛰어난 재능을 가졌으나 왜곡된 시대와 관습 때문에 그 뛰어남을 제대로 펼쳐보지 못한 안타까운 사람들이기도 합니다. 그러나 그들은 절망 속에서도 성실과 노력으로 자신의 세계를 우뚝 세워 올린 노력가들입니다. 또 삶이 곧 예술이 되고, 예술이 그 자체로 삶이었던 예술가들입니다. 스스로를 극한으로 몰아세워 한 시대의 앙가슴과 만나려 했던 마니아들입니다. 자신을 송두리째 바쳐서 열정적인 삶을 살았던 사람들입니다.

1 벽癖에 들린 사람들

> 처참한 가난과 신분의 질곡 속에서도 신념을 잃지 않았던 맹목적인 자기 확신, 추호의 의심 없이 제 생의 전 질량을 바쳐 주인 되는 삶을 살았던 옛사람들의 내면 풍경이 나는 그립다.

벽癖이란 무언가에 미친 것을 말합니다. 이 벽癖이 광기와 결합하여 정신병리학적인 강박 증상을 빚기도 하지만, 18세기 지식인 박제가의 말처럼 "사람이 벽癖이 없으면 쓸모없는 사람일 뿐이다. 대저 벽癖이란 글자는 질疾에서 나온 것이니, 병중에서도 편벽된 것이다. 하지만 독창적인 정신을 갖추고 전문의 기예를 익히는 것은 왕왕 벽이 있는 사람만이 능히 할 수 있다"고 해서 지극히 열정적인 몰두의 다른 이름이기도 합니다.

저자는 18세기, 이른바 실학이 싹트던 시대 조선의 르네상스라는 때의 지식인들이 벽에 들린 사람들, 즉 마니아적 성향에 열광한 사람들이라고 생각합니다. 무언가에 미쳐보려는 것이 시대의 한 추세라는 것입니다.

그래서 『미쳐야 미친다』 1부 '벽에 들린 사람들' 편에서는 꽃에 미쳤다고 손가락질 당하면서도 『백화보』라는 꽃그림 책을 남긴 김덕형, 장황벽장황은 일본에서 들어온 같은 뜻의 말로 '표구'라고 한다이 있던 방효량, 돌만 보면 벼루를 깎았다는 정철조, 수학에 뛰어난 능력을 발휘하여 독보적인 천문학자였던 김영, 책에 미친 이덕무 등을 소개하고 있습니다. 그러나 그들 대부분은 한 분야의 일가를 이루고도 그 능력을 질투하는 자들의 모함을 받거나 서자 출신이라는 신분적 제약 때문에 제 능력을 마음껏 펴보지 못한 사람들입니다. 오히려 가난과 냉대 속에서 굶어죽기까지 한 비운의 천재들이기도 합니다.

그런가 하면 열심히 공부를 해도 성적이 오르지 않는다고 생각하는 학생이라면 본받을 만한 사람도 있습니다. 독서광 김득신 이야기입니다. 그는 머리가 좋지 않아 잘 외우지 못하고, 외웠다 하더라도 금방 잊어버렸습니다. 그러나 그는 자신의 부족함을 알기 때문에 끊임없이 노력하는 자세를 잃지 않았습니다. 세상에 뛰어난 천재는 종종 있어왔지만 그들은 대개 한때의 재능으로만 이름을 얻었을 뿐 후세에 길이 전하는 이름은 없습니다. 그러나 김득신같이 둔한 사람은 평생 우직한 노력을 기울여 후세에 이름을 남깁니다.

비유하자면, 송곳으로 구멍을 뚫기와 같습니다. 둔한 사람들은 무딘 송곳 끝으로 구멍을 뚫으려는 사람과 같습니다. 그들에게 구멍 뚫기란 여간 노력을 기울여 되는 것이 아닙니다. 그러나 끝이 무디다는 것은 구멍을 뚫기가 어려울 뿐이지, 한 번 뚫리게 되면 더 크고 확실하게 뚫리는 법입니다. 그렇게 한 번 터진 식견은 다시 막히는 법이 없습니다. 한 번 떠진 눈은 다시 감을 수 없는 것입니다. 한 번 보고 안 것은 얼마 못 가 남의 것이 되지만 피와 땀을 흘려 얻은 것은 평생 자기의 것이 됩니다.

김득신이 얼마나 노력을 기울였는지, 그의 독서 이력을 보면 능히 짐작할 만합니다. 그가 자신이 읽은 책의 회수와 즐겨 읽은 까닭을 밝힌 글 「독수기讀數記」에는 만 번 이상 읽은 글만 언급해 놓았는데도 그 편수가 모두 36편입니다. 그 중 「백이전伯夷傳」 같은 경우는 무려 11만 3천 번을 읽었습니다. 만 번 이하로 읽은 것은 아예 꼽지도 않을 정도였으니 미련이라고 할 만합니다. 그는 무언가에 한 번 몰두하면 아예 끝장을 보는 성격이었다고 합니다. 머리 나쁜 것을 알기에 외우다 못해 통째로 삼킬 지경으로 읽고 또 읽었다고 합니다. 어떤 글은 외우고 또 외워서 어느 순간 자기가 지은 것으로 착각할 만큼 몰입했다고 합니다. 그가 얼마나 둔했던지를 알 수 있는 이런 일화가 있습니다.

어느 날 말을 타고 가다가 어떤 집을 지나가는데 책 읽는 소리가 들려왔다. 그가 말을 멈추고 한참 동안 듣더니 이렇게 말했다. "그 글이 아주 익숙한데, 무슨 글인지 생각이 안 나는구나."
말고삐를 끌던 하인이 올려다보며 말했다.
"부학자 재적극박 어쩌고저쩌고 하는 것은 나으리가 평생 맨날 읽으신 것이 아닙니까? 쇤네도 알겠는데 나으리가 모르신단 말씀이십니까?"
김득신은 그제서야 그 글이 「백이전」임을 깨달았다. 바로 그가 11만 3천 번을 읽었다는 글이다.

그러나 이렇게 아둔한 그도 되풀이해서 읽고 또 읽는 동안 내용이 골수에 박히고 정신이 성장해서 안목과 식견이 툭 터지게 되었습니다. 부족해도 끊임없이 노력하면 어느 순간 길이 훤히 열린다는 것을 보여준 것입니다. 글 한 줄을 짓지 못해 끙끙거렸던 그도 만년에는 능히 시로써 세상에 그 이름이 빛났다고 합니다. 그래서 '부족한 사람은 있어도 부족한 재능은 없다' 고 했습니다.

2 맛난 만남

만남은 맛남이다. 누구든 일생에 잊을 수 없는 몇 번의 맛난 만남을 갖는다. 이 몇 번의 만남이 인생을 바꾸고 사람을 변화시킨다. 그 만남 이후로 나는 더 이상 예전의 나일 수가 없다.

실학자의 한 사람인 홍대용은 특별히 신통한 벼슬은 하지 못했지만 중국 사신 행차에 동행했다가 만난 중국 선비 엄성 등과 평생을 두고 우정을 나누었습니다. 그들은 서로 그리워하며 1년이 넘게 걸리는 편지를 죽을 때까지 주고받았습니다. 엄성은 홍대용의 초상화를 자기 문집 속에 남겼고, 죽을 때는 홍대용이 준 먹을 품에 안고 그의 향기를 그리워하며 세상을 떴다고 합니다.

연암 박지원도 중국 선비들이 이토록 사모했던 홍대용의 재주와 인품을 정작 조선에서는 아무도 알아주지 않는 것을 두고두고 가슴 아파했다고 합니다. 그런 홍대용은 음악에도 탁월한 재능을 지녔던 인물입니다. 중국 사신 길에 북경 성당에서 처음 파이프 오르간을 보고는 그 자리에서 곡을 연주해낼 만큼 음악에 조예가 깊었다고 합니다.

그가 주동이 되어 함께 연주하며 마음을 나누었던 음악회 일화는 여럿입니다. 「유춘오留春塢에서의 음악회를 적다」라는 성대중의 글에는 그 중 한 장면이 소개되어 있습니다. 유춘오란 '봄이 머무는 언덕'이란 뜻으로 남산 아래 있던 홍대용의 거처였습니다. 그들의 실내 음악회 정경을 봅시다. 문벌 좋은 집안의 후손이며 학문이 높고 인품이 맑았던 김용겸이 일흔 가까운 나이의 연장자로 윗자리에 앉아 있습니다. 그는 한때 공조판서까지 지낸 지체 높은 사람입니다. 홍대용의 가야금을 비롯해서 거문고, 퉁소, 양금, 생황에 노래가 곁들여진 고수들이 둘러 앉아 있습니다.

그들은 신분 낮은 악공에서 학문 높은 선비까지 신분의 차이도 까맣게 잊고 한자리에 앉아 있는 것입니다. 먼저 술이 한 순배 돈 다음 적당한 기운이 무르익었을 때 누가 먼저랄 것도 없이 악기를 잡습니다. 그렇게 시작된 합주는 긴장과 이완의 호흡이 척척 맞아 떨어지며 그윽하고 절묘한 경지로 접어듭니다. 그때 연장자인 김공이 갑자기 자리에서 내려와 큰 절을 합니다. 여러 사람들이 놀라 일어나며 피하였습니다. 공이 말합니다.

"자네들 괴이하게 여기지 말게. 우임금은 선한 말을 들으면 절을 했다네. 이것은 하늘나라의 음악이니 늙은이가 어찌 한 번 큰 절하는 것을 아끼겠는가?"

음악이라는 코드로 하나로 교감하는 고수들의 만남, 신분과 나이를 넘어선 아름다운 만남입니다. 하지만 이런 아름다운 광경은 홍대용이 세상을 뜨면서 다시 볼 수 없게 되었다고 합니다.

3 일상 속의 깨달음

고수高手들은 뭔가 달라도 다르다. 그들의 눈은 남들이 다 보면서도 보지 못하는 것들을 단번에 읽어낸다. 핵심을 찌른다. 사물의 본질을 투시하는 맑고 깊은 눈, 평범한 곳에서 비범한 일깨움을 이끌어내는 통찰력이 담겨 있다.

그림자와 관련된 글을 소개하는 가운데 정약용의 「캄캄한 방에서 그림 보는 이야기」는 현대 사진술의 원리를 정확하게 설명하는 것이어서 신기하기만 합니다. 그 당시에 벌써 사진 기술을 알고 있을 리 없건만 비범한 눈에 포착된 풍경이 이채롭습니다. 보통의 관찰력과 시각을 뛰어넘는 고수의 안목입니다.

호수와 산 사이에 집을 지으니 물가와 묏부리의 아름다움이 양편으로 둘러 얼비친다. 대나무와 꽃과 바위도 무리지어 쌓여 누각과 울타리에 둘러 있다. 맑고 좋은 날씨를 골라 방을 닫는다. 무릇 들창이니 창문이니 바깥의 빛을 받아들일 만한 것은 모두 틀어막는다. 방 가운데를 칠흑같이 해놓고, 다만 구멍 하나만 남겨둔다. 돋보기 하나를 가져다가 구멍에 맞춰놓고, 눈처럼 흰 종이판을 가져다가 돋보기에서 몇 자 거리를 두어 비치는 빛을 받는다. 그러면 물가와 묏부리의 아름다움과 대나무나 꽃과 바위의 무더기, 누각과 울타리의 둘러친 모습이 모두 종이판 위로 내리 비친다. 구성이 조밀하고 위치가 가지런해서 절로 한 폭의 그림을 이룬다. 중국의 유명한 화가 고개지나 육탐미라도 능히 할 수 있는 바가 아니다. 대개 천하의 기이한 경관이다. 사물의 형상도 거꾸로 비쳐 있어 감상하면 황홀하다. 이제 어떤 사람이 초상화를 그리되 터럭 하나도 차이 없기를 구한다면 이 방법을 버리고서는 달리 좋은 방법이 없을 것이다.

암실을 만들어 작은 구멍을 통과한 빛을 사진 찍듯이 종이에 옮기고 있습니다. 지금의 풍경 사진이고 인물 사진입니다. 생활 속에서 섬광 같은 기쁨을 찾아내며 즐거워했던 선인들의 내면세계한 모습이 보입니다. 높은 안목이 일상 속의 깨달음을 일구어 가고 있습니다. 이렇게 무엇인가에 몰두해 경지에 오르면 보통 사람의 안목을 넘어서는 법입니다. 벽癖을 가진 사람들, 어떤 것에 온몸을 던져 추구하는 사람들, 성취는 결코 멀리 있는 것이 아닙니다.

4

철학 속 괴로운 기쁨

『아주 쉽고도 재미있는 철학 이야기』

미쿠리야 료이치 지음 | 김경엽 옮김 | 1998 | 청담문학사

열아홉 살 나이로 결혼을 발표했던 일본의 영화배우 미야자와 리에가 이런 말을 했다고 합니다. 결혼하기에 너무 어리지 않은가라는 기자들의 질문에 그녀는, "지금까지 나는 보통의 잣대로 세상사를 재지 않았기 때문에 그것에 전혀 염려하지 않는다. 나는 나 자신의 척도로 지금까지 살아왔고, 앞으로도 그 척도를 기준으로 살아갈 것이다."

『아주 쉽고도 재미있는 철학 이야기』의 저자 마쿠리야 료이치는 리에의 이런 발언에 대해 '열아홉 살 젊은 사람으로서는 하기 어려운 멋진 말이다' 라고 칭찬합니다. 그러면서 철학이란 자신의 인생을 살아가는 가치 판단의 척도를 파악하는 학문이라고 말합니다.

그러나 자기 삶의 밑받침이 될 만한 척도를 분명하게 파악하는

것 그리고 그 척도가 흔들림 없는 것은 그리 쉬운 일이 아닙니다. 미야자와 리에가 그런 발언을 한 후 겨우 3개월이 지난 뒤 그 두 젊은이는 결혼 약속을 취소하고 맙니다. 그 이유는 정확히 알 수 없으나, 어쨌든 인생의 척도는 인생사 모진 비바람을 맛보고 살아가면서 조금씩 쌓아 이루어지는 것이 아닌가 하는 생각을 하게 합니다.

현실 세계에서 이루어지는 갖가지 구별이 절대적이지 않은 것처럼 현재의 판단이나 평가는 절대적이지 않습니다. 예를 들면 190센티미터 키인 사람은 대단히 키가 크고 멋있게 여겨져 다른 사람들의 부러움을 삽니다. 그러나 이 사람도 195센티미터 되는 사람과 비교하면 키가 작은 사람이 됩니다. 이처럼 현실 세계의 구별이나 평가라는 것은 일시적이며 시대가 변하고 관점이 바뀌면 현재의 평가는 바뀝니다. 그러므로 현재의 판단과 가치에만 집착하게 되면 인생이 괴로워지거나 불행을 자초할 수도 있습니다.

받아들이기에 따라 비난을 받을 수도 있겠지만, 인간 세상에 '영원한 사랑' 이란 없습니다. 감각적이고 순간적인 쾌락을 부추기자는 것이 아닙니다. 인간의 속성상 시간이 지나면서 사랑의 대상이 변화하고 사랑을 하는 주체인 자신도 변화하기 때문입니다. 설령 사랑하는 나와 사랑의 대상인 그가 변함이 없다고 하더라도 영원히 사랑할 수는 없습니다. 왜냐면 인간은 언젠가는 죽기 때문입니다. 모든 것에는 소멸이 있습니다. 그럼에도 불구하고 인간은 보다 영속적인 가치를 꿈꾸고 믿습니다. 비록 사랑이 가고 이별을 맞이해도 그것은 성숙을 예비하는 것으로 생각합니다. 이형기 시인의 「낙화」를 읊조려 봅시다. 이별은 오히려 성숙임을 증언하고 있습니다.

가야 할 때가 언제인가를
분명히 알고 가는 이의
뒷모습은 얼마나 아름다운가.

봄 한 철
격정을 인내한
나의 사랑은 지고 있다.

(…중략…)

나의 사랑, 나의 결별
샘터에 물 고인 듯 성숙하는
내 영혼의 슬픈 눈.

– 이형기, 「낙화」

이렇게 인간은 어떤 가치를 꿈꾸고 추구합니다. 그러면서 가치 기준을 갖게 됩니다. 이 점이 바로 인간과 동물의 다른 점이기도 합니다. 흔히 인간은 동물과 달리 문화를 가지고 있고, 언어를 가지고 있으며, 생각을 한다고 합니다. 그러나 이 책의 저자는 한 원숭이가 시작한 새로운 행동을 다른 원숭이들이 배우고 마침내 그 동물 집단이 공통으로 똑같은 행동을 하는 관찰 사례를 통해 문화를 가지는 것이 비단 인간만이 아니라고 합니다. 또한 침팬지는 네 단어로 된 말을 기억한다고도 합니다. 그리고 '각다귀' 라는 곤충을 사례로 들어 각다귀의 심리적 과정이나 마음속 움직임이 인간의 사고 과정과 거의 다름이 없음을 들기도 합니다. 그러므로 인간이 다른 동물과 다른 점은 문화나 언어, 생각이 아니라 '가치 기준' 에 있음을 역설합니다. 그래서 가치를 추구하는 것이 인간입니다. 그리고 그 '인간이 무엇인가' 생각하는 학문이 바로 철학입니다.

한편 철학이란 '행복이 무엇인가' 를 생각하는 학문이기도 합니다. 이럴 때 과연 '행복' 이란 무엇일까? 러시아의 문호 도스토예프스키의 아포리즘Aphorism 경구 · 잠언을 보겠습니다.

> 행복은 어디에 있는가? 나는 확신을 가지고 말한다. 콜럼버스가 행복했다는 것은 그가 아메리카 신대륙을 발견했을 때가 아니라 그 발견을 위하여 계속 탐험해 나갈 때라고…행복은 생활의 끊임없는 영원한 탐구에 있지 결코 발견에 있는 것은 아니다. 즉 행복이란 것은 무엇인가를 찾아서 정열적으로 끊임없이 탐구해 나가는 과정에 있는 것이지, 정지된 완성의 상태에 있는 것은 아니다. 헤르만 헤세도 이와 똑같은 뜻으로 이렇게 말했다. '행복이란 행복에 대한 의지이다.' 라고.

현재 자신이 하고 있는 일에서 그 의미와 목적을 찾아내려고 노력하는 것이 행복으로 이어지는 방법이라는 것입니다. 행복에는 양의 차이뿐만 아니라 질적인 차이도 있다고 한 영국의 공리주의 철학자 J · S · 밀도 이렇게 말했습니다.

'행복이 모든 행동의 기본 원리이고 인생의 목적이다' 고 하는 나의 신념은 흔들리지 않았지만 행복을 직접 목적으로 삼지 않을 때 오히려 행복을 얻을 수 있는 것이라고 생각하기에 이르렀다. 자기 자신의 행복이 아닌, 이를테면 남의 행복, 인류의 향상, 또는 예술이라든가 연구 등을 그 자체로서 추구해 나가는 과정 중에서 이른바 부산물로서 행복이 얻어지는 것 같이 생각하기에 이르렀던 것이다… 행복하게 되는 유일한 길은 행복이 아닌 그 외의 것을 인생의 목적으로 선택하는 일이다.

결국 행복을 목적을 삼으면 행복은 달아나 버립니다. 행복이란 그것을 추구해 나가는 과정이지 도달점이 아니라는 점을 강조하고 있습니다. 그러면서 행복을 추구하는 자세로 플라톤과 아리스토텔레스의 차이를 들기도 합니다. 라파엘로이탈리아 르네상스 시대 화가가 그린 '아테네의 학당' 이란 그림에서 천장을 가리키는 플라톤은 이상주의를, 손을 펴 대지를 누르는 듯한 모습의 아리스토텔레스는 현실주의를 나타낸다고 합니다. 플라톤은 사물을 현실 세계와 이데아 세계로 나누어 생각하는데 이데아 세계는 하느님의 나라 또는 극락정토라고 생각해도 좋을 듯합니다. 그에 따르면 현실세계에 사는 사람들은 이데아 세계를 그리워하여 끊임없이 노력하는데 이것을 에로스,Eros 즉 사랑이라고 합니다. 이렇게 끝없이 이상을 추구해 나가는 사랑에로스의 생활 속에서 행복을 발견할 수 있다는 것입니다.

반면에 플라톤의 제자 아리스토텔레스는 참된 존재, 즉 이데아는 현실 세계를 초월해서 있는 것이 아니라 현실 속 하나 하나에 다른 것이 될 가능성으로 존재한다고 합니다. 씨앗 한 알 속에는 배아씨눈. 자라서 싹눈이 되는 부분가 있습니다. 이 배아가 자라나 큰 나무로 성장합니다. 이와 같이 이데아는 큰 나무로 성장해 가는 가능성을 지닌 배아로서 각각의 대상 속에 있습니다. 그러므로 이데아를 품고 있는 하나하나를 소중하게 여겨야 한다는 현실적인 사고방식입니다.

이런 아리스토텔레스의 견해에 따르면 여러분 각자도 '배아'를 품고 있는 소중한 존재입니다. 어떤 무엇으로 커나갈 가능성을 지니고 있습니다. 이런 변화 가능성을 지니고 있는 본질을 완성시켜 나가며 살아가는 것을 진정한 행복으로 보는 것입니다. 그래서 저자는 주식투자로 큰 돈을 번 화가보다 비록 세상의 인정을 받지 못하더라도 자신이 만족하는 그림을 그리는 가난한 화가가 더 행복할 것이라고 믿습니다.

철학이 인생을 살아가는 '가치 판단의 척도를 파악'하는 학문이고 '인간이 무엇인가'를 생각하는 학문이며 '행복이란 무엇인가'를 생각하는 학문이라고 했습니다. 그렇다면 '철학을 한다는 것'은 무엇일까요? 그것을 저자는 '진리의 발견' '미의 창조' '종교의 발견'으로 듭니다. 그리고는 합리성을 주장하는 데카르트의 철학, 진리를 아는 길은 경험이라는 경험주의 철학, 진리는 도구라는 프래그머티즘실용주의 철학관, 합리주의와 경험주의를 비판적으로 종합한 비판론의 칸트 철학을 가급적 쉽게 설명하고 진리에 대한 서양과 동양의 차이를 듭니다.

'종교의 발견'에서 종교란 인간이 자기 힘의 한계를 깨닫고 인간을 넘어선 존재에게 매달리는 것에서 성립되었다고 말합니다. 자신의 향상을 위한 노력을 통해 도달해야 할 이상의 극치가 곧 절대자 혹은 초월자로 형상화되었다는 것입니다. 이 종교의 장을 읽으면 이라크 팔레스타인 등의 아랍계 민족과 이스라엘 즉 유태인이 서로 어머니가 다른 형제임도 알 수 있습니다. 아브라함은 이스라엘인 즉 히브리인의 시조로서 사라와 결혼하여 이삭을 낳았는데 이삭은 이스라엘인의 조상이 됩니다. 아브라함은 아랍인 이스마일과도 결혼을 했는데 이스마일은 아랍인의 조상이 됩니다. 그래서 이슬람교의 마호메트가 주장하는 하나님 '알라'는 아브라함이 믿는 하느님 즉 유태교나 크리스트교가 주장하는 유일신 하나님과 같습니다.

이슬람교에서는 하나님 알라께서 인류 구제를 위해 모세, 크리스트예수 등 많은 사도를 이 세상에 보내어 각각 경전을 주었지만 그들은 경전을 바꾸거나 사도를 신격화하는 등의 오류를 범했다고 합니다. 그래서 최후의 신도로서 마호메트와 경전 코란을 주었다고 주장합니다. 팔레스타인과 이스라엘 분쟁을 연관해 생각해 보면 흥미로울 것 같습니다.

한편 종교에 대해 철학자다운 해석을 시도한 점도 보입니다. 불교를 나이 많은 사람들이 믿는 종교다 혹은 케케묵었다고 말하기 쉽지만 결코 그렇지 않다고 합니다. 인생이란 무엇인가? 어떻게 살아가야 할 것인가? 라는 물음의 해답을 찾는 것이 불교이기 때문에 불교는 오히려 청년의 종교라고 말합니다. 그러면서 『바리경전』에 나오는 이야기를 들어 불교의 사고 방법에 대해 주목해야 할 세 가지를 듭니다.

첫째, 종교에는 반드시 기적이 따르는데 부처는 기적을 행하지 않았다는 것.

둘째, 부처가 현재 정신의학에서 중요시하고 있는 카운슬링 방법을 택하고 있다는 것. 상대가 스스로 사실을 자각하도록 하는, 카운슬링 중에서도 고도의 무지시적 방법으로 매우 과학적인 방법을 택해 가르치고 있다는 점.

셋째, 상대의 고통을 초월자나 절대자에 대한 신앙에 의해서 해결하려고 하지 않았다는 것. 부처는 인생의 철학을 가르쳐 줌으로써 문제를 해결하고 신앙에 의해서가 아니라 지혜로써 구제를 하고 있다는 점 등을 기억해 둘 필요가 있다고 말합니다. 그러므로 석가모니의 가르침은 '이성의 확신' 위에 성립되어 있으므로 불교는 크리스트교보다는 그리스 철학에 가깝고 종교 그 자체보다도 철학적 색채를 매우 강하게 띠고 있다고 주장합니다.

후반부에서 저자는 철학의 원류인 소크라테스, 플라톤, 공자, 노자 사상을 지나 근대의 로크, 루소, 데카르트, 칸트의 인식론 그리고 현대 사상의 헤겔 마르크스 키에르케고르, 사르트르, 간디 등에 대해 간단히 언급합니다. 저자가 독자를 위해 최대한 쉽고 간결하게 설명하려고 애쓰고 있지만 철학 그 자체의 성격상 어느 정도 지루함이 있습니다. 그러나 고등학교에서 윤리를 가르치는 교장 선생님인 저자의 글쓰기 태도에는 자상함이 있습니다. 아마도 저자는 이 책 『아주 쉽고도 재미있는 철학 이야기』를 통해 소크라테스처럼 독자 혹은 그의 학생들에게 '너 자신을 알라' 고 말을 걸면서 참된 지혜를 찾고자 하는 의욕을 불러 일으켜 주는지도 모릅니다. 저자는 소크라테스에 대해 이렇게 언급합니다.

"소크라테스는 상대방이 무지를 자각하도록 문답을 통해 이끌어 간 뒤, 그들이 스스로 지혜를 찾을 수 있도록 도와주었다. 아테네 시민을 일깨우는 노력을 기울인 그는 어떤 의미에서 교육자였다."

오늘날 학교 교육은 대학입시에만 매달리는 경향이 있습니다. 학생들은 조금도 의심 없이 수동적으로 배웁니다. 그러나 교육이란 단지 가르치기만 하는 것이 아닙니다. 영어로 교육을 education이라 하는데, 이는 educe끄집어내다라는 말에서 발전한 단어입니다. 소크라테스는 교육이란 이끌어내 주는 것으로서 진리라는 아이를 밴 임산부학생에게서 그 아이진리를 끄집어내 주는 조산원 역할이 곧 교사라고 했습니다. 그리고 그것을 몸소 실천했습니다. 그래서 그가 행한 '문답법'을 조산술이라 부르기도 합니다.

우리가 철학이라는 난해한 학문을 맛보는 까닭도 그것을 통해 스스로 우리 속에 들어 있는 무엇을 꺼내는 기쁨을 맛보기 위해서인지 모릅니다. 즐거움과 기쁨은 다릅니다. 기쁨은 즐거움과 달리 고통 속에서도 얻을 수 있습니다. 그러므로 사랑의 고통이 행복한 괴로움인 것처럼 위대한 철학자들이 건네는 손을 잡고 힘들더라도 그 속에서 자신을 발견하는 기쁨을 맛보길 바랍니다.

5

자유를 향한 철학적 사고

『철학 땅으로 내려오다』

김민철 지음 | 2007 | 그린비

철학은 어려운 학문이다. 우리 대부분은 의심 없이 그리 생각하고 있습니다. 그래서 '철학이 무엇인가' 혹은 '철학을 한다는 것은 어떻게 하는 것인가' 등의 물음에는 아예 접근 불가입니다. 그러나 철학은 어려운 학문이 아니며 어려워서도 안 된다는 학자들도 있습니다. 그런 까닭에 학자들은 철학을 가능한 쉽게 설명하려는 대중적인 저작물들을 내놓았습니다. 하지만 그것들 대부분은 철학의 변천 과정과 경향들을 쉬운 말로 설명하려는 노력인 경우가 많습니다.

『철학 땅으로 내려오다』는 서양철학의 역사를 쉽게 늘어놓은 개론서적인 책이 아닙니다. 철학적 사고란 무엇인가를 말하고 그런 사고가 중세와 근대 현대를 거치며 어떻게 인간을 위한 사상으로 확립되었는지 설명하고 있습니다. 즉 오늘날의 민주주의는 어떤 철학적 사고를 기반으로 성립된 것인지 차근차근 보여주고 있는 것입니다.

'철학' philosophy은 philos와 sophia의 합성어이다. 접두사 'phil-'은 '사랑'을 의미합니다. 뉴욕 필하모니 오케스트라 philharmony는 조화로운 화음을 사랑한다는 뜻입니다. 그리고 여자 이름에 흔한 '소피'는 '지혜'라는 뜻입니다. 결국 '철학'이란 단어의 어원은 '지혜에 대한 사랑'인 것입니다. 그렇다면 지혜는 어떻게 얻을 수 있는 것일까? 지혜를 가지기 위해서는 지식이 필요합니다. 지식과 지혜는 서로 다릅니다. 단순히 어떤 사실을 아는 것은 지식입니다. 지혜는 이것만으로는 부족합니다. 솔로몬 왕의 현명한 판결에는 반드시 심오한 지식이 필요한 것은 아닙니다. 반대로 지식을 많이 습득했다고 해서 반드시 현명한 판단을 할 수 있는 것도 아닙니다. 결국 지혜란 지식을 완전히 자신의 것으로 받아들여 최선의 판단을 이끌어내는 정신적 능력입니다.

그러기 위해서는 단순한 암기만으로는 부족합니다. 모든 지식을 그 원리에서부터 이해하려는 노력이 필요합니다. 이때에 '따져 묻기'가 필수적입니다. 저자는 이 '따져 묻기'가 바로 철학적 사고방식이라고 주장합니다. 잘 이해가 되지 않는 문제에 대해 의심을 품고 따져 묻는다면 이미 철학에 발을 들여 놓고 있는 것이라고 말합니다.

이런 의미에서 최초의 철학자라고 말할 수 있는 사람은 '탈레스'입니다. 그가 따져 물은 것은 "세상의 근본 물질은 무엇인가?"였습니다. 그리고 그는 그 물질이 '물'이라고 결론을 내렸습니다. 그가 최초의 철학자인 것은 대답 때문이 아닙니다. 중요한 것은 그가 세계의 존재에 대해 '따져 물었다'는 점입니다.

'따져 묻기'가 철학의 원동력이라면 인류 올스타 철학자 팀을 구성했을 때 MVP는 소크라테스입니다. 철학에 큰 관심이 없는 사람들이라도 '철학자' 하면 소크라테스를 떠올릴 정도입니다. 그는 대다수의 사람들이 아무 의심 없이 쉽게 받아들이던 것을 따져 물었습니다. 그리고 거기서 자신이 합리적으로 얻은 대답을 실천에 옮긴 사람입니다. 결국 소크라테스는 따져 묻다가 사형을 당한 사람입니다. 아니 사형을 받아들였다고 해야 옳습니다. 그것이 그 유명한 '악법도 법이다'입니다.

사실 소크라테스의 삶과 사상이 무엇이었는지 정확히 아는 것은 불가능합니다. 그는 평생 한 권의 저서도 남기지 않았기 때문입니다. 그에 관해 알려진 사실은 대부분 그의 제자인 플라톤의 저작에서 비롯합니다. 우리가 잘 알고 있는 "너 자신을 알라!"는 말도 사실은 소크라테스가 살던 아테네의 델피라는 신전에 새겨져 있던 금언입니다. 그리고 "악법도 법이다"라는 말은 소크라테스가 죽음을 앞두고 친구이자 제자인 크리톤이라는 사람과 나눈 대화 내용이 와전된 것입니다.

어쨌든 제자인 플라톤은 자신이 그토록 존경하던 스승인 소크라테스가 죽자 충격에 빠집니다. 가장 존경하는 스승에게 독배를 안긴 아테네는 플라톤에게 결코 이상세계일 수 없었습니다. 플라톤은 스승의 죽음을 보고 민주주의를 혐오하게 됩니다. 그래서 주장하게 된 것이 '철인 정치'입니다. 이상세계는 완전무결하고 불변하는 진리의 세계이어야 한다, 그 세계야말로 세계의 참모습이다, 그 참모습을 알고 되찾기 위해서는 '철인왕'이 통치해야 한다는 주장입니다.

이때 등장하는 것이 '이데아'입니다. 플라톤은 우리가 사는 세계를 동굴에 비유했습니다. 우리는 동굴 속에서 손발이 묶여 있는 죄수와 같습니다. 우리는 마치 스크린처럼 그 안에 있는 모습만을 보며 평생 살아갑니다. 그것 외에는 볼 수 없기 때문에 그것들이 실제로 존재하는 참된 존재라고 생각하며 삽니다. 만약 그 구속에서 풀려나 동굴 밖 실재 사물을 본 사람이 있다면 어떨까? 이때의 변화무쌍하고 불완전한 동굴 속 세계를 나와 저 밖의 완전무결한 불변의 진리의 세계가 바로 '이데아'입니다.

그런데 이렇게 누군가가 동굴 밖으로 나오기까지는 무수한 어려움을 이기고 뛰어난 인식과 능력을 지녀야만 가능할 것입니다. 플라톤은 그런 사람이 곧 자기 스승과 같은 철학자이고 그런 철학자가 세상을 다스려야 한다고 주장한 것입니다. 그것이 바로 유명한 '철인왕' 이론입니다.

플라톤의 주장을 따를 때 민주주의는 모순이 있습니다. 사실 엘리트들에게는 민주적 절차가 불만이기 쉽습니다. 민주주의는 모든 사람에게 동등한 한 표씩을 줍니다. 그리고 다수의 의견을 따릅니다. 좋은 대학에서 박사과정까지 마친 사람이나 평생 농사만 짓던 팔순 노인이나 다 똑같이 한 표가 주어집니다. 어쩌면 흡연의 폐해를 모른 채 흡연하는 중고등학생들을 모아 놓고 흡연을 허용할지 여부를 민주적으로 결정하는 것과 같습니다. 이것이 과연

Free
Freedom
自由

올바른 것이겠는가? 인류의 4대 성인 중 하나로 꼽히는 소크라테스도 민주적인 절차에 의해 사형에 처해졌습니다. 그 모습을 본 플라톤은 어리석은 대중이 아니라 최고의 엘리트가 국가를 이끌어 가야 한다는 '철인 정치'를 주장했음은 당연해 보입니다.

그렇다면 오늘날 우리가 현존 최고의 사상으로 판결이 난 민주주의는 과연 모순덩이를 안고 있는 불완전한 것인가? 그럼에도 불구하고 저자는 민주주의를 신봉합니다. 철학적 사고가 인류 역사를 통해 민주주의를 지지하는 쪽으로 진행되었다고 주장합니다. 그것은 엘리트들의 판단이 우월하지 않아서가 아닙니다. 모든 인간은 근본적으로 한계를 가지고 있으며, 그것을 부인할 때 타인에 대한 폭력과 강요로 이어지기 때문이라고 합니다. 이른바 독재자의 논리가 탄생합니다. 동굴 밖이라는 형이상학적 진리를 주장하는 완벽한 인식 능력을 가진 이가 철인왕입니다.

그에 비해 다른 사람들은 모두 인식 능력에 한계를 가졌습니다. 그래서 자신이 없으면 결국 세상에 큰 손실입니다. 따라서 자신은 세상 사람들을 위해 강제로라도 그들을 올바른 길로 인도해야 합니다. 필요하다면 폭력을 사용하거나, 그들 중 일부를 희생시켜서라도 말입니다.

이런 독재자에게 따져 묻는다면 그는 이 세상 너머에 있는 완벽하고 절대적인 진리의 세계로 나아가기 위해 어리석은 당신들은 이해하지 못하는 부분이 있을 수밖에 없다고 주장할 것입니다. 이렇게 중세의 형이상학적 주장은 극소수 엘리트의 지배를 뒷받침하는 사상의 위험성이 있습니다. 종교적으로 중세를 암흑시대라고 한 것도 소수 엘리트들에 의한 성경 지식의 독점, 더 정확히 말해 형이상학적인 신의 영역에 대한 독점 때문이라고 말할 수 있습니다. 이런 형이상학의 극복 과정에서 민주주의가 발전했습니다. 결국 민주주의의 탄생과 발전은 철학적 사상의 변화와 함께 했다는 것입니다.

중세를 지탱하던 지적 토대기 무너지면서 형이상학적이고 목적론적인모든 사물 속에 궁극적 목적이 내재해 있다는 사고 세계관이 기계론적인사물이 물질과 운동에 근거한다는 사고 근세 세계관으로 바뀌었습니다. 그러면서 철학의 주된 관심은 존재에 대한 질문에서 "진리가 존재한다면 누가 어떻게 그 진리를 인식할 수 있는가?"라는 인식론의 문제로 전환되었습니다.

이때의 대답에 해당하는 두 가지 방식이 합리론과 경험론입니다. 그리고 불확실한 감각 경험을 불신하고 오직 이성의 힘에 의해 진리를 구하고자 했던 데카르트의 합리론을 거쳐 지각의 중요성을 강조한 경험론으로, 다시 합리론과 경험론을 결합한 칸트의 인식론으로 사상의 흐름은 변증법적 변화를 해왔습니다.

형이상학적 세계관이 지배할 때는 사람마다 추구해야 할 목적이 이미 정해져 있었습니다. 개인의 행복에 부합하는가 여부와 무관하게 그것을 해야만 했습니다. 그러나 이런 세계관이 힘을 잃게 되면서 상하 위계질서보다는 평등한 사회를 향하게 됩니다. 그리고 사회 구성원들의 궁극적인 목표는 자연스럽게 행복으로 변하게 됩니다. 이때 행복의 가장 필수 조건은 자유입니다. 자유가 없다면 세상 어느 것도 무의미합니다. 제아무리 돈을 많이 가지고 있어도 평생 독방에서 갇혀 지내야 한다면 행복은 없습니다. 그래서 자유는 진정한 민주주의를 향한 출발점입니다. 그리고 자유를 향한 노력은 현재에도 여전히 진행형입니다.

『철학 땅으로 내려오다』의 저자는 말합니다.

"현대인들이 이상향으로 여기는 민주사회, 복지국가도 또한 언젠가 극복되어야 할 하나의 패러다임에 불과할지 모른다. 그것을 대체할 새로운 패러다임은 그 속에 담긴 인류의 열망을 보다 고차원적인 것으로 승화시킨 것이어야 한다. 보다 많은 사람이 보다 완벽한 자유를 누릴 수 있는 그런 사회로 말이다. 그러한 발전에 역행하려는 모든 독단적인 태도는 결단코 배척되어야 한다."

6

몸으로 스며드는 옛 건축의 아름다움

『한국 전통건축의 좋은 느낌』

김석환 지음 | 2006 | 기문당

깊은 겨울. 세속적 삶에서 저만치 떨어져 고고한 아름다움을 간직한 대상을 찾아가고 싶은 계절입니다. 영혼을 씻어주는 침묵, 고요한 햇빛, 이끼 낀 섬돌, 오랜 시간이 배어 있는 툇마루, 거기서 바라보는 사물들, 빛이 닿으며 본래의 모습을 드러내는 사물들의 성질. 그런 느낌을 담아오기에는 우리네 전통건축만 한 세계도 없습니다.

『한국 전통건축의 좋은 느낌』의 저자는 우리 전통건축 가운데 가장 귀한 아홉 군데를 통해 그 느낌을 친절한 언어로 풀어주고 있습니다. 뛰어난 경지의 전통건축이 갖는 건축적 성격과 이루어진 배경 그리고 거기서 느낄 수 있는 미적 감각 등을 통해 매력적인 건축의 세계와 아름다움의 진경으로 독자를 안내합니다.

외국 관광객들은 한국의 전통건축 가운데 '종묘'를 가장 좋아

한다고 합니다. 그리고 흔히 종묘를 동양의 '파르테논' 이라고 일컫습니다. 파르테논 신전은 그리스 아테네 아크로폴리스 언덕에 위치한 역사상 가장 위대한 건축으로 불리는 건물입니다. 종묘나 파르테논에서는 숭고한 정신성이 느껴집니다. 거기에 깃든 정신은 인류 역사상 그 어느 것보다 숭고한 것으로 여겨져 왔습니다. 종묘는 1995년 유네스코 지정 세계문화유산으로 등록되었을 뿐 아니라 종묘제례와 종묘제악은 인류구전 및 세계무형유산 걸작으로 설정되었습니다.

종묘의 대표 건물은 '정전' 입니다. 정전은 조선 왕조의 위패가 봉안된 건물로서 제사를 올리는 주 건물입니다. 정전은 우리나라 전통건축 가운데 가장 큰 힘이 느껴지는 건물이기도 합니다. 건물이 지닌 웅대한 규모는 물론이거니와 구름 문양, 기둥의 굵기, 월대의 박석과 전돌의 크기에 이르기까지 각각의 부분들이 하나로 통일되어 절제의 미 구현이 매우 뛰어나 힘과 단순미를 동시에 느낄 수 있다고 합니다.

그러면 내국인들에게 가장 인기 있는 전통건축은 무엇일까? 그것은 부석사입니다. 특히 부석사 무량수전은 진정한 명품만이 갖는 조건을 모두 갖추었다고 합니다. 그래서 부석사를 오르며 범종루 누하를 지나 맞닥뜨리는 안양루와 무량수전이 겹쳐 보이는 모습은 한국 전통미를 대표해 왔습니다. 부석사 무량수전을 오르는 길은 특별한 정서를 불러일으키는 동선움직여 옮겨가는 발길선이 있습니다. 축대를 하나하나 지나며 오르는 과정은 점점 느낌이 고조되어 깊은 이상세계로 한 발씩 다가가게 합니다. 그리고서 세간과 출세간이 둘이 아님을 상징하는 불이문不二門 역할인 안양루를 지나 비로소 도달하는 무량수전 마당. 거기서 뒤돌아보면 발 아래 펼쳐지는 소백산과 태백산 줄기를 시원하게 한 눈에 담을 수 있습니다. 그 순간 뒤로는 부드럽고 섬세한 감성으로 울림을 주는 무량수전의 자태가 그윽합니다.

또한 한국 건축이 도달했던 최고의 경지를 보여주는 건물이 있습니다. 서애 유성룡을 배향한 병산서원입니다. 성리학을 국시로 삼은 조선 시대에는 뛰어난 성리학자가 죽은 후 그를 추모하고 모시는 '서원' 이라는 교육기관이 있었습니다. 사상의 차이에서 비롯되지만 사찰이 종교적인 수도원이라면 서원은 현세의 수도원이라고 할 만한 곳입니다. 그런 까닭에 조선시대 서원의 학자들 즉 '선비' 들은 청정하게 수도를 닦으면서 오직 학문에 힘썼습니다. 그들은 문학, 역사, 철학 등 다방면에 걸쳐 뛰어난 학식을 가진 사람들이었습니다. 그래서 그들의 건축물에서도 형식보다 조화, 절제와 생략, 소박하고 두터움, 여백 등 뛰어난 미적 안목이 나타납니다.

병산서원의 구조는 '입교당' 토론식 강의를 진행하는 강당과 맞은 편 '만대루' 휴식과 경연 장소 그리고 좌측의 동재상급생 기숙사와 우측의 서재하급생 기숙사가 중심입니다. 병산서원 최고의 멋은 입교당에서 만대루 쪽으로 넘겨 보이는 이미지입니다. 그때 건물의 크기와 멀고 가까운 위치가 작용을 해 건너 보이는 만대루와 병산서원과의 중첩된 이미지가 적정한 균형을 이루는 상태가 됩니다. 거기서는 건축과 자연이 어우러진 최고의 상태를 보여줍니다. 잘 다듬어진 건축과 그것이 놓여진 자리에서 비롯되는 예민한 상태의 균형, 병산서원을 끼고 휘돌아친 강물의 물줄기와 수묵화의 여백처럼 여유롭게 펼쳐진 백사장, 그리고 단아한 자태의 고고한 노송 몇 그루, 이 모든 것이 원숙한 수묵화의 필치처럼 잘 어울려 아름다움이 극대화되고 있습니다. 그리하여 화려하거나 과장되지 않은 진실함, 간결하고 힘찬 느낌, 조용하고 신중한 몸가짐으로 최고의 경지를 보여줍니다.

특별히 깊고 그윽한 분위기를 더 아끼는 사람들이라면 선암사, 화암사, 영선암 등으로 발길을 잡는 것도 좋을 것입니다. 조계산에 안겨 있는 선암사는 전국의 대사찰 중에서 가장 옛 사찰다운 느낌을 잘 간직한 고찰입니다. 산에 파묻힌 선승들처럼 아주 조용하고 명상적인 느낌을 줍니다. 편안하고 깊고 경건합니다. 그곳은 간결하고 담백함이 뿜는 힘과 더불어 사찰의 각 건물이 총체성 안에서 개별적인 자유로움이 느껴지는 덕목도 갖추고 있습니다.

영선암은 우리나라에서 가장 오래된 목조 건축물이 있는 봉정사에 딸린 암자입니다. 영화 〈달마가 동쪽으로 간 까닭은〉을 촬영한 장소이기도 합니다. 그 암자는 맑게 정제된 분위기와 청량감을 간직하고 있습니다. 옛 건축에서 현대 도시 건축과 다른 청량감을 느끼는 이유는 자연의 힘을 바탕으로 하기 때문입니다. 자연과의 균형, 자연과 맺고 있는 깊고 그윽한 정서를 향유하고 있습니다. 빈 아랫 마당에 연해 놓인 툇마루에 조용히 앉아 있으면 맑고 정갈한 분위기와 함께 자연의 힘을 응축해서 고이게 하는 것 같은 미묘함이 느껴진다고 합니다. 영선암의 건물과 마당, 계단 등의 배치가 외부와 끊임없는 호흡이 일어나고 숨결이 유지되도록 인위의 힘이 자연스럽게 가해져 있기 때문이라고 합니다. 영선암은 건축의 질서 안에서 조용히 햇살이 닿아 생기는 갖가지 정감 있는 표정, 사물 본연의 생명력과 숭고함, 맑고 순수한 느낌이 함께 합니다.

저자는 현실을 벗어나 어려움을 자초함으로써 오히려 자유로움을 느끼는 역설을 '은일' 이라고 설명하고 있습니다. 그런 은자의 경지를 구현한 아름다운 건축물로 소개한 곳이 '소쇄원' 과 '독락당' 입니다. 소쇄공 양산보가 20대 시절부터 은둔하며 이루어 놓은 소쇄원은 한국 정원의 멋이 최고로 구현된 곳이라고 합니다. 봉을 기다리는 집손님 영접 대봉대, 우정을 나누는 사랑채 광풍각, 주인이 머무르는 영역 제월당 등 세 개 건물이 중심 영역에 있습니다. 이런 건축물들이 주변 정서와 매우 민감하게 결합이 되어 본래 자연보다 더 격조 높은 미감을 표출합니다. 인위의 힘이 존재하면서도 드러나지 않고 자연스러움이 유지되고 있다는 점이 소쇄원 최고의 덕목입니다.

조선 시대 동방 5현으로 불린 회재 이언적이 벼슬에서 물러나 다시 등용될 때까지 7년 동안 머물렀던 '독락당' 도 뛰어난 선비의 건축적 안목이 잘 나타납니다. 권력에 의해 왜곡된 자아를 스스로 치유하는 가장 좋은 수단은 얻은 것을 버리는 일입니다. 그래서 이언적은 파직되어 돌아와 독락당 건물을 증축할 때 건물 배치에 은둔의 의사를 반영합니다. 낮은 수평성, 은밀한 미로 구성, 자연과의 극적인 만남이 고려되어 있습니다. 독락당에는 미로를 따라 나아가는 공간적 여백과 분위기 반전이 있습니다. 미로의 끝에는 '계정' 이라는 정자가 골짜기 옆에 자리하고 있습니다. 그 끝에 열려진 풍경은 평이한 자연입니다. 그러나 그처럼 평이한 장면을 극적으로 느껴지게 한 것이 중요합니다. 배치에 의한 외부 공간의 구성이야 말로 진정으로 의지에 의해 창조된 것이라는 점을 말해줍니다.

먼 곳을 가지 못하는 사람들이라면 궁궐도 또한 훌륭한 정취를 맛볼 수 있는 곳입니다. 특히 저자가 소개한 '창덕궁' 은 궁궐의 건축적 기품과 함께 자연 정취가 어우러진 곳입니다. 한때 일제에 의해 '비원' 이라고도 불렸던 창덕궁 후원은 소쇄원과 함께 한국 정원을 대표합니다. 조선의 정궁인 경복궁이 엄격한 법식에 치우쳤다면 창덕궁은 이궁으로서 비교적 자연스러운 지형과 건축적 사고가 반영되어 그런 후원이 나올 수 있었습니다.

우리는 물질문명이 발달할수록 정신세계를 오히려 더 중요한 가치로 인식하고 있습니다. 깊고 맑은 정신과 그것을 담는 건강한 육체는 자연과의 균형과 생명력에서 나옵니다. 그리고 우리네 전통건축은 짓는 힘과 자연과의 교감을 함께 지니고 있다고 합니다. 그것이 한국 전통건축의 가장 중요한 가치라고 지은이는 말하고 있습니다. 우리가 전통건축이라는 대상을 찾아 무엇인가를 느껴보려고 하는 것도 바로 그런 이유 때문일 것입니다. 깊은 산 속 넉넉한 품에 안긴 샘물에서 청량한 물 한 모금을 맛보는 그런 느낌. 그런 지은이의 시선을 따라가다 보면 어느새 우리도 맑고 그윽한 눈이 되는 자신을 발견할 것입니다.

7

영화를 보는 또 다른 눈

『영화로 떠나는 불교 여행』

월호 지음 | 2005 | 이치

'시선을 떼지 말라. Never let her out of your sight.'
'방심하지 말라. Never let your guard down.'
'사랑에 빠지지 말라. Never fall in love.'

아카데미 여우주연상 후보인 레이첼이란 여가수와 그를 보호하는 전직 대통령 경호원 프랭크의 사랑과 일을 그린 영화 〈보디가드〉에 나오는 '보디가드의 삼원칙' 입니다. 이것은 불교의 진리 탐구 방법 중 하나인 참선에서 화두를 드는 방법에도 적용할 수 있다고 합니다.

첫째, 화두에서 시선을 떼지 않는 것입니다. 앉으나 서나, 자나 깨나 늘 화두를 지켜봐야 한다고 합니다. 둘째, 화두를 들되 건성으로 드는 것이 아니라 주시를 해야 합니다. 즉 방심하지 말아야 합니다. 셋째, 화두와 사랑에 빠져서는 안 됩니다. 마치 간호사가 환자를 간호하듯 이런저런 자신의 볼일을 보면서도 환자의 동태에 신경 쓰고 있다가, 때가 되면 주사도 놓아주고 약도 갖다 주고 하는 주의를 놓치지 않는 자세를 말합니다.

이렇게 영화 속 장면과 대사에 빗대어 진리 탐구의 방법을 흥미롭게 풀어 놓은 것이 『영화로 떠나는 불교 여행』입니다. 이 여행길에는 '삶과 죽음'에 대한 성찰이 있고, '참나'를 찾아가는 오솔길도 있고, '사랑과 운명'의 그루터기도 있습니다.

독자들은 이 책에서 '세상'과 소통하는 데 필요한 여러 생각들을 만나게 됩니다. 이 만남은 자아 발견 과정과도 비슷합니다. '자아 발견'이란 단순히 자기 자신의 존재를 인식하는 것만을 말하지 않습니다. 자신이 처한 상황, 자신의 능력, 자신의 이상 그리고 자신을 둘러싼 환경과 사회와의 상호 관계 등을 함께 살펴보아야 진정한 '자아 발견'입니다. 그러자면 자신과 관련을 맺고 있는 여러 가지 것들에 대한 인식이 필요한 것은 당연합니다.

〈식스 센스The Sixth Sense〉와 〈디 아더스The Others〉 〈사랑과 영혼Ghost〉은 죽음 이후의 세계가 소재로 활용되었습니다. 아동심리치료사인 말콤 박사나 한 섬의 외딴 집에서 두 아이와 함께 사는 밀스 부인, 그리고 지극히 사랑하는 여인을 둔 채 괴한의 총에 죽은 샘, 이들은 이승과 저승 중간에서 떠도는 영혼입니다. 뜻하지 않은 급작스런 죽음을 당하게 되면 영혼은 그 자리를 맴돈다고 합니다. 이렇게 자신이 자신의 죽음을 실감하지 못하고 마음에 담긴 애착을 해결할 때까지 그 자리를 떠나지 못한다는 것을 영화화한 것입니다. 그렇다면 죽음에 관한 진실은 무엇일까요? 필자의 견해를 따라가 보겠습니다.

죽음 이후의 세계에 관해서는 두 가지로 생각해 볼 수 있다고 합니다. 첫째는 죽고 나면 아무것도 없는 경우입니다. 그러나 이때는 죽음과 함께 모든 것이 끝이므로 아무 걱정도 대비도 필요 없습니다. 따라서 이런 경우는 더 이상 논의의 여지가 없습니다.

두 번째는 죽고 나서도 '정신적인 그 무엇' 이 남아 있는 경우입니다. 이때는 비록 육체가 소멸한다 하더라도 여전히 남아 있는 '그 무엇' 이 있습니다. 이런 정신적인 존재는 자신의 주파수에 맞는 자리를 찾아가기 마련입니다. 따라서 선가禪家에서는 죽음을 '옷 갈아입기' 로 표현합니다.

'옷 갈아입기' 는 세 가지 경우가 있습니다. 더 좋은 옷을 갈아입는 경우, 더 나쁜 옷을 갈아입는 경우, 갈아입지 못하고 대기하는 경우입니다. 그래서 무엇보다 중요한 것은 살아생전에 마음공부를 열심히 하고 복을 짓는 일입니다. 그래야 더 좋은 옷으로 갈아입을 수 있는 죽음이 되는 것입니다. 결국 잘 사는 이가 잘 죽는다고 말할 수 있습니다. 죽음과 삶이 밀접한 관련이 있다는 말입니다.

이것을 굳이 불교의 '윤회' 개념만으로 생각할 필요는 없습니다. 우리는 일상생활 속에서 지나간 과거에 어떤 준비를 하고 노력했느냐에 따라 현재라는 성취를 맛보곤 합니다. 따라서 지금 당장의 삶에서 어떤 노력을 하느냐에 따라 미래의 결과도 달라집니다. 미래의 어느 날, 내가 원하는 대학에 합격하기 위해서 지금 당

장은 고통스럽더라도 참고 견디며 공부를 하는 이치와 같습니다. 이 경우 과거와 현재 미래를 긴 시간으로 확대해 보면 전세 현세 내세로 대입해 볼 수 있을 것입니다.

그렇다면 이 모든 것의 주체가 되는 나 즉, '참나'는 어떤 것일까요? 〈센과 치히로의 행방불명〉에서는 상대의 이름을 빼앗아 지배하는 마녀 '유바라'가 등장합니다. 그래서 주인공 '치히로'는 어느 날 그 마녀가 지배하는 세계로 잘못 들어간 이후로 자기의 본래 이름 대신 '센'이라는 이름으로 바뀌어 불립니다. 그러나 치히로를 돕는 친구는 말합니다. 네 진짜 이름을 소중히 간직하라고, 이름을 뺏기면 원래 세계로 돌아가는 길도 잊게 된다고 말입니다. 그 때의 진짜 이름이 바로 '참나'일 것입니다.

그러나 일상생활을 살다보면 '참나'를 찾아야 한다는 생각은 지나쳐 버리기 십상입니다. 〈영웅英雄〉에서 검술의 첫 번째 경지는 인간과 검이 하나가 되는 것이요, 두 번째 경지는 손대신 마음으로 검을 잡는 것이며, 세 번째 경지 즉 최고의 경지는 손으로도 마음으로도 검을 잡지 않고 모든 것을 포용하는 커다란 마음이라고 했습니다. 이때의 첫 번째는 물질의 경지이고, 두 번째는 마음의 경지이며, 세 번째는 큰마음본마음의 경지라고 합니다. 본마음 자리에서 마음이 나오고, 그 마음에 따라 물질이 형성된 것입니다. 그러나 물질이 형성되고 나서는 그 물질이 가장 우선시 되었습니다. 당장 눈앞에 보이는 물질이 먼저이고 마음이 나중이며 본마음은 아예 무시되는 가치관 전도가 나타났습니다. 이래서 '참나'를 찾는 것이 점점 어려워졌습니다.

늙고 병들어 죽음에 임박해서야 겨우 물질과 마음의 허망함을 느끼게 됩니다. 그러나 이미 생은 마감되어가고 때늦은 후회만이 있을 뿐입니다. 그러니 아직 젊고 건강할 때 본마음 즉 '참나'를 찾아야 하지 않느냐고 필자는 주장합니다.

그런데 '옷을 갈아입는다'는 개념에서 보면 마음이란 닦으면 닦은 대로, 닦지 않으면 닦지 않은 대로 그대로 다음 생으로 가져가는 것이라고 합니다. 육신이 소멸한다고 해서 마음까지 함께 소멸하는 것은 아니기 때문입니다.

예컨대 태어나면서부터 심성이 지혜로운 이가 있는가 하면, 그렇지 못한 이도 있습니다. 이것은 각각 자신의 마음공부 수준에 맞추어 태어났기 때문이라고 합니다. 그래서 우리는 미래를 위해, 현재의 여건에 맞추어 각각의 처지에서 한 단계 더 나아지기 위해 노력하면 족한 것입니다.

부인이 넷인 남자가 있었습니다. 죽음에 임박한 그는 혼자서 길을 떠나기가 두려웠습니다. 그래서 평소에 가장 애지중지했던 첫째 부인에게 함께 길 떠날 것을 요청했습니다. 그러나 의외의 거절을 당했습니다. 둘째, 셋째도 마찬가지였습니다. 하지만 전혀 기대하지도 않았고 또 평상시에 거들떠보지도 않았던 넷째가 그 요청을 흔쾌히 받아들였습니다. 이 사나이는 후회의 눈물을 흘렸습니다. 왜 좀 더 일찍 넷째에게 관심과 애정을 쏟지 않았을까 하고 말입니다.

여기서 첫째 부인이란 몸을 말합니다. 살아생전 온갖 애정을 쏟아 잘 먹이고 잘 입히려고 했던 것입니다. 둘째는 재물, 셋째는 친지 등입니다. 이들 역시 죽음에 동참할 수는 없습니다. 마지막 넷째만이 살아서는 물론 죽어서도 뗄 수가 없습니다. 그것은 바로 닦거나 닦지 못한 마음입니다.

〈티베트에서의 7년Seven years in Tibet〉에서 국가가 침공당하고 목숨이 위태로운 와중에서도 '달라이라마'는 말합니다.

"티베트 속담에, 해결할 수 있는 문제라면 걱정할 필요가 없고, 해결할 수 없다면 걱정을 말라 했소. 그러니 걱정하지 마시오."

이 말은 해결할 수 있는 문제라면 열심히 풀어서 해결하면 된다, 또한 해결할 수 없는 문제라면 아무리 걱정해봐야 소용이 없다 그러니 어쨌든 걱정할 필요가 없다는 뜻입니다.

그래서 마음의 안테나를 세우라고 필자는 말합니다. 왜냐하면 마음은 수신안테나와 같기 때문이랍니다. 세상에는 온갖 전파들이 떠다니지만, 수신안테나의 주파수에 맞는 것만 받아들이게 됩니다. 걱정 근심하는 마음은 걱정 근심할 일을 끌어당깁니다. 감사의 마음은 감사할 일을 끌어당깁니다. 자, 우리는 안테나 주파수를 어디에 맞추고 살아가고 있을까요?

8

창의적 시각

『거꾸로 읽는 세계사』

유시민 지음 | 1988 | 푸른나무

늦은 저녁 때 오는 눈발은 말집 호롱불 밑에 붐비다.

(…중략…)

늦은 저녁 때 오는 눈발은 변두리 빈터만 다니며 붐비다.

– 박용래, 「저녁 눈」

문학 수업 시간에 학생들과 박용래의 「저녁 눈」이란 시에 대해 공부했습니다. 이 시는 눈 내리는 겨울 저녁의 풍경을 제재로 하여, 사라져가는 것들에 대한 연민을 노래했다고 합니다. 여기서 하나만 생각해 봅시다. 각 연의 끝 부분 서술어가 '붐비다'로 동일합니다. 그런데 이 서술어는 반어적 의미로 쓰인 시어라고 합니다. 왜 그럴까요?

그렇습니다. 표현은 '붐비다' 라는 시끌시끌한 단어를 쓰고 있지만, 표현과 달리 분위기는 한적하고 여유 있기 때문입니다. 그래서 이 시어는 반어적 즉, 반대의 의미를 내포하고 강조하는 역할을 한답니다. 여기서 이런 생각을 해봅니다. 왜 시인은 한적한 분위기를 표현하기 위해 정반대의 상황을 주로 표현하는 데 사용하는 '붐비다' 라는 단어를 썼을까? 우리들이 흔히 하는 표현대로라면 이때의 분위기는 '저녁 눈이 소리 없이 내린다' 가 아닐까?

이 점이 바로 발상의 차이랍니다. 같은 대상을 두고도 서로 다른 관점에서 생각하고 바라볼 수 있는 사고방식. 창의성이란 바로 발상의 전환에서 시작합니다. 예술품을 창조하든 학문을 하든 혹은 새로운 제품을 만들든, 발상은 사물이나 사건에 접근하는 중요한 통로가 됩니다.

우리들 대부분은 콜롬부스가 달걀을 탁자에 세우던 일화를 알고 있습니다. 타원형 달걀을 평평한 탁자 위에 세워보려는 시도가 있었습니다. 모두들 끙끙거려 보지만 당연히 실패하지요. 그때 우리의 주인공 콜롬부스만이 남들과 다른 발상을 한다는 일화. 즉 달걀의 밑부분을 깨뜨려 세운다는 과감한 사고의 전환. 그래서 '콜롬부스의 달걀' 은 새로운 발상 전환의 일반적인 사례가 되었답니다.

그러나 똑같은 일화를 두고 이런 생각은 어떨까요?

"콜롬부스의 달걀은 발상의 전환이 아니라 힘으로 약한 나라를 지배하는 제국주의적인 사고의 결과일 뿐이다."

한편으로는 달걀 밑 부분을 뭉개는 발상이 남들이 생각하지 못한 새로운 발상이기도 하겠지만, 한편으로는 힘을 사용해 억지로 세워보려는 생각일 수도 있지 않을까요?

이것이 너무 부정적인 견해라면 이렇게 한 번 생각해 봅시다. 우리가 배우는 역사에서는 콜롬부스가 아메리카 대륙을 발견했을 때를 이렇게 말합니다. 신대륙 발견. 그러나 그것은 제국주의 유럽의 생각, 즉 유럽 밖의 영토는 마음대로 점령하고 지배할 수 있는 '주인 없는 땅' 으로 여기고 행했던 역사적 사실을 자기네 입장으로만 표현한 것이라고도 볼 수 있습니다. 원래의 주인은 그곳에 전부터 살고 있던 원주민, 우리가 흔히 아메리카 인디언이라고 하는, 그래서 보호 구역 안으로 쫓겨 가 살 수밖에 없었던 사람들이 주인이라는 생각을 해봅시다. 도대체 누가 누구를 보호하는 것입니까?

반대 입장에서 보면 '신대륙 발견' 은 '무단 침략' 이 아닐까요? 그렇습니다. 같은 사건을 두고도 서로 표현하는 방식이 다릅니다. 다분히 역사의 기록은 힘 있는 자들 편의 기록이라고 볼 수 있습니다. 여기서 우리는 『거꾸로 읽는 세계사』의 '거꾸로' 가 필요한 이유를 발견하게 됩니다. 중요한 것은 진정한 실체를 보는 것입니다.

'거꾸로 읽는 세계사' 는 거꾸로 읽는 책 시리즈의 한 권입니다. 책의 겉표지 한 면도 거꾸로 도안이 된 채 겉장을 장식하고 있습니다. 그것이 역사이든 문학이든 '거꾸로' 라는 말 속에는 이제까지 우리가 여러 가지 요인 때문에 일반적으로 당연하게 받아들일 수밖에 없었던 사실들에 대해 새로운 발상으로 진실에 접근하고

자 하는 노력이 담겨 있습니다. 이런 면들이 우리가 이 책에서 얻을 수 있는 점입니다. 거기서 우리는 새로운 역사를 공부하는 것이 아니고 닫혀 있어서 실체를 외면했던 것들에 대한 새로운 발상 전환을 볼 수 있는 것입니다.

세계를 경악케 했던 9 · 11 테러를 우리는 기억합니다. 미국에 의해 테러의 배후로 지목된 빈 라덴과 동조 세력이었던 아프카니스탄의 참담한 파괴의 모습도 보았습니다. 그 일련의 사건 깊은 곳에는 이미 오래전부터 세계의 화약고 역할을 해왔던 중동 전쟁이 있고, 그 이전에 팔레스타인 땅에 유태인 국가를 세우려는 '시온주의 운동'과 오랜 식민 지배에서 벗어나려고 하는 팔레스타인의 '아랍 민족주의' 간 충돌이 있다는 것을 우리는 역사를 통해 알 수 있습니다.

이런 충돌이 어떤 근거에서 시작했는지, 어떻게 진행되어 서방 강대국과 아랍계 테러집단의 적대적 관계로 이어지게 되었는지 이 책에서 우리는 '거부하는 팔레스타인'이란 장을 통해 볼 수 있습니다.

그것은 이스라엘 건국사, 또는 유태인의 팔레스타인 침략사라는 두 가지 시각에서 볼 수 있을 것입니다. 이것이 건국사인가 아니면 침략사인가를 둘러싼 논쟁은 그리 간단하게 해결될 문제가 아님을 이 책에서도 지적하고 있습니다. 그러나 우리가 이런 역사적 사건을 두고 '거꾸로'라는 발상 전환이 필요한 것은 우리가 맹목적으로 받아들이는 여러 가지 정보에 대한 자각이 필요하기 때문입니다. 위의 문제에 대한 우리나라 입장을 책에서 인용해 보겠습니다.

> 우리나라의 경우 석유파동이 일어난 74년 이전까지만 해도, 이스라엘 입장을 옹호하는 주장만이 일방적으로 강요되었으며 아랍의 처지를 옹호하는 일체의 발언은 정치적으로 금기시되다시피 하였다. 이 같은 사태는 한국이 '서방세계'의 일원으로서 특히 외교 면에서 미국의 입김을 결코 벗어날 수 없는 상황에서 기인한다. 그러나 오늘날의 세계적 조류는 점점 아랍에 유리하게 기울어가고 있다.
>
> –「거부하는 팔레스타인」 중에서

어쩌면 우리는 일방적으로 강요된 정보를 받아들이며 살고 있는지 모릅니다. 비단 세계사뿐만 아니라 한국사에서도 진실에 접근하는 시각의 차이로 인한 왜곡을 우리는 수없이 겪었습니다. 일제 식민 지배 결과로 나타난 황국 사관이 그랬고, 광복 후 분단 과정, 독재 정권과 군사 정권을 거치면서 일어났던 민주화 운동 등 특히 우리나라의 근현대사가 일방적인 시각만을 기술하고 가르친 경향이 있습니다.

이 책을 통해서 우리는 역사를 공부하려고 하기 이전에 역사를 보는 마음가짐을 먼저 공부해야겠다는 생각을 갖게 된다면 더욱 좋을 것 같습니다. 역사는 강자의 시각에서 기록됩니다. 대부분의 역사 기록은 흥하고 망했던 나라 중에서 살아남은 왕조의 시각에서, 그리고 피지배자보다는 지배자의 논리에서 서술됩니다. 앞으로 오랜 세월이 흘러 지금 우리가 살고 있는 현재가 역사의 기록으로 남을 때, 과연 그 기록 한 줄에 남겨지는 것은 무엇이고 어떤 인물들이 중심이 되어 전해질 수 있을까요?

같은 대상을 두고도 관점의 차이에 따라 그 모습이 달리 표현된다 할지라도, 본래의 실체는 그 자리에 존재하는 법입니다. 그래서 우리는 본질을 보기 위해 균형 있는 눈이 필요합니다. 그리 하려면 일상적인 관점과 다른 '거꾸로' 의 시각도 필요합니다.

그런 마음가짐이야말로 여러분에게 창의적인 생각을 하는 원동력을 줄 것입니다. 사회의 어떤 분야에서도 건강한 의문은 필요합니다. 아무래도 우리는 이 책에서 내용 못지않게 제목 또한 음미해 보아야 할 터입니다.

9

신에게 다가간 인간의 역사

『위대한 종교』

가에타노 살비 지음 | 김영경 옮김 | 2006 | 사계절출판사

일요일 아침, 겨울 강변을 산책합니다. 메마른 모습들, 바람에 흔들리는 겨울 풍경들, 계절 앞에서 자연은 저마다 자신의 내면을 바라볼 준비로 바쁜가 봅니다. 모두들 자신을 감추고 깊이 자기 안에 침잠하고 있습니다. 길을 따라 걷다가 어디쯤에서 발을 멈춥니다. 자, 이제 어디로 가야할 것인가. 하늘은 여전히 옅은 안개에 가려 있고, 바람에 묻어나는 새벽 공기는 줄곧 강물을 따라가고 있는데.

강물처럼 우리는 모두 우리 삶을 흘러갑니다. 그렇게 흘러 우리는 어디로 가는 것일까? 우리는 어디로부터 온 것일까? 이렇게 자신의 본질에 관한 물음을 '정체성' 에 대한 의문이라고 합니다. 그런데 이 정체성에 대한 물음에 대한 속 시원한 답변은 찾기가 쉽지 않습니다. 눈부신 발달을 이루었다고 하는 현대 과학 기술문명

조차 아직 인간의 정체성에 대한 분명한 답을 내리지 못하고 있습니다. 오히려 과학 문명의 발달은 종종 인간으로서 넘을 수 없는 경계를 조금 더 확인하는 일이 되기도 합니다.

넘을 수 없는 경계와 제약, 이것을 비로소 확인하고 받아들일 때 인간에게는 하나의 믿음이 가슴 속에 자리 잡습니다. 인간의 운명이 어떤 고차원적인 권능에 매여 있다. 인간은 그에 대해 아무런 영향력도 행사할 수 없다. 그러한 권능을 지닌 존재의 섭리 또한 알 수가 없다. 인간의 이성으로 해결할 수 없는 것, 낳고 죽어야 한다는 숙명 같은 것, 바로 이 지점에 '종교'가 있습니다.

무릇 종교적이라는 것은 인간과 신성한 그 무엇 사이의 관계를 의미합니다. 인간의 정체성에 관한 근원적인 답변을 해 주는 것은 모두 종교에 속합니다. 그리고 많은 종교가 지향하는 믿음의 대상은 모두 절대적입니다. 그것이 '신'이든 '다르마'이든 '도'이든 또는 그 밖의 무엇이든 말입니다.

현대 문명이 발달하며 한때 종교의 종말 주장이 나타났습니다. 그럼에도 불구하고 종교의 생명력은 여전합니다. 그래서 『위대한 종교』에서는 우리가 종교에 대해 어떤 자세를 가져야 할 것인지 안내합니다. 나아가 인류가 자신의 정체성에 대한 의문을 어떤 방식으로 풀어내 왔는지 세계 종교의 흐름을 통해 보여줍니다.

규모로 볼 때 전 세계의 종교는 그리스도교 이슬람교 힌두교 순입니다. 세 번째인 힌두교의 인구만 하더라도 전 세계 인구의 13퍼센트를 차지하고 있을 정도입니다. 그러나 책에서는 거대 종교만 다루는 것이 아닙니다. '원시 종교'에서 시작하여 고대 문명과 그리스 로마 그리고 동양에서 나타난 '다신교'를 거쳐, 인간의 내면적 깨우침에 대한 각성을 지나 '유일신'으로 옮겨 온 세계 종교의 흐름을 차례로 보여줍니다. 그리하여 오늘날의 거대 종교가 어떤 뿌리를 가지고 발전해 왔는지 일목요연하게 정리하고 있습니다.

원시 종교의 출발은 자각입니다. 인류는 자연에 대한 자신의 능력을 알게 되면서 자신의 무력함과 더불어 자신을 둘러싸고 있는 신비한 현상에 대한 무지에도 눈을 뜨게 됩니다. 이 불가사의한 힘에 대한 언급이 종교의 시작입니다. 그러면서 고대 문명이 발달하고 고대인들은 신적 존재로 가득한 우주론적 · 종교적 세계관을 발전시킵니다.

사람들은 이런 세계관을 통해 삶과 죽음, 그리고 계절의 변화가 왜 일어나는지 이해하게 됩니다. 이미 고대 이집트에서 벌써 인간 영혼의 존재를 믿었습니다. 그들은 하늘나라 여행을 마친 영혼이 신 앞에서 자신의 죄를 고백한다고 믿었습니다. 이때 심장은 정의의 저울에 놓여 생전에 행한 선행과 악행을 저울질 받아 그 결과에 따라 영혼의 진행 방향이 결정된다고 생각했습니다.

또한 고대 그리스 로마인들은 하늘나라를 수많은 신적 존재로 채워 놓는 상상력을 발휘했습니다. 그러다 보니 자연히 신적인 존재들은 매우 인간적인 면모를 지녔고 늘 인간 세상과 관련을 맺게 되었습니다. 그것들은 인간의 역사에 큰 영감을 불러 넣었습니다.

우리에게 익숙한 그리스 로마 신화의 1, 2, 3세대 신들은 이렇게 이루어졌습니다. 대지의 신 가이아와 하늘의 신 우라노스 사이

에서 태어난 크로노스와 누이인 레아가 1세대입니다. 이 둘이 결혼하여 여섯 자녀를 두는데 하데스, 포세이돈, 헤라, 데메테르, 헤스티아, 제우스가 그들로 제 2세대입니다. 그리고 제우스가 지배하는 올림포스 산의 신들은 제 3세대에 해당합니다. 제우스와 알크메네 사이에서 태어난 반신반인 헤라클레스, 제우스의 막내 디오니소스 등이 그들입니다.

한편 인도와 중국으로 대표되는 동양의 종교는 서로 다른 사상에도 불구하고 추구하는 목표가 같았습니다. 그것은 각자의 내면에 존재하는 힘을 이용하여 자유와 구원에 이를 수 있다는 생각이었습니다. 인도의 경우 베다와 브라만교가 나타나고 이들은 인간에 대한 관심으로 전환하여 인간도 영원불변하는 우주 속에 내재된 것과 같은 본질적인 실체를 지녔다고 믿었습니다. 이 인식은 후에 중요한 역할을 하여 베다와 브라만교를 바탕으로 여러 철학적 · 종교적 사조가 출현했습니다.

그 중 불교, 자이나교, 그리고 여러 가지 종교 전통이 복잡하게 얽혀 있는 힌두교가 있습니다. 중국은 인생의 안내자로서는 공자를, 귀신을 부르거나 쫓는 데는 도사를, 장례식에는 불교 승려를 필요로 한다는 말처럼 그들의 종교 전통을 구성하는 요소는 엄청나게 다양했습니다. 그러나 '도 사상'과 '음양의 원리'라는 공통분모를 갖고 있었습니다.

이렇게 인간과 밀접하고 또 매우 다양한 초월적 존재를 믿었던 인류의 세계관은 언제부턴가 유일신 사상으로 바뀌게 됩니다. 인류는 서로 다른 여러 지역에서 그리고 저마다 다른 방식으로 이 세상이 유일한 신에 의해 지배받고 있다고 믿기 시작한 것입니다. 그리하여 같은 뿌리를 갖은 유대교와 그리스도교 그리고 이슬람교가 차례로 나타나 오늘날 세계 종교의 가장 큰 규모를 차지하게 되었습니다.

유대교는 유대인들의 민족적 종교입니다. 이른바 그들의 유일신 '야훼'가 그들 족속에게 '약속의 땅'을 주었다는 종교입니다. 그것은 유대인들이 오랜 수난의 역사 속에서도 민족성을 잃지 않고 그들 종교의 율법을 지키는 힘이 되었습니다. 한편 오늘날에는 팔레스타인 분쟁 원인을 제공하기도 했습니다. 그리고 유대교에서 태어난 그리스도교는 유대교를 보완한 것으로 하나님이 유대인들에게 약속한 구세주가 예수의 탄생으로 이루어졌다고 생각하는 종교입니다. 뒤이어 나타나는 이슬람교는 예언자 반열에 예수에 이어 무하마드마호메트를 놓습니다. 이슬람교는 앞의 두 종교를 인정할 뿐만 아니라 그것들을 능가하려 합니다.

그리스도교는 로마 가톨릭교와 동방 정교회로 분리되었고 오늘날 전 세계적으로 가장 많은 신도를 가진 종교는 로마 가톨릭으로 그 수가 약 9억 6,000만 명에 이른다고 합니다. 한편 우리나라에서 가톨릭보다 더 흔하게 보는 그리스도 개신교는 16세기 종교개혁의 산물입니다. 마르틴 루터가 정리한 주장의 핵심은, 종교적 권위의 원천이 성경 외에는 없으며, 영혼의 구원은 오직 믿음과 신의 은총을 통해서만 이루어진다는 것이었습니다. 그리하여 그들은 교황의 권위를 부정하고 신과 인간들을 연결시키는 중재자로서 교회의 역할을 부정했습니다. 그리고 성직자의 도움 없이 성경을 직접 볼 수 있게 라틴어 성경을 번역했습니다. 이 종교 개혁이 세계 각국에 전파되어 오늘날 우리가 보는 바대로 다양한 개신교 종파가 뿌리를 내렸습니다.

그러나 그 유일신 사상 반대 축에는 불교가 있습니다. 불교는 내면적인 깨우침이자 체험이며 종교적인 틀과 의례의 형태를 갖추고 있습니다. 그러나 창조주에 대한 믿음은 없습니다. 붓다 사상의 창시자라 할 싯다르타후에 석가모니 부처는 예수나 마호메트의 경우와 달리 결코 자신을 신 또는 신의 아들이라고 생각하지 않았으며 하늘이 보낸 '사자' 라고 생각하지도 않았습니다. 그는 다만 사람들을 번뇌로부터 해방시켜 줄 수 있는 정신적인 스승으로 자신을 이해했습니다. 붓다가 행한 설교 가운데 가장 중요한 설교는 바라나시에서 행한 것으로 네 가지 위대한 진리에 관한 것입니다.

첫째, 진리는 태어나서 늙고 병들어 죽기까지 이 세상은 온통 고통으로 차 있다는 사실입니다.

둘째, 진리는 이 모든 고통이 쾌락과 즐거움을 좇는 마음의 집착에서 나온 것이라는 사실입니다.

셋째, 진리는 이 모든 집착을 끊으면 고통도 끊을 수 있다는 것입니다.

넷째, 진리는 이 진리를 깨달은 사람은 그때부터 득도의 길을 향해 나아갈 수 있다는 것입니다.

종교학의 명제 가운데 이런 것이 있다고 합니다. '한 종교만 아는 사람은 종교에 대해 모르는 사람' 이라는 것입니다. 물론 이에 대한 반론도 있을 것입니다. 그러나 분명한 것은 종교는 인간과 신에 대한 관계를 말해주는 것이라는 점입니다. 신에 대한 성찰은 인간 자신과 인간이 둘러싼 우주와의 진지한 사고에서 비롯되었습니다. 그러므로 종교에 대한 성찰은 종교 유무와 종류에 관계없이 인간 자신에 대한 진지한 탐구입니다. 나는 어떤 존재인가? 이 우주 안에서 나는 어떤 존재로 살아가고 있는 것인가? 바로 자신이 성립해야 할 우주관입니다.

10

민중의 힘과 통쾌함, 장편 역사소설

『林巨正임꺽정』

벽초 홍명희 지음 | 1991 | 사계절출판사

겨울방학입니다. 겨울방학은 학교생활 1년 중 가장 많은 시간이 자신에게 주어지는 때이기도 합니다. 이승하 시인중앙대 교수은 그의 저서 『헌 책방에 얽힌 추억』에서 "방학 때는 역사소설을 읽자"는 주장을 하고 있습니다. 거기서 그는 역사 소설을 통해 재미와 교훈, 아울러 어떤 정신을 만날 수 있다고 합니다. 그리고 모든 사고와 인식의 기본은 역사의식이어야 한다고까지 주장하고 있습니다. 그러면서 대부분의 중고등학생에게 인기 있는 『삼국지』와 같은 중국 고전소설만이 아니라 국내 작가의 역사 소설로 『소설 동의보감』 『녹두장군』 『후삼국기』 『소설 토정비결』 『소설 목민심서』 등을 중고등학생들에게 권하고 있습니다.

이런저런 권유 때문이 아니라도 한겨울, 세상과 담을 쌓고 오직 자신의 몸속에 축적된 영양분을 조금씩 사르면서 꿈을 꾸는 겨울

잠처럼, 한번쯤 또 다른 세상에 푹 빠져보는 것도 보람 있는 방학 지내기가 될 것입니다. 그런 때 대하소설여러 대에 걸친 시대 배경과 많은 인물이 등장하는 방대한 내용을 담은 소설이나 장편역사소설이 제격입니다. 이런 소설들은 무엇보다도 '앞으로 우리 역사는, 우리 사회는 어떻게 진행되어야 하는가' 하는 사고를 불러일으킵니다. 그런 것을 '역사의식'이라고도 합니다. 더불어 딱딱한 역사 교과서에서 느끼지 못했던 재미와 함께 넓은 상상력, 씩씩한 기상을 꿈꾸게 합니다.

이광수, 최남선과 함께 조선의 3대 천재로 불리던 사람은 누구일까요? 조선시대 이익의 『성호사설』에서 홍길동, 장길산과 더불어 조선의 3대 도둑으로 꼽은 의적은 누구일까요? 전자는 소설 『林巨正임꺽정』의 작자인 벽초 홍명희 선생이고, 후자는 그 주인공인 '임꺽정'이란 실존 인물입니다. 이 소설이 창작될 때는 우리 민족이 핍박받던 일제시대입니다. 조선일보에 1,120여 회에 걸쳐 연재되었습니다.

한때 인기리에 방영되었던 TV드라마 〈야인시대〉에 주인공 김두한을 보살펴주는 신문기자가 당시 신문 연재가 중단되었다가 다시 연재하게 된 홍명희 선생의 『임꺽정』을 두고 매우 통쾌해 하는 장면이 있습니다. 그만큼 일제 때의 역사소설은 암울한 시대 우리 민족의 힘을 간접적으로나마 나타내 보일 수 있는 민족적 자부심이기도 했습니다. 어려운 시대일수록 민중의 힘은 겨레의 생명력이기 때문입니다.

교과서에 실린 문학 작품 중 신경림 시인의 「농무」라는 시가 있습니다. 신경림 시인은 민중의 삶을 사실적으로 그림으로써 올곧은 사회인식을 보여주는, 민족문학작가 단체의 대표적 시인의 한 사람입니다. 「농무」에 이런 시구가 있습니다.

> 보름달은 밝아 어떤 녀석은
> 꺽정이처럼 울부짖고 또 어떤 녀석은
> 서림이처럼 해해대지만 이까짓
> 산 구석에 처박혀 발버둥친들 무엇하랴
>
> – 신경림, 「농무」

시인에게 왜 이 시에서 『임꺽정』의 인물들을 등장시켰느냐고 물은 적이 있습니다. 시인의 대답은, 자신이 이 「농무」를 쓰던 당시 『임꺽정』에 많이 빠져 있었기 때문이라는 간단한 말 몇 마디였습니다. 그 후 시인의 집에 들렀을 때 서가에 꽂혀 있는 수많은 책들 가운데서 소설 『임꺽정』을 발견할 수 있었습니다. 산업화를 외치던 60, 70년대 우리나라에서 가장 소외 받는 집단의 하나였던 농촌 젊은이들의 울분은 '임꺽정'의 정서와 맞닿을 수 있었을 것입니다.

함흥 고리백정의 손자이며 양주 쇠백정의 아들인 '임꺽정'은 타고난 장사였고 뛰어난 무술을 지닌 인물입니다. 그러나 신분제도가 엄격한 조선시대에는 상민 중에서도 가장 천한 신분인 백정으로 뭇사람들의 냉대와 멸시만 받을 뿐이었습니다. 더구나 시대적 배경이 조선 명종 때로, 어린 임금 대신 임금의 어머니인 대왕대비 문정왕후가 정권을 쥐고 있었을 뿐 아니라 임금의 외삼촌인 윤원형의 세력이 가장 막강할 때였습니다. 정사를 제대로 돌볼 수

없는 어린 임금이었던지라 자연히 간신들에 의해 사회가 혼란스러웠습니다. 탐관오리에게 시달리고 흉년에 끼니를 잇지 못하는 백성들은 도적이 되는 경우가 많았다고 합니다. 시대가 다르고 핍박의 주체만 다를 뿐 핍박받는 쪽의 울분은 조선시대나 현대나 같습니다. 소설에서 임꺽정과 그의 정인인 기생 소흥과의 대화 장면에 이런 꺽정의 마음이 있습니다.

> 내가 도둑놈이 되고 싶어 된 것은 아니지만, 도둑놈 된 것을 조금두 뉘우치지 않네. 세상 사람에게 만분의 일이라두 분풀이를 할 수 있구 또 세상 사람이 범접 못할 내 세상이 따루 있네. 도둑놈이라니 말이지만 참말 도둑놈들은 나라에서 녹을 먹여 기르네. 사모 쓴 도둑놈이 시굴 가면 골골이 다 있구 서울 오면 조정에 득실득실 많이 있네. 윤원형이니 이량이니 모두 흉악한 날도둑놈이지 무언가. 보우 같은 까까중이까지 사모 쓴 도둑놈 틈에 끼여서 착실히 한몫을 보니 장관이지.
>
> – 『林巨正』 8권 「화적편」 2 중에서

'참말 도둑놈들' 이 꺽정이 당대에는 윤원형이나 탐관오리들이었다면 오늘날, 특히 일제, 광복 후 분단, 독재시대, 군부정권시대 등등 파란 많던 우리 현대사에서는 과연 어떤 존재들이 그들일 것인가. 21세기에는 '국민의 힘' 으로 처음 선출한 대통령이 나왔으니 앞으로는 '참말 도둑놈들' 이 없어질 것인가. 이런 생각들이 역사라는 거울을 통해 비춰보는 현실일 수 있습니다. 그래서 '참말 도둑놈들' 이 있는 한 어느 시대에나 '꺽정이' 는 존재할 수 있습니다. 이런 비유에 대한 답은 우리들의 인식이 성장하면서 여러 가지 답으로 또는 여러 가지 견해로 나타날 수 있습니다. 분명한 것은 역사인식을 통해 거기에 접근할 수 있고, 그 역사인식은 꼭 학문적인 배움만이 아니라 이런 역사소설을 통해서도 가질 수 있다는 것입니다.

『임꺽정』은 전체 구성이 봉단편 · 피장편 · 양반편 · 의형제편 · 화적편 다섯으로 이루어져 있습니다. 작품 전체에서 대략 10분의 1 정도 분량이 미완인 채 남았습니다. 홍명희 선생은 1948년에 민족 분단을 막고자 남북 협상을 위해 월북한 후 남하하지 못하고 말았습니다. 북에서도 끝내 나머지 부분을 완성하지 못해 현재는 역사적인 사실에 근거한 임꺽정의 최후 부분을 추측할 뿐입니다.

사계절출판사의 전체 10권 『林巨正』에 의하면, 제3권 양반편까지는 임꺽정의 스승과 가족관계 형성이 나옵니다. 함흥 고리 백정의 딸인 봉단은 귀양 중 피신한 이장곤이교리과 혼인하여 이교리를 돌본 공로로 임금으로부터 천인 신분에서 벗어나 정승 부인이 되는 은혜를 입습니다. 그녀의 고종 오빠 돌이가 꺽정의 아버지이며, 작은 아버지는 꺽정의 평생 스승이니 그는 초년에는 백정 학자요 중년에는 서울 동소문 안 갖바치가죽으로 신발을 만드는 사람로 당대의 학자 조광조의 친구가 되는 이입니다. 말년에는 칠장사 병해대사로 생불로 칭송받던 사람입니다. 꺽정은 스승과 함께 팔도의 명산을 유람하다가 백두산에서 운총과 천왕동이 남매를 만나 운총과 혼인하게 되고 나중 그의 아들 백손이를 얻게 됩니다.

의형제편 1에서 의형제편 3까지는 임꺽정이 황해도 봉산 청석골에 둥지를 틀고 본격적인 세력을 모으는 과정입니다. 주요 부하들이 어떤 내력으로 꺽정이패에 합류하게 되었는지 흥미 있게 펼쳐집니다. 수원의 천하장사 길막봉이, 축지법을 쓰는 황천왕동이, 천하 명궁 이봉학이, 꺽정의 모사가 된 서림, 표창의 명수 박유복, 돌멩이 던지기의 귀신 배돌석, 쇠도리깨 도적 곽오주 등이 등장합니다. 그 중 서림을 제외한 7명이 칠장사 백정부처 앞에서 의형제를 결의하여 임꺽정이 가장 큰 형님으로 추대됩니다. 아울러 청석골패의 대장이 되고 대장 밑에 두령, 두목, 졸개의 체계를 갖추게 됩니다.

화적편 1에서 화적편 4까지는 ①청석골 ②송악산 ③소굴 ④피리 ⑤평산쌈 ⑥자모산성 등으로 이어지며 청석골 임꺽정패의 갖가지 행적들이 무용담과 함께 펼쳐집니다. 끝부분 자모산성은 조정에서 황해 · 강원 양도에 순경사도둑을 잡는 임무를 임시로 부여받은 조정의 고위직 관리를 내어 본격적인 토벌 작전에 들어갈 무렵 관군을 피해 청석골을 버리고 자모산성에 머무르는 장면까지입니다. 역사적 사실에 근거하면 임꺽정이 청석동에서 자모산성으로 옮기고 또 구월산성으로 옮겼다가 망했다고 하는데, 작가는 그에 맞춰 청석편, 자모편, 구월편 세 편으로 나누어 쓰겠다고 조선일보 지면을 통해 밝힌 바가 있습니다. 이 미완의 대작 '임꺽정'은 구월편 즉 꺽정의 최후 부분이 남겨진 채 아쉽게 중단이 되었다고 볼 수 있습니다.

소설적인 재미와 함께 작품에서 느껴지는 것은 예스러운 어투가 주는 멋과 수많은 우리말 어휘들의 맛입니다. 지금 독자들이 읽기에 다소 어색한 부분이 있을 수 있지만 책 말미에 부록으로 작품 속 낱말과 속담을 풀어 싣고 있어 참고가 될 것입니다. 『林巨正』은 조선일보에 연재 당시에도 '조선말의 무진장한 노다지'라고 평가 받기도 했습니다.

열퉁적다,눈치 없고 퉁명스럽다 왕청뜨다,차이가 엄청나다 무이다,거절하다 미립이 나다,요령이 생기다 데시근하다,어떤 행동이 미지근하다 너미룩내미룩하다,서로 책임을 떠넘기다 대궁,밥그릇 안에 먹다 남은 밥 곰배곰배,자꾸자꾸 개호주범의 새끼 등 오늘날에도 재미있게 사용할 수 있는 어휘들이 대화 속에 살아 있습니다. 뿐만 아니라 '모기도 처서가 지나면 입이 비뚤어진다' '생쥐 입가심할 것도 없다' '감주젓국 먹은 괴상 건너다보니 절터다' 등등의 속담도 작가의 입심을 느끼게 합니다.

이 작품은 16세기 중반 조선 중기의 역사적 상황을 수용하면서 이 시기 평민 이하 하층민보편적으로 '민중'이라 일컫는의 역동적인 움직임에 초점을 맞춘 기념비적 작품으로 평가받고 있습니다. 아울러 이 역사소설의 전통이 이후 황석영의 『장길산』, 김주영의 『객주』 등을 낳게 하는 밑거름이 되었다고 합니다. 이런 대작들은 언제고 한 번 섭렵할만한 충분한 가치를 지닌 것들입니다. 『林巨正임꺽정』을 계기로 다른 책에도 도전해 보시기 바랍니다. 그리고 근대 역사소설에 새로운 지평을 열었다고 하는 이 작품에 대한 문단의 일반적 평가를 덧붙여 봅니다.

첫째, 왕조사중심 혹은 근거 없는 야사에 의지하여 잘못된 역사

인식을 심어 줄 우려가 있는 역사소설에서 벗어나, 민중의 관점에서 역사를 해석하는 탁월한 안목을 보여준다.

둘째, 당시 상 · 하층에 두루 걸친 생활상과 관습을 충실히 재현해 내고 있다.

셋째, 소설 속에 쓰고 있는 낱말과 문체에서 우리 고유어를 풍부히 되살려내고 있으며, 일본어 번역투에 오염되지 않은 우리 입말의 전통을 고스란히 지켜내고 있다.

넷째, 봉건적 요소에 저항하는 강한 생명력을 보여줌으로써 건강하고 낙천적인 민중정서의 형상화에 성공하고 있다.

그리하여 민중 정서를 기반으로 한 새로운 역사 해석의 가능성을 보여주었다고 합니다.

굳이 어려운 이론적 의미를 부여하지 않더라도 장편 역사소설이나 대하소설은 깊이도 있고 성취감도 강합니다. 자, 호흡이 긴 게임을 이제 막 시작한다는 기분으로, 내가 한 사람의 영웅이 되어 역경을 헤쳐 나간다는 기분으로 읽기에 도전해 봅시다.

11

갈라진 허리 보듬기

『태백산맥』

조정래 지음 | 1997 | 한길사

소설 『태백산맥』은 발표 이래 수많은 젊은이들에게 깊은 감동을 주었습니다. 대학생들이 뽑은 필독서 1위인 적도 있습니다. 아울러 내용의 고발성 때문에 많은 논란을 불러일으킨 작품이기도 합니다. 몇 년 전 개봉되었던 영화 〈태백산맥〉이 제작 상연되는 과정에서도 마찬가지였습니다. 우익은 모두 반민족주의자이고 좌익이나 또는 그 세력에 동조하는 사람들은 민족주의자라는 듯한 귀결. 이 나라의 정통성 문제에 정면으로 문제 제기를 하는 고발성.

예컨데 경찰, 군대, 정치권, 사법 등 사회 전반이 식민주의 행태를 그대로 이어받아 일제가 세운 식민 사관과 제국주의 논리에 점철된 역사 속에 있다는 것. 그리하여 우리 사회의 지배 논리가 송두리째 부인당하는 무서운 소설적 내용 앞에서 과연 어디까지가 역사적 진실인가라는 의문과 함께 섬뜩한 두려움마저 느낍니다.

그럼에도 불구하고 『태백산맥』이 독자에게 주는 감동의 절절함은 어디에서 오는 것일까? 그것은 이 소설이 우리 사회 우리들 자신에 대한 뼈아픈 반성을 제공하고 있다는 점에서 비롯됩니다. 소설에서 작가가 제기하는 아픈 현대사의 이면을 우리들은 과연 전면 부정할 수 있는 것인가? 현대사의 수많은 사건들은 과연 역사 앞에서 진실한가? 과연 떳떳하게 밝혀지고 평가 받았던가? 일제 경찰의 조직성과 폭력성이 완전히 단절되었다면 왜 우리는 오랫동안 그 조직 앞에서 까닭 없는 위축이 들어야 했던가? 민족 지도자 김구 선생 암살은 단순한 개인의 피살에 불과한가? 군대의 무소불위의 권위와 힘은 진정 국가 안보의 경우에만 사용되었는가? 정치권의 유착 관계, 과거의 진상 규명은 지도력의 산물인가 통상적인 정치 행보인가? 일제의 교육 정책과 지도 형태는 지금의 교육 현장에는 없는 것인가? 자신이 교육받은 것을 학생들에게 전하는 과정에서 교사 자신도 모르는 식민 시대의 잔재는 없는 것인가? 6·25 당시 유엔군에게 넘겨준 '평시 군작전 통수권'을 1994년에야 되돌려 받은 것은 기쁘게 여겨야 하는가 슬프게 여겨야 하는 것인가? 수도 서울에 남아 민족적 자존심을 훼손하던 구 조선총독부 건물을 철거하기까지 우리의 민족사는 어디를 떠돌고 있었던 것일까? 우리는 과연 경제적인 만큼 문화적으로도 진정한 성장을 한 것일까? 작품이 우리에게 주는 충격은 우리 내부에 아무런 비판 없이 고여 있던 역사의식을 일깨우고 있습니다.

작품의 공간적 배경은 전남 보성군 벌교읍을 중심으로 하여 사건이 전개되면서 부산과 거제도에서 북쪽 끝과 만주까지 확대됩니다. 그러나 대부분의 공간은 벌교와 그 인접 지역 산인 조계산과 그 산줄기의 본류인 지리산입니다. 특히 입산 투쟁빨치산의 산악 유격 투쟁상황에 많은 부분이 할애되는데 그 배경들은 거의 이 땅에 널려 있는 이름 없는 산들인 점이 작품을 읽을수록 상징적인 의미로 다가옵니다.

호랑이 형상을 한 씩씩한 기상의 한반도를 일제가 나약한 토끼 형상으로 왜곡한 것을 반박하고 북쪽의 백두산에서 발원하여 호랑이 등뼈를 이루는 태백산맥으로 이어져 갈비뼈에 해당하는 곁가지 산맥들과 지리산을 거쳐 남쪽 끝 한라산에 이르는 한반도, 그 사이 사이 흘러내리고 굽이치는 수많은 산줄기들, 그리고 이 땅의 이름 없는 민중들의 모습인양 어디서나 눈 들어 보면 지천인 우리네 산들이 바로 주요한 공간적 배경인 것입니다. 한반도를 흘러 내리는 산줄기들과 무수한 산들은 곧 이 땅을 지키며 살다간 그리고 아직도 살아가고 있는 우리네의 모습이며 역사인 셈입니다.

시간적 배경은 전 4부로 나뉘어 제1부 1948. 10 여수 순천 사건 무렵, 제2부 여순 사건 이후 10개월, 제3부 1949. 10~1950. 11, 제4부 6·25 휴전까지로 이루어져 있습니다. 3부와 4부의 시간적 나눔은 6·25라는 사건에 대한 작가의 시대 인식에 따른 것입니다. 그는 광복1945. 8부터 6·25전쟁 종료1953. 7까지를 '민족 자주 독립 국가 노력의 시대'로 보고 그 이후를 민족 통일 추진의 시대로써 시대적 특성을 달리 인식했습니다. 그래서 작품의 대단원도 1953. 7까지로 마무리하여 그 다음 시대는 새로운 작품에서 다루기로 했습니다. 분단 비극의 시발점을 1948. 10. 19 여순 사건으로 보아 작품의 출발점으로 삼았습니다. 여순 사건에서 6·25까지를 분단 현실의 결정적 영향 시기로 인식하여 '민족 분단 가속기' '민중 세력 형성기' 혹은 '전쟁 원인 잉태기'로 설정하고 있습니다. 특히 6·25라는 중대한 사건을 분단의 시작으로 보지 않고 분단 상황의 연속성 상에서 일어난 큰 사건으로 생각하는 점은 설득력이 있습니다. 그 점은 3, 4부의 머리 제목에서 잘 나타납니다. 3부 '분단과 전쟁', 4부 '전쟁과 분단'이란 제목은 곧 '분단으로 인한 전쟁' 3부이며 '전쟁으로 보다 굳어진 분단' 4부이란 그의 인식이 만들어낸 것입니다.

혹자는 이 작품에 등장하는 인물을 들어 좌익 성향 즉 사회주의적 성향의 인물들이 주류로 미화되고 있다고 주장합니다. 물론 소설 속 인물들은 크게 좌익, 우익, 중도 성격의 인물들로서 각기 전형성을 띤 인물들이 등장합니다. 그러나 굳이 어느 쪽 편이냐는 나눔 없이, 등장인물 전체가 작가의 일관된 의식 즉, 민족주의적 성격에 의해 갈등을 겪고 성향이 굳어져서 마침내 위의 분류는 그 의미를 상실합니다.

좌익 성향의 주요 인물들은 염상진, 하대치, 안창민 등과 빨치산 핵심 인물들 그리고 그들을 따르는 천점바구, 강동기, 소화 등의 하층 계급 출신 빨치산 대원들입니다. 반면 우익 성향 인물들은 염상진의 동생 염상구작가는 서로 대립적인 성향의 대표적 인물을 친형제 간으로 설정하여 결국은 작가의 의도대로 민족적인 한 뿌리 의식을 암시하는 듯하다와 토벌대장, 경찰서장, 읍내 유지, 기관장들 그리고 그 2세들이 등장합니다. 중도 성향이면서 가장 민족주의자인, 그래서 이념에 치우치지 않고 민족의 현실과 모순을 직시하려는 쪽인 그러나 현실적으로 좌익에 설 수밖에 없었던 김범우, 끝까지 주관적인 사회의식을 가지고 이념의 편에 서지 않는 서민영 선생, 인본주의적인 의사 전 원장, 그리고 대다수의 민중들을 또 한 부류로 볼 수 있습니다.

등장인물 수가 많고 복잡하게 사건이 얽혀가지만 인물들의 분류는 결국 표면적으로 좌우익을 나누기보다 내면적으로 모든 인물들이 결국 바른 세상과 민족을 생각하는 편이냐 아니면 이기적이고 반민족적 소견의 성향이냐로 나누어집니다. 그 인물들이 서로의 신념에 따라 대립하면서 갈등과 폭력이 나타나고 그 틈새를 강대국 이데올로기가 파고들어 더욱 더 골을 깊이 가르는 과정을 볼 수 있습니다. 물론 전체적으로는 좌익 성향의 인물들 중심의 시각에서 기술한 측면이 더 많습니다. 그러나 그것은 일제 치하의 사회주의적 성향이 대부분 민족주의적이라는 측면과 유사합니다. 궁극적으로는 작가의 말처럼 소수인의 치장을 위한 비단이 아니라 다수인의 살을 감싸는 삼베나 광목으로 민족이 겪은 역사적 수난과 아픔을 엮어보려 했다는 면에서 정당성을 갖습니다.

일제가 그들의 효율적인 통치 수단으로 경찰순사 조직을 극대화하여 전국적으로 지서를 두고 가혹 행위를 저지르던 것, 그 경찰 조직이 광복 후 다시 조직력을 갖추어 강대국과 친일 세력의 앞잡

이가 되고, 일제에 친일하던 재력가들이 광복된 나라에서 다시 집권상층 세력을 형성하여 서로를 비호하는 현실, 그 모순된 상황이 야기하는 갈등과 분노, 체념. 이 모순된 상황들이 바로 민족사의 매몰 시대를 만들었다고 작품은 주장합니다. 소설 속의 주장이 과연 어느 정도까지 진실성을 획득하고 있느냐는 것은 우리들 전체의 판단이고 과제입니다. 하지만 작가의 집필 의도는 분명합니다. 민중의 실체가 지워진 역사의 진실을 다시금 밝혀내는 일과 함께 그것을 모두의 힘으로 지켜내는 일은 더욱 중요하다고 작가는 서문에서 말합니다. 그래서 수많은 등장인물들이 서로 얽혀 삼베나 광목을 짜가고 있는 것입니다.

이 소설을 읽으면 그동안 쉬쉬하며 덮어 둔 현대사 속의 여러 사건들이 소설의 이름을 빌려 작품 속에서 다시 살아납니다. 주요 줄거리를 형성하는 빨치산 투쟁과 더불어 제주 사건, 여순 사건, 보도연맹 사건, 거창 사건, 국민 방위군 편성, 거제도 반공 포로, 6 · 25 전쟁 등이 당시의 시대적인 국제 역학 관계와 맞물려 해석되고 있습니다. 그런 사건의 감춰진 진실을 밝힘으로서 반공의 허구성과 동시에 좌익 세력의 한계도 표현하고 있습니다.

이런 이면의 진실은 다분히 편향적인 면도 있습니다. 그러나 이데올로기의 시각에서 어느 한 쪽이 더하고 못했다는 식으로 작품 성향을 가르는 것은 곤란합니다. 작품 속의 정보는 분단의 고착화가 만들어낸 지역적 역사적 한계일 수밖에 없습니다. 이런 편협성 위험에도 불구하고 작가가 이 예민한 사건들의 이면을 파헤치려 한 것은 무엇 때문이었을까? 결국 이데올로기의 잣대로 이 작품을 볼 수 없음이 드러납니다. 편가르기가 아닌, 우리 민족 모두가 이데올로기의 희생물이 되었던 현대사 속에서 올곧은 민족의 역량을 회복해 보자는 의도라고 생각되는 것입니다.

이 소설을 읽는 재미를 느끼게 하는 작품 내적 요소 중 하나는 문체입니다. 특히 남도 특유의 질박한 사투리는 작품 전편에 걸쳐, 대대로 이 땅에 살아가며 땅을 받들던 민중들의 체취를 진하게 풍깁니다. 진득진득한 그러면서도 절실한 삶의 정서가 배어 있는 남도 사투리의 맛이 유감없이 발휘되고 있습니다. 사투리의 사용이 작품에 미치는 일반적 효과향토성, 토속성, 현장성, 민중적 정서 등뿐만 아니라, 작품에서 언급된 '생체 언어'로서의 우리 것을 느끼게 합니다.

표준어가 사투리보다 교양 있는 것이라거나 표준어를 구사하는 것이 올바르다는, 그래서 일종의 우월감을 갖는다는 것은 부끄럽습니다. 육자배기 가락 한 구절쯤 누구나 흥얼거리는 신명과 어우러진 사투리의 자신 있는 사용. 그 언어에 담긴 맛과 정서를 당당히 내세우는 등장인물. 참으로 사투리는 살아 움직이는 우리네의 소중한 문화유산입니다. 작품 안에서 남도의 언어가 하나의 문화유산으로서 빛을 발하도록 한 작가의 언어에 대한 역량은 전남 승주군 선암사에서 태어난 작가의 이력이 한 몫을 단단히 하고 있는 것이라 생각됩니다.

부분적으로 새로운 사건의 도입부에서 사용하고 있는 묘사적 진술도 문체의 한 특징을 보여줍니다. 서정적인 동시에 배경 묘사를 통해 어떤 정서를 함축적으로 나타내려 합니다. 배경 묘사가 갖는 여러 가지 기능, 예컨데 주제 암시, 인물의 심리 간접적 암시, 사건 전개 암시 기능 등과 함께 전편에 흐르는 한의 정서를 함께 보여주고자 했던 것으로 보입니다. 그래서 문체는 소설의 여러 요소 중에서 가장 개성적이라고 할 수 있습니다.

이 작품은 전 4부 10권, 원고지 16,500매의 방대한 분량입니다. 더구나 사상적으로 비교적 자유로운 지금과 달리, 집필 기간인 1983.9~1989.9까지 6년간은 이런 소설적 내용을 담는다는 것이 자칫 목숨을 걸어야 할지도 모르는 용기가 필요한 때이기도 하였습니다. 작가를 소개하는 문구에서 '1970년 『현대문학』으로 등단한 이후 초기부터 역사 의식적인 면과 사회 의식적인 면의 두 갈래 길을 작품의 주제로 삼아 그의 개성적 창작 세계를 심화 확대시켰다.' 라고 기술하고 있습니다. 그 결과 그는 누구보다도 뚜렷한 국적을 가진 작가로 평가받고 있습니다. 그는 역사에 대한 신뢰를 바탕으로 역사는 자각하는 민중의 소유임을 외칩니다.

문학으로서 소설을 대하는 그의 태도 또한 진지합니다. 올곧은 역사의 뼈대를 세우는 그릇으로서 소설의 역할을 강조합니다. 그리하여 소설은 단순히 상상력의 산물일 수만은 없으며 엄연한 역사 사실 앞에서 소설을 쓰는 자는 제멋대로일 수가 없다고 역설합니다. 그는 작품 집필을 위해 동반자 없는 태백산맥 등반을 한 달에 열흘 정도씩 몇 년을 계속하며 증언, 자료 조사, 현지 답사 등등 온갖 노력을 기울였습니다. 그가 역사의식과 작가 정신이 잘 갖추어진 안목과 신념을 지니고 있음을 느끼게 합니다.

이 시대를 살아가는 사람들에게 앙금으로 남아 있는 우리의 현대사는 구한말의 붕괴, 일제 강점, 광복, 6·25, 분단, 분단 이후 현재까지의 정치적 사회적 격동의 시대였습니다. 자각하든 자각하지 않든 우리는 현대사의 비극을 안고 그 영향 속에서 살아가고 있습니다.

그런 의미에서 20세기를 이루는 현대사의 조각조각들은 연속성 상의 사건들입니다. 그것들은 모두 망원경이든 현미경이든 현대사를 인식할 수 있는 하나의 '눈'입니다. 분단과 통일 문제 역시 멀리 있거나 지나가 버린 유물이 아니며 또한 단순한 결과로서만 받아들일 문제가 아닌 것입니다. 그래서 조정래의 『태백산맥』은 결코 단순하지 않습니다. 그것을 읽는 동안 우리는 동학에서 식민지로 다시 6·25와 분단으로 이어지는 역사의 큰 물굽이와 그 지류를 형성했던, 어쩌면 우리가 잊고 지냈던 역사의 샛강들을 만나게 됩니다.

part 3

환경

더불어 살아가는 존재

『오래된 미래』

『죽음의 밥상』

『월든』

『조화로운 삶』

『조화로운 삶의 지속』

『사랑 그리고 마무리』

『헬렌 니어링의 소박한 밥상』

『생태계』

『선사 시대』

『누가 내 치즈를 옮겼을까?』

『오래 살려면 게으름을 피워라』

1

라다크로부터 배우다

『오래된 미래』

헬레나 노르베리 호지 지음 | 양희승 옮김 | 2007 | 중앙북스

'라다크'라는 이름은 '라 다그스'라는 티베트어에서 파생된 것으로 추정되는데 그 뜻은 '산길의 땅'이라고 합니다. 그곳은 히말라야 접경 2,000피트에 이르는 고봉들과 넓은 불모의 계곡으로 이루어진 고원지대입니다. 히말라야의 그늘에 가려 거센 바람과 부족한 일조량 그리고 1년에 8개월이 겨울인 황량하기 그지없는 곳입니다.

행정적으로는 인도의 북부 지방에 속하지만 정치적으로는 1974년 영국령으로부터 분할된 이후 파키스탄의 이슬람교와 인도의 힌두교 사이에서 반자치구 형태를 취하고 있습니다. 문화적으로는 티베트의 영향을 가장 많이 받았습니다. 사용하는 언어와 예술, 건축, 의술 그리고 음악에 이르기까지 거의 모든 분야에서 티베트의 영향이 두루 나타납니다. 티베트 대승불교는 이들의 주

된 종교이고 달라이 라마는 그 정신적 지주이기도 합니다. 그래서 라다크를 종종 리틀 티베트라 부르기도 합니다.

2,000년 전 타타르 왕국 목축인들의 후손인 이들은 빙하가 녹아 흘러내려오는 개울물을 지혜롭게 잘 활용합니다. 고지대의 짧은 재배기간을 이용한 보리 재배법을 익혔고, 콩이나 무순 그리고 감자 등 생명력 강한 농작물을 경작하고 있습니다. 고도가 조금 낮은 지역에는 검은 호두나무와 살구를 가꿉니다. 그리고 척박한 환경에 잘 적응하는 이 지역 동물들인 양과 염소, 당나귀, 조랑말 등을 기릅니다. 특히 토종 암소와 야크의 교배종인 '쪼'라는 동물을 통해 고기와 우유, 버터, 치즈 그리고 농사에 필요한 노동력과 운송 수단, 옷을 만드는 모직물과 연료를 공급받습니다.

이 지역에는 수목이 잘 자라지 않기 때문에 가축들의 배설물을 1년 내내 모아 말려서 겨울철 연료로 씁니다. 음식을 만들거나 영하 40도까지 떨어지는 겨울철 난방 연료로 사용합니다. 사람의 배설물은 재와 흙을 섞어 채소밭의 비료로 쓰고 있는데 라다크 사람들은 그런 식으로 오랜 세월 모든 것을 재활용해 왔습니다. 어떤 것도 그냥 버리지 않습니다. 모든 것에는 나름대로의 유용성이 있다는 것입니다. 사람이 먹을 수 없는 것이라면 동물의 먹이로 사용하고 연료로 쓸 수 없는 것들은 비료로 씁니다.

기본적으로 이곳 사람들은 경작하지 못하는 농지를 소유한다는 것에 의미를 두지 않습니다. 한정된 자원을 조심스럽게 아껴 쓰는 것은 인색함이 아니라 검약이라는 불교의 가르침을 따릅니다. 그래서 열악한 자원을 가지고도 라다크의 농부들은 거의 완벽한 자립을 이룰 수 있었습니다. 외부세계에 의존하는 것이라고는 소금과 차 그리고 요리 기구나 공구 같은 몇 가지 금속 제품들뿐입니다.

전통적 생활방식을 유지하고 있는 라다크 사람들은 스트레스가 적은 편이고 마음의 평화를 누리고 삽니다. 그들에게 나이 들어간다는 것은 자연계 순환의 한 부분입니다. 세월이 흘러가는 데 대한 두려움 속에서 살아갈 필요가 없다고 생각합니다. 이번 인생이 유일한 것이라는 관념은 없습니다. 죽음이란 끝이기도 하지만 시작을 의미하는 것이기도 합니다. 또한 그들은 인간의 내면 가치를 중시합니다. 라다크에는 '호랑이의 줄무늬는 밖에 있지만 사람의 줄무늬는 안에 있다'라는 말이 있습니다. 라다크 사람들의 그러한 태도는 명상으로부터 영향을 받은 듯합니다.

이런 라다크 전통사회가 최근 급격한 붕괴 양상을 맞이했습니다. 이전에도 라다크는 아시아의 주요 교역로에 위치한 지정학적 요인으로 외부 문화의 영향에 노출되어 있었습니다. 하지만 그 영향은 외래문화가 자체 문화의 영역 안에서 서서히 통합되는 것이었습니다. 그러나 1974년 인도 정부가 그 지역을 관광 지역으로 개방하면서 큰 변화가 일어났습니다. 중심 도시인 '레'와 그 인근 지역이 집중적으로 개발되었습니다.

세계의 다른 지역과 마찬가지로 라다크의 개발 역시 서구식 개발입니다. 변화는 각 부문에서 빠르게 진행되고 있습니다. 화폐경제가 활성화되어 사람들은 이제 자급을 위해 다양한 농작물을 심지 않습니다. 돈을 얻기 위해 상업형 농작물 재배를 합니다. 정부는 수입 규모를 확대해 엄청난 양의 보리와 쌀 그리고 석탄과 장작을 들여오고 있습니다. 하루 수백여 대의 트럭이 짐을 싣고 인도 평원으로부터 긴 운행을 계속함에 따라 교통량은 기하급수적으로 증가하고 있습니다. 수천 명의 관광객들을 실은 지프와 버스들의 범람으로 인해 주변 도로와 도시에는 교통정체와 대기 오염이 확산되고 있습니다.

라다크 인구의 70퍼센트 정도는 아직까지도 전통적인 생활방식을 유지하고 있습니다. 하지만 현대화에 의한 심리적 충격은 이미 전 지역으로 파급되었습니다. 과거 라다크에서는 화폐란 외부에서 들여오는 극히 일부분의 물품 구입에만 필요했습니다. 전통적인 경제체제에서도 부의 차이는 존재했지만 그것을 축적하는 데는 자연적인 한계가 있었습니다. 그러나 화계경제라는 새로운 경제구조는 부자와 가난한 사람 사이의 간격을 점점 더 멀어지게 만들었습니다.

현대식 의료교육 과정은 전통의료체계의 붕괴를 가져왔습니다. 전통의술은 의술을 익히고 환자를 지료하고 약을 준비하는 데 오랜 시간이 필요합니다. 그 때문에 정부의 지원을 받는 거대한 제약회사와 경쟁에서 밀리고 있습니다. 지역의 농업 역시 훼손되고 있습니다. 정부 지원금 혜택으로 싼 가격에 유통되는 밀가루, 쌀 등 곡물은 인근 마을에서 온 것에 비해 훨씬 싼 가격으로 팔리고 있습니다. 그 결과 자급자족을 위한 곡물 재배는 경제성을 잃게 되었습니다. 도시 지역에서는 토지마저 화폐 가치로 환산할 수 있는 상품이 되어 버렸습니다. 사람들이 몰려들면서 예전에는 돈과는 무관했던 토지의 가격이 점점 더 올라가고 있는 현실입니다.

개발이 미친 영향 때문에 시간은 곧 돈이 되었습니다. 그리고 돈이 있어야 필요한 물품을 구입할 수 있습니다. 그러다보니 새로운 경제체제에서는 임금을 받지 않는 협동 농업은 불가능합니다. 사람들은 더 많은 화폐 습득을 위해 더 많이 시간을 쏟아야 합니다. 그 결과 전통사회의 공동체는 파괴되고 여유로운 생활과 자신의 정체성에 충실할 수 있는 자유를 잃어가며 살고 있습니다.

현대화란 본질적으로 하나의 커다란 일반화를 전제로 합니다. 현대화란 지역의 다양성과 독립성을 하나의 단일 문화와 경제체제로 대체하는 과정을 의미하기도 합니다. 서구의 가이드라인에 의한 개발은 마치 개발이 추진되기 전에는 라다크에 인프라 같은 것은 존재하지 않았던 것처럼 모든 것을 원점에서 시작합니다. 예전에는 의료, 교육, 통신, 교통시설, 무역 등 문화와 경제활동을 반영하던 모든 것들이 전혀 존재하지 않았던 것처럼 취급합니다.

많은 경제학자와 개발 전문가들이 공통적으로 가지고 있는 진보에 대한 시각은 경제발전의 부정적 측면을 잘 드러내지 않습니다. 경제개발 프로그램들이 사람들에게 수익을 가져다준 대신 그들의 삶의 수준을 떨어뜨리는 것은 감추고 있습니다. 현대 기술은 필연적으로 중앙 집중화와 전문화를 초래했습니다. 산업화에 익숙하지 않은 많은 사람들을 각박한 도시 생활의 굴레 속으로 끌어들였습니다. 좁은 의미에서 보면 현대 기술이 노동시간을 단축하는 데 기여했다고 할 수 있다. 하지만 협력보다는 경쟁을 더 가속시키는 특성으로 인해 결국 사람들은 생계를 꾸려가는 데 더 많은 시간과 노력을 투여할 수밖에 없습니다.

개발에 따라 개선되거나 진보된 부분도 있습니다. 자본과 기술 그리고 현대의학의 도입으로 실직적인 혜택이 주어진 것은 사실입니다. 그러나 이미 개발이란 많은 경우 착취나 신식민주의의 완곡한 표현이라고 할 수 있습니다. 개발과 현대화의 영향력은 대부분의 사람들을 자급경제로부터 끌어내려 환상을 좇아가게 한 다음 쓰러지게 만들었습니다.

그래서 『오래된 미래』의 필자는 라다크 사람들이 수 세기 동안 영위해온 사회적, 생태학적 균형을 희생하지 않으면서 그들의 삶의 수준을 끌어올릴 수 있는 방법을 주장합니다. 현대화란 명목의 서구식 개발로 고유의 것들을 해체해버리기보다는 오래전부터 내려오던 그 기반 위에 새로운 것들은 건설해야 한다고 주장합니다. 그리고 그는 라다크와 서구사회를 오가며 강연과 세미나를 통해 전통 라다크 사회의 생태적 균형에 대해 소개하고 경제개발이 라다크 사회를 어떤 식으로 침식했는지 설명했습니다. 또한 서구사회의 청중들에게 그들과는 다른 원칙에 기반을 둔 문화를 소개함으로써 그들에게 더욱 인간적이고 지속가능한 생활 방식이 있을 수 있다는 믿음을 전했습니다.

이런 노력으로 결과가 1980년에 이르러 '라다크 프로젝트'라는 이름의 작은 국제기구로 탄생했습니다. 그리고 1991년 'ISEC'로 재탄생했습니다. 그 설립 취지는 생태친화적이고 공동체에 기반을 둔 생활방식을 장려하는 진보적 상황을 더욱 부흥시키는 것입니다.

그 기구의 활동 목표는 '대규모 위에 소규모' 라는 슬로건 아래 글로벌 경제의 소비지향적 획일 문화에 맞서 전 세계의 지역 공동체를 지원하며 지역의 고유문화에 기반을 둔 대안을 모색하는 데 있습니다. 이들은 라다크 사람들에게 세계에서 가장 현대화된 지역에 있는 사람들이 어떤 식의 노력으로 보다 생태친화적 변화를 실행하고 있는지 알려주었습니다. 그로 인해 라다크 사람들은 최근의 생태친화적 경향과 자신들이 선사시대부터 이어 온 문화적 관습을 비교분석할 수 있게 되었습니다. 그리고 지속가능한 개발에 대한 관심도 증대되었습니다.

지구촌 사람들에게 '오래된 미래' 를 제시하는 필자가 라다크를 통해 배운 것은 결국 '행복' 이었다고 합니다. 그는 서구 생활양식이 라다크를 어떻게 변형시키는 가를 보면서 그간 자신이 속해 있던 서구문화의 모습을 다른 관점에서 볼 수 있었습니다. 자본과 에너지 집약적인 생활방식이 안고 있는 낭비와 부도덕성의 모습을 명확하게 본 것입니다. 풍요도 안락함도 발전도 결국 인간의 '행복' 을 위한 과정에 지나지 않습니다.

2

농장에서 식탁까지 그 잔인한 여정

『죽음의 밥상』

피터 싱어, 짐 메이슨 지음 | 함규진 옮김 | 2008 | 웅진씽크빅

미국산 소고기 수입 문제로 온 나라가 시끄러웠습니다. "굴욕적인 협상이다. 검역 주권을 지켜야 한다. 국민 건강을 지켜야 한다." 등등 반대 의견들이 거리로 뛰쳐나와 촛불 시위를 벌이기도 했습니다. 협상을 단행한 정부는 정부대로 수출 당사자인 미국은 미국대로 미국산 소고기가 국제검역기준에 적합한 안전하고 질 좋으며 값싼 고기라고 말하고 있습니다.

이 시점에서 『죽음의 밥상』은 소고기를 포함하여 육가공 식품에 대한 또 다른 시각을 충격적으로 보여줍니다. 이 책은 미국의 저명한 윤리학자인 '피터 싱어'와 변호사이자 농부인 '짐 메이슨'이 오늘날 미국에서 행해지고 있는 공장식 농장의 실상을 직접 현장을 찾아다니며 생생하게 밝힌 글입니다. 물론 그들의 탐사는 어려움이 많았습니다. 대부분 농장들은 그들의 방문을 허락하

지 않았으며 자신들의 농장이 공개되는 것을 꺼렸기 때문입니다.

SADStandard American Diet, 미국 표준 식단로 불리는 식단은 미국에서 가장 널리 통용되는 식단입니다. 그에 따르면 미국의 보통 식단은 고기, 달걀, 유제품 비중이 높습니다. 한편 미국인의 육류 소비는 닭고기, 소고기, 돼지고기 순서입니다. 미국에서는 고기, 달걀, 유제품 값이 싸기 때문에 이런 식단은 비용도 저렴합니다. 1970년 이후 미국에서 '공장식 농장 생산'이 점차 늘어나면서 값싸게 고기를 공급할 수 있었기 때문입니다.

그러면 공장식 농장 생산 방식의 모습은 어떤 것일까요? 닭고기는 현대 미국 식품업을 상징할 정도로 미국인들이 많이 먹는 육류입니다. 그리고 미국에서 팔리는 거의 모든 닭고기90퍼센트 이상는 '공장식 농장' 공정에 따라 생산된 것입니다. 업계에서는 그것을 '브로일러 닭고기'라고 부릅니다. 이것은 아주 큰 닭장에서 닭을 키운 것입니다. 보통 가로 1,470미터, 세로 145미터 크기에 3만 마리 이상의 닭을 수용하는 규모입니다. 이때 닭 한 마리당 최소 필요 공간은 '전국닭고기협회'에서 규제하듯 복사용지 한 장 크기와 대략 비슷합니다. 다른 닭을 밀치지 않는 한 움직이지 못하며, 날개를 마음대로 펼 수도 없습니다.

닭은 여러 세대 동안 최소한의 시간 내에 최대한의 고기를 제공할 수 있게끔 개량되어 왔습니다. 닭들은 1950년대보다 세 배나 빠르게 성장하면서 먹이는 3분의 1밖에 먹지 않습니다. 비용의 효율성을 추구하다 보니 닭의 근육과 지방의 증가 속도를 뼈 성장 속도가 따라잡지 못합니다. 그래서 브로일러 닭의 90퍼센트가 다리를 절고 있으며, 26퍼센트가 고질적인 뼈 관절 질환으로 고통을 받고 있다는 연구 결과가 있습니다. 닭은 죽기 전까지 삶의 20퍼센트를 만성적인 고통 속에서 보내는 가축입니다. 빠른 속도로 체중을 불리며 생기는 심장마비나 폐질환, 다리 질환 등으로 사망률이 높아도 비용 면에서는 무조건 체중을 불리는 편이 더 이득이라고 사육자들은 판단합니다.

이렇게 6주일 성장하면 우리에 넣어 트럭에 실려 도살장으로 갑니다. 도살장에 도착하면 발에 차꼬를 채워 컨베이어 벨트에 거꾸로 매달립니다. 차례로 도살실로 움직여 갑니다. 거꾸로 매달려 도살 라인을 지나면서 전기가 흐르는 수조에 머리가 처박히게 됩니다. 전기 충격 기절기입니다. 그러나 곧바로 기절시키는 전류를 쓰면 고기 맛이 떨어질 우려가 있어 마비만 시킬 뿐 의식을 없애지는 않습니다. 미국 내에서도 협회의 지침이 있지만 현실은 관리들의 점검이 나올 때와는 전혀 다르다고 필자들은 주장한다. 이런 의미에서 미국의 도살장 상태를 점검하고 왔다는 우리나라 정부 관리들의 공식적인 시찰이 과연 얼마나 현실을 제대로 반영한 것인지 의문이 든다

전기 수조에. 이어 자동 목 절단기가 닭의 목을 자릅니다. 그러나 빠른 작업 속도 때문에 일부 닭은 다리나 날개를 잘리거나 처리가 되지 못하고 살아 의식이 남은 채로 다음 단계로 갑니다. 다음은 펄펄 끓는 물이 담긴 탱크에 빠지는 단계입니다. 보통 도살되는 닭의 셋 중 하나 꼴로 살아서 끓는 물탱크에 들어간다고 합니다. 물속에서 몸부림치다가 뼈가 아스러지고 몸 부위가 군데군

데 없어진 채로 나오는 닭들도 있습니다. 그래도 도살 라인은 멈추지 않습니다. 1분당 90마리 이상을 죽이는 속도로 라인은 움직입니다.

알을 낳는 닭 한 마리당 배정된 공간은 표준 복사 용지 크기보다 작습니다. 보통 암탉들을 철사로 된 우리에 여덟 내지 아홉 마리의 닭을 우겨넣어 날개 한쪽도 펼 공간이 없습니다. 이렇게 몰려 있는 닭들은 스트레스 때문에 서로 쪼아대는데 이를 방지하려고 정기적으로 닭부리 끝을 불로 달군 칼로 잘라버립니다. 물론 마취제는 쓰지 않습니다. 닭의 부리는 닭이 사물을 찾고 건드리고 느끼는 주요 수단입니다. 그런 상태로 울에 갇혀 암탉들은 56주 동안 알을 낳은 뒤 폐사됩니다. 보통 닭은 5년을 삽니다. 어떤 경우는 10년 이상 살기도 합니다.

낙농 상품 광고에는 하나같이 넓은 목장에서 한가로이 풀을 뜯는 젖소들의 모습이 나옵니다. 송아지들도 옆에서 뛰어놀고 있습니다. 우리는 송아지들이 실컷 먹고 남아도는 우유를 사용하고 있는 듯합니다. 그러나 젖소들은 실내 외양간에서 사육됩니다. 농장에서 수송아지가 태어나면 대부분 송아지고기를 얻기 위해 한동안 길러지든지 애완동물 사료용으로 곧바로 도살됩니다. 한동안 길러지는 이유는 '밀킹 빌' 아직 젖을 먹는 송아지 고기라는 뜻, 육질이 연하기 때문에 특상품으로 취급된다 용으로 사용되기 위해서입니다. 최고급 밀킹 빌의 조건에 맞추기 위해 16주 동안 송아지를 어둠침침한 우리에서 몸을 돌릴 수도 없이 좁은 칸막이에 가두어 기릅니다. 어미와 떨어지고 동무들과도 어울리지 못합니다. 몸은 목까지 붙잡아 매어져

있습니다. 먹이도 '대체 우유' 뿐입니다. 이것은 우유 분말에 녹말, 기름, 설탕, 항생제 따위를 섞어 만든 액체입니다. 일부러 철분을 적게 넣어 준임상적 빈혈증에 걸리게 만듭니다. 빈혈증은 송아지의 고기가 태어날 때의 연분홍색과 부드러운 육질을 유지할 수 있게 하기 때문입니다. 암송아지라면 도살 대신 농장에서 자랄 수도 있습니다. 그러나 자연적인 젖소의 수명이 대략 20년 정도인 데 비해 농장 젖소들은 보통 5~7세 사이에 죽습니다. 자연적인 수준을 훨씬 뛰어넘는 우유 생산에 몸이 오래 못 버티는 까닭입니다.

고기를 취할 목적의 송아지는 6개월이 지난 후 대규모 사육장으로 옮겨집니다. 거기서 귀 뒤쪽에 합성 호르몬 임플란트를 이식받습니다. 그 약물은 소에게 근육을 더 붙여줍니다. 그리고 거기서는 푸른 풀 대신 옥수숫대를 먹습니다. 미국산 저질 옥수수 가격은 1파운드에 4센트에 불과합니다. 그래서 원래 목초를 먹게끔 태어난 소가 옥수숫대를 먹으면서도 생명을 이어가기 위해 사료에 항생제를 곁들입니다. 생산업자들은 항생제 없이 소들을 옥수수로 살찌울 수 없음을 알고 있습니다. 이것은 마치 사람이 사탕만 먹고 사는 것과 같습니다. 한동안은 살지만 곧 병에 걸리게 됩니다. 하지만 소고기 생산업자들은 별 관심이 없습니다. 소들이 도살되기 전까지 버텨주기만 하면 그만입니다. 송아지는 14개월이면 시장 상품이 될 중량에 도달하기 때문에 다른 사료를 제공함으로써 기대 수명을 18개월 내지 2년으로 늘릴 필요가 없는 것입니다.

공장식 돼지 사육 시설의 악취는 상상을 초월합니다. 미국의 산업안전보건국OSHA에서는 돼지농장 직원들에게 의무적으로 방독면을 착용하게 했습니다. 나쁜 공기가 폐를 해칠 수 있기 때문입니다. 돼지들은 그 악취 속에서 평생을 삽니다. 그리고 오늘날 식육용으로 길러지는 돼지의 90퍼센트 이상이 콘크리트와 강철로 지은 축사 속에 갇혀 지냅니다. 일생에 한 번도 바깥나들이를 못하며 풀밭을 발로 밟아보지 못합니다. 심지어 밀짚더미 위에서 잘 수조차 없습니다. 그러나 돼지는 원래 주변을 탐험하며 스스로 먹이 찾기를 좋아하는 동물입니다. 자연 상태에서는 깨어 있는 시간의 3분의 2를 그런 활동으로 보냅니다.

가장 철저히 갇혀 지내는 돼지는 번식용 암돼지입니다. 공장식 농장의 엄격한 일정상 이 돼지들은 최대한 빨리 새끼를 낳고 또 낳아야 합니다. 즉 살면서 대부분을 새끼를 밴 상태로 보내야 합니다. 16주일 정도 임신 기간 동안 암돼지들은 임신용 우리에 갇혀 지냅니다. 그것은 상자형 또는 반원형 철창 우리로 그 속에서 암돼지는 몸을 돌릴 수도 없습니다. 하루 종일 아무것도 하지 않고 시간을 보냅니다. 주위를 돌아다닐 수도, 다른 암돼지와 마주할 수도 없습니다. 오직 서 있기 아니면 콘크리트 맨바닥에 드러눕기뿐입니다. 미국 돼지들은 90퍼센트 이상이 완전 폐쇄식으로 사육되며, 한 번도 바깥바람을 쐬지 못한 채 죽습니다. 대부분 진짜 돼지가 아니라 공장에서 만들어진 상품과 같습니다.

그리고 새끼를 낳을 때면 이번에는 '출산용 우리'에 갇힙니다. 그곳 출산용 칸막이는 돼지가 한 자세만을 계속 유지하도록 만들어졌습니다. 젖꼭지가 항상 새끼돼지들에게 노출되도록 하는 것입니다. 또한 돌아누울 수가 없도록 만들어졌는데 이것은 암퇘지가 돌아눕다가 좁은 공간 때문에 새끼들을 깔아 죽일 수 있기 때문이라고 합니다. 칸막이에 갇힌 돼지들은 심리적인 스트레스로 무의미한 행동을 반복합니다. 또한 갇힌 돼지들은 돌아다닐 수 있는 돼지들보다 건강 상태가 당연히 좋지 않습니다. 다리를 절기 쉽고 발 부상이 많습니다. 눕지 않을 때는 항상 콘크리트 바닥 위에 서서 지내기 때문에 요도염도 잘 걸립니다.

유럽연합은 2012년 말까지 암퇘지 칸막이를 단계적으로 없애는 법률을 통과시켰습니다. 새끼돼지들은 2주일 조금 더 되었을 때 젖을 뗍니다. 자연에 가까운 환경이라면 적어도 9주 동안 어미젖을 먹을 것입니다. 하지만 새끼에게 젖을 먹이는 암퇘지는 임신을 하지 못하며 따라서 생산성이 감소됩니다. 그래서 새끼들을 어미에게서 떨어뜨려 어미는 다시 임신 구역으로 돌아가고, 새끼들은 새끼 사육 건물에 수용됩니다.

인간의 이익은 언제나 다른 종의 이익보다 우선일까요? 인간은 항상 동물보다 우월한 것인가요? 저자인 피터 싱어는 인간과 동물 사이의 뚜렷한 차이점에도 불구하고, 고통을 느낄 수 있다는 공통점이 있으며 동물도 우리처럼 이해관계를 갖는다는 점을 강조합니다. 그러므로 우리 종이 아니라는 이유로 그들을 잔인하게 다루어도 좋다는 것은 곧 가장 극단적인 인종차별론자나 성차별론자의 입장과 비슷하므로 '종차별' 이라고 주장합니다.

음식을 섭취하는 데도 '음식 윤리' 가 있습니다. 인간은 누구나 윤리적 기준에 비추어 먹거리를 선택할 권리가 있습니다. 내가 먹는 음식의 재료가 그토록 잔인한 여정을 거쳐서 만들어진 것이라면 과연 윤리적인 식품 소비라는 것은 어떤 것일까요? 또 그것은 이 세상 생명체들의 공존에 어떤 역할을 하는 것일까요? 마트에서 식품을 사는 어떤 양심적인 소비자는 이렇게 말합니다.

"나는 돈을 냄으로써 투표를 합니다. 세상을 해치는 인간들을 더 부유해지지 않도록 하는 거죠."

3

소박하고 간소한 삶의 의미

『월든』

헨리 데이빗 소로우 지음 | 강승영 옮김 | 2001 | 이레

『월든Walden』은 미국 동북부에 있는 호수 이름입니다. 그리고 책이름으로서 『월든』은 19세기에 살았지만 자신의 세기를 넘어 미래를 바라본, 깊은 통찰력을 가진 철학자 소로우의 대표작입니다.

소로우는 1817년 매사추세츠 주의 콩코드에서 태어났습니다. 하버드 대학을 졸업했으나 부와 명성을 쫓는 생활을 버리고 고향으로 돌아와 자연 속에서 글을 쓰며 일생을 보낸 사람입니다. 그는 동양의 고전인 『논어』와 힌두교의 경전 『바가바드 기타』약 기원전 5세기경에 쓰인 경전에 담긴 철학에 평생 동안 매료되어 있었던 인물이기도 합니다.

그가 1845년 어려서부터 보았던 고향의 호수 '월든' 옆에서 소박하고 원시적인 삼림 생활을 한 기록이 『월든』입니다. 거기서 소

로우는 인습에 구애받지 않는 삶을 실험했습니다. 손수 통나무를 베어 집을 짓고 최소한의 밭을 일구고 때때로 호수와 근처 강에서 낚시를 하며 살았습니다. 그러면서 인간과 자연, 인간과 사회에 대해 깊이 성찰했으며 그 핵심이 바로 이 책에 담겨 있습니다.

그러기에 이 『월든』은 여러 가지 의미를 가진 책입니다.

첫째, 이것은 『로빈슨 크루소』 같은 모험기입니다. 문명을 등지고 삼림에 들어가 스스로 자급자족하며 자연 환경에 대처해 살아가는 모습이 담겨 있습니다.

둘째, 『걸리버 여행기』처럼 사회에 대한 통렬한 풍자서입니다. 당시 막 가설되기 시작한 철도 등 물질문명에 대한 폐해를 예견하여 그것이 인류에게 안락한 행복을 가져올 것이라는 19세기의 기대감에 대해 경고했습니다. 그는 정신적인 가치를 더욱 드높여야 함을 역설했습니다. 이것은 결국 오늘 날의 상황과 일치합니다.

셋째, 작자 스스로의 정신적인 자서전입니다. 『월든』은 참다운 인간의 길, 자유로운 인간의 길은 무엇인가 끝없이 물으며 길을 찾아가는 구도적인 모습의 기록입니다.

넷째, 이것은 아마도 자연을 사랑하고 보호하는 일의 중요성을 강조한 최초의 '녹색 서적' 일 것입니다. 그가 최초의 환경보호론자였을 것이라는 데에 많은 사람들은 공감합니다.

이렇게 『월든』은 여러 가지 면에서 매력적인 요소를 갖습니다. 그러나 가장 빼어난 매력은 아무래도 '소박하고 간소한' 삶의 의미를 밝힌 수상록이라는 점에 있을 것입니다. 아무리 사회가 발전했어도 인간 생존의 기본 법칙은 변함이 없습니다. 생존에는 꼭 필요한 '생활필수품'이 있어야 합니다. 이때 생활필수품이란 인간이 자기 노력으로 얻는 모든 것 중에서 가장 큰 비중을 차지하는 것입니다. 그래서 어떤 사람도 그것 없이 살아가려고 생각하지 않는 것을 통틀어 가리킵니다. 소로우는 인간 생활에서 으뜸가는 필수품이 무엇이며, 이것을 얻기 위해 어떤 방법들을 취해 왔는가 알기 위해 원시적이고 개척자적인 생활을 해보는 것이 꽤 도움이 될 것이라고 생각했습니다.

동물들은 먹을 것과 몸 둘 곳 이외에는 아무것도 필요로 하지 않습니다. 인간도 생활필수품으로 식량, 주거 공간, 의복, 연료 네 항목이면 충분합니다. 이것들을 확보해야 비로소 자유와 성공의 가망을 가지고 인생의 진정한 문제들을 다룰 준비가 되는 것입니다. 그런데 이런 필수품에 더해 또 다른 안락함을 추구하면서 우리는 스스로 그것의 노예로 살아갑니다. 저자는 여분의 것을 더 장만하려고 얽매이기보다는 다른 할 일이 있다고 생각합니다. 바로 먹고 사는 것을 마련하는 일을 간소하게 줄이고 더 많은 시간을 인생의 모험 떠나기에 쓰라고 합니다.

그러려면 생활을 단순하고 소박하게 해야 합니다. '자발적인 빈곤'이라는 고지에 오르지 않고서는 인간 생활의 공정하고도 현명한 관찰자가 될 수 없습니다. 농업, 상업, 문학, 예술을 막론하고 불필요한 삶의 열매는 사치일 뿐입니다. 그러므로 의식주라는 필수품은 필요한 일을 하기 위해 갖춰야 할 몇 가지 기초 자원인 것입니다. 이러한 인식은 삶을 대하는 태도나 사고방식에서 이끌어낼 수 있습니다. 자신의 인식이 도달하지 않은 상태에서 어떻게 최소한의 필수품에 만족하는 삶을 살 수 있겠는가. 어떻게 보다 큰 정신적 가치를 위해 최소한의 물질을 영위하는 것에 기꺼이 동의하겠는가. 이런 측면에서 볼 때 소로우가 갖고 있는 의식주에 관한 생각은 특별합니다.

옷을 구입할 때 우리는 참다운 실용성보다는 다른 것에 더 신경을 씁니다. 소로우는 옷을 입는 목적은 첫째 체온을 유지하기 위함이요, 둘째 현재 인간 사회에서는 알몸을 가려야 하기 때문이라고 합니다. 그러므로 지금 있는 옷만 가지고도 중요한 정신적 가치를 추구하기에 충분하다고 주장합니다.

아울러 인간이 육체에 먹을 것을 줄 때에 상상력에도 함께 주어야 한다는 생각을 가지고 있습니다. 적당히 먹을 때는 식욕을 부끄럽게 여길 필요가 없습니다. 그러나 고매한 능력을 진정 최고의 상태로 유지하려면 과다한 섭취는 피해야 한다고 말합니다. 진수성찬을 먹으면서 지내는 것은 바람직한 일이 아니라고 강조합니다.

소로우는 몸과 천체들 사이에 아무런 장벽을 두지 않고 보낸다면 더욱 좋다고 합니다. 그러나 얼어 죽지 않기 위해 집이 꼭 필요하다면 기본 요건만을 갖춘 간소한 집을 권하고 있습니다. 많은 사람들은 더 좋은 집을 얻기 위해 세를 물고 저축을 하느라 허덕이며 죽을 고생을 합니다. 주택을 미래에 대비한 적금으로 가지고 있는 사람조차 거기서 얻는 이익이란 개인에 관한 한 자기가 죽은 후 장례식 비용을 치르는 정도에 불과합니다. 아니 그것조차 자기가 비용을 치를 필요는 없습니다. 하늘을 나는 새는 둥지를, 여우는 굴을 가지고 있지만 소박하고 단순한 그들의 욕망을 채우기에 충분합니다. 오직 현대 문명사회에 사는 사람들만이 자기 집을 가지고 있지 않는 사람도 많고 자기 집이 있더라도 더 좋은 집을 갖는 데 일생을 허비하고 있습니다.

그래서 그는 자기 스스로 소박한 집을 짓는 것이 자연스럽다고 합니다. 자기 손으로 집을 짓고 소박하고 정직한 방법으로 자신과 가족을 벌어 먹인다면 누구라고 할 것 없이 시적 재능이 피어나지 않겠느냐고 반문합니다. 마치 새들이 그런 일을 할 때 항상 노래하듯이 말입니다. 그러나 불행하게도 우리는 박달새나 뻐꾸기처럼 행동하고 있습니다. 이 새들은 다른 새들이 지어놓은 둥지에 자기 알을 낳습니다. 우리는 집 짓는 즐거움을 영원히 목수에게 넘겨주고 말았습니다.

그러면 소박하고 간소하게 산다는 것은 무엇일까? 왜 그런 삶을 추구하는 것일까? 그는 우리들 인생이 사소한 일들로 흐지부지 헛되이 쓰이고 있는 것을 개탄합니다. 문명의 편의에 만족해 마침내 사람이 철로 위를 달리는 것이 아니라 철로가 사람 위를 달리는 지경이 되는 것을 경고하고 있습니다. 쓸모없는 노년기에 미심쩍은 자유를 누리기 위해 인생의 황금기에는 돈 버는 일로 인생을 보내는 사람은 배가 고프기도 전에 굶어 죽을 각오를 하는 사람과 같습니다. 만약 고국에 돌아와 시인 생활을 하기 위해 먼저 인도로 건너가서 돈을 벌려고 하는 사람이 있다면 그런 사람은 당장 다락방에 올라가 시를 쓰기 시작해야 한다고 말합니다. 그것이 인간에게 주어진 시간 활용입니다.

그러므로 간소하게, 간소하게, 또 간소하게 살라고 충고합니다. 여러분의 일을 두 가지나 세 가지로 줄일 것을 권합니다.

"필요하다면 하루 세 끼를 먹는 대신 한 끼만 먹어도 좋다. 백 가지 요리를 다섯 가지로 줄이라. 그리고 다른 일들도 그런 비율로 줄이도록 하라. 우리가 소박하고 현명하게 생활한다면 이 세상에서 생계를 유지하는 것은 힘든 일이 아니라 오히려 즐거운 일이다. 사람이 소박한 생활을 하며 자신이 직접 가꾼 농작물만을 먹되 필요한 만큼만 가꾸며 또한 거둬들인 농작물을 호사스러운 기호 식품과 바꾸려 들지 않는다면 단지 얼마만의 땅만 일구어도 충분히 먹고 살 수 있다. 엄격히 절약하고 생활을 간소화하여 목표 의식을 향상시켜야 한다."

그가 진실로 바라는 것은 간소하고 소박한 삶을 통해 얻는 인생의 여유를 자기 내부에 있는 신세계를 발견하는 데 쓰라는 것입니다. 무역을 위해서가 아니라 사상을 위한 새로운 항로 개척, 그러면 각자는 하나의 왕국의 주인이 됩니다. 그는 호숫가 삶의 경험을 통해 배웠다고 합니다. 사람이 자기 꿈을 향해 자신 있게 나아가며, 자기가 그리던 생활을 하려고 노력한다면 보통 때 생각지도 못한 성공을 맞게 된다는 것을 말입니다.

19세기의 철학자 헨리 데이빗 소로우는 지금도 호숫가 작은 나무집에서 새벽에 잠을 깹니다. 그리고 희석되지 않은 순수한 아침 공기 한 모금을 마십니다. 그의 숨결이 21세기 '월든Walden'에 가득합니다.

4

아름다운 영혼의 단순하고 충만한 삶의 기록

『조화로운 삶』

헬렌 니어링, 스코트 니어링 지음 | 류시화 옮김 | 2000 | 보리

인생의 목적을 '돈'에 두는 사람들이 있습니다. 그들에게 '돈'이란 손오공의 여의봉입니다. 세상의 모든 것이 '돈'에서 생기고 '돈'으로 인해 가능합니다. 그래서 자신의 귀중한 시간을 송두리째 돈을 버는 데 바칩니다. 그리고 그 돈으로 끼니를 해결하고 살아가는 데 필요한 물건들을 사들입니다. 그런 다음에는 더 편리한 삶을 위한 신상품을 소유하려고 또 다시 돈을 벌어들이는 데 여념이 없습니다. 그러면서 서서히 돈의 노예가 됩니다. 이런 생활은 산업 사회에서 더욱 두드러진 인간의 모습입니다.

『조화로운 삶』의 저자들은 말합니다.

"돈을 번다거나 부자가 된다는 생각은 사람들에게 매우 그릇된 경제관을 심어주었다. 우리가 경제 활동을 하는 목적은 돈을 벌

려는 것이 아니라 먹고 살기 위한 것이다. 돈을 먹고 살 수는 없으며, 돈을 입을 수도 없고, 돈을 덮고 잘 수도 없다. 돈은 어디까지나 교환 수단일 뿐이다. 의식주에 필요한 물건을 얻는 매개체이다. 중요한 것은 우리가 먹고 마시고 입는 것들이지 그것과 맞바꿀 수 있는 돈이 아니다."

『조화로운 삶』의 저자는 물질문명에 저항하는 자연주의 사상을 가진 부부입니다. 그들 헬렌과 스코트는 21살의 나이 차이가 납니다. 헬렌의 나이 26세에 처음 만나 같은 생각, 같은 사랑을 확인한 두 사람은 자본주의 경제의 심장부인 뉴욕에서 지냈던 대학교수 생활에서 벗어납니다. 그리고 미국 북동부의 광활한 산림 지대인 버몬트에서 시골 생활을 시작합니다. 거기서 그들은 자본주의 경제로부터 독립하여 자연 속에서 자기를 잃지 않고 살기 위해 애씁니다. 또한 이웃과 사회를 생각하며 조화롭게 사는 공동체를 꿈꾸며 실천합니다. 이 책은 훗날 버몬트 지역이 스키장이 생기고 관광객이 늘어나는 등 개발의 물결이 일어나자 다른 곳으로 옮겨가지 전까지 스무 해 동안의 기록입니다.

그들 부부는 뒷날 메인에 옮겨가 살면서 『조화로운 삶의 지속』을 펴냈고, 남편인 스코트가 100살을 살다 죽자, 8년 뒤 아내 헬렌이 『아름다운 삶, 사랑 그리고 마무리』라는 책을 펴내기도 했습니다. 헬렌은 91세에 세상을 떠났습니다. 이 책들은 문명에 저항하고 자연에 순응하며 산 두 사람의 조화로운 삶의 기록입니다. 삶을 넉넉하게 만드는 것은 소유와 축적이 아니라 희망과 노력이라는 신념을 담고 있습니다.

『조화로운 삶』에서 가장 인상 깊은 것은 그들이 세운 삶의 원칙과 먹거리에 대한 인식입니다. 그들은 현대 문명이 주는 복잡함, 불안, 낭비, 추함, 소란 등에서 벗어나 몸과 마음을 조화롭게 할 수 있는 삶의 대안으로 단순함, 고요한 생활, 가치 있는 일, 조화로움을 중요한 이상이요 목표로 삼았습니다. 그래서 그들은 버몬트 산골짜기에 들어와1930년대 중반—이때는 미국이 대공황에 시달리며 실업자가 양산되던 시절이다 십 년 계획을 세우면서 가장 중요한 삶의 중심 원칙들을 다음과 같이 세웠습니다.

하나, 우리는 먹고 사는 데 필요한 것을 절반쯤은 자급자족할 수 있게 되기를 바란다. 우리를 에워싸고 있는 이윤 추구의 경제에서 할 수 있는 한 벗어나기를 희망한다.

둘, 우리는 돈을 벌 생각이 없다. 또한 남이 주는 월급을 받거나 무언가를 팔아 이윤을 남기기를 바라지 않는다. 오히려 우리의 바람은 필요한 것들을 될 수 있는 대로 손수 생산하는 것이고, 그럼으로써 먹고 사는 일을 해결하는 것이 일차 목적이다. 한 해를 살기에 충분할 만큼 노동을 하고 양식을 모았다면 그 다음 수확기까지 돈 버는 일을 하지 않을 것이다.

(…중략…)

여섯, 단풍 시럽과 설탕을 팔아서 번 돈으로 필요한 것을 충분히 살 수 있는 한, 우리 땅에서 아무것도 내다 팔지 않을 것이다(그들이 사들인 산림에는 설탕단풍나무숲이 있어서 거기서 시럽과 설탕을 채취해 얼마간 필요한 현금을 얻을 수 있었다). 밭에서 거둔 채소나 곡식이 남는다면 이웃과 친구들에게 필요한

만큼 나누어 줄 것이다.

이런 등등 원칙이 열두 가지입니다. 그들은 먹고 사는 것을 목적으로 하지 않았습니다. 먹고 사는 문제를 해결하는 것은 단지 풍요롭고 보람 있는 삶 속으로 들어가는 문에 지나지 않는다고 생각했습니다. 따라서 그러한 삶을 꾸려 갈 수 있을 만큼만 생활필수품을 얻는 일에 매달렸습니다. 그리고 그 수준최소한의 소비 수준에 이르고 나면 먹고 사는 문제에서 완전히 눈을 돌려 취미 생활과 사회 활동에 관심과 정열을 쏟았습니다.

그들은 하루를 아침 네 시간과 오후 네 시간, 이렇게 두 부분의 시간대로 크게 나누었습니다. 그리고는 아침밥을 먹으며, 먹고 살기 위한 노동에 바칠 시간과 자기가 알아서 보낼 시간을 토론으로 결정했습니다. 가령 아침 시간에 먹고 살기 위한 노동을 하기로 했다면, 그들 부부와 그 집을 방문한 손님이나 임시 거주자들은니어링 부부의 삶의 방식에 찬성하는 친구들이나 순수한 방문자들이 늘 있었다고 한다 저마다 일을 나누어 맡아 스스로 만족할 정도로 즐겁게 일을 합니다. 그리고 오후는 저마다의 자유 시간이 됩니다. 책을 읽거나 글을 쓰고 또는 앉아서 햇살을 즐기고, 숲 속을 산책하고, 음악을 연주하고 시내 나들이를 갈 수 있었습니다. 그렇게 네 시간 동안 일을 해서 네 시간의 여유를 마련했습니다.

그들은 조화로운 삶을 살아가려는 사람들에게 가장 중요한 것 가운데 하나가 건강이라고 보았습니다. 건강할수록 더욱 충만하고 만족스러운 삶을 누릴 수 있다고 믿었습니다. 병은 좋지 않은 환경과 좋지 못한 음식에서 나오기 때문에 병을 내쫓으려면 무엇보다 좋은 먹거리를 먹어야 한다고 믿었습니다. 그 방법을 유기농법으로 직접 지은 채소와 과일에서 찾았습니다.

그들은 건강한 땅에서 자란 것이어야 좋은 곡식이며, 아울러 이것을 밭에서 곧바로 가져와 싱싱한 채로 가공하지 않고 그대로 먹어야 한다고 생각했습니다. 자연 식품은 건강을 주고 맛도 있습니다. 그리고 퇴비로 기른 과일과 채소가 화학 비료나 동물의 배설물로 기른 채소보다 맛있고 부드럽고 향도 좋습니다.

현대인들은 가공한 음식을 섭취함으로써 인간에게 해로운 독성도 아울러 섭취합니다. 화학 비료 등을 사용하여 영양 균형이 잡히지 않은 땅에서 생산된 건강하지 못한 채소나 과일을 먹습니다. 이런 것들이 건강을 해치는 요인입니다. 그들은 자연에서 난 것을 가공하지 않고 그대로 신선하게 먹는 것으로 건강하고 단순한 삶을 이끌어갔습니다. 아침에는 과일, 점심에는 수프와 곡식, 저녁에는 샐러드와 야채를 먹었습니다.

인류가 과일, 나무 열매, 씨앗, 싹, 뿌리를 주로 먹는 '나무 문화'를 지나 짐승을 기르면서 시작된 '피의 문화'는 인류 역사에서 그리 오래 되지 않았다고 합니다. 그들은 육식을 하는 관습에서 비롯한 생명에 대한 부당한 착취에 반대했습니다. 그래서 동물을 죽이지도 먹지도 않는 채식주의자로 살았습니다. 가장 적은 생명체들에게 가장 적게 피해를 주고 가장 많은 생명체들에게 가장 많이 행복을 준다는 철학을 갖고 살았습니다.

육식을 하지 않고 반드시 제철에 난 과일과 채소를 잘 저장하여 싱싱한 음식으로 일 년을 유지하도록 힘썼습니다. 과일 50, 채소 35, 단백질과 녹말 10, 지방 5 정도 비율이 되도록 애썼습니다. 물론 단백질과 지방도 식물성입니다.

『조화로운 삶』 속에는 현대 문명에 만족하지 못하는 사람들이 그 대안이 되는 문화를 찾으려고 하는 노력이 담겨 있습니다. 오늘날 유행하는 참살이웰빙가 바로 그들이 살았던 생활태도와 먹거리인 셈입니다. 책 속에 담긴 그들 삶의 모습을 상상하다 보면 역자의 말처럼 이 아름답고 훌륭한 영혼을 가진 두 사람과 함께 몇 달이라도 살아 볼 수 없는 것이 못내 아쉽습니다. 그 집에 방문했던 수많은 사람들처럼 함께 밭에서 일하고 함께 둘러 앉아 유기농 채소와 과일로 식사를 하며 자신의 영혼을 위한 시간을 갖고 싶습니다.

그들의 삶은 자본주의라는 체제에 길들여져 물질의 소유를 위한 경쟁과 탐욕, 착취와 강제를 강요당하는 사회 질서 안에서 잊고 있던 자신을 발견하게 합니다. 아울러 가치 있는 삶이 어떤 것인가, 진정한 행복을 추구하는 삶이 무엇인가를 깊이 생각하게 합니다. 진정 행복한 삶.

5

삶의 본질을 사는 소박함

『조화로운 삶의 지속』

헬렌 니어링, 스코트 니어링 지음 | 윤구병 · 이수영 옮김 | 2002 | 보리

우리는 우리가 먹는 것 가운데 85퍼센트를 밭에서 거둔다. 자동차에 들어가는 휘발유 말고 땔감은 모두 스스로 만든다. 하지만 예비 부품을 살 때 정비, 보수 그리고 쇠붙이 농기구를 살 때는 돈이 필요하다. 임대료나 지방세도 돈으로 낸다. 옷을 지어 입을 때도 있지만 중고품 가게나 벼룩시장에서 사 입기도 한다. 몇 벌은 새 옷을 사기도 한다. 우리는 알코올, 담배, 카페인 같은 습관성 약물을 먹지도 사지도 않는다. 우리는 인세와 강연료를 한 푼도 빠짐없이 사회과학연구소에 기부하고 거기서 보내주는 책자를 읽고 우표, 문구류도 거기 걸 쓴다. 여행할 때 드는 돈은 강연을 부탁한 쪽에서 낸다.

자본주의 문명에 맞서 조화로운 삶을 추구하는 '자연주의 삶' 을 사는 사람들이 있습니다. 도시를 떠나 외진 시골로 들어

가 가능한 자급자족을 이루어 먹고 사는 사람들. 그런 생활 속에서 자신을 발전시키고 사회에 기여하고자 노력하며 삶의 방향을 함께 꿈꾸는 사람들과 어울려 공동체를 이루는 사람들이 있습니다. 『조화로운 삶의 지속』의 저자들니어링 부부이 대표적인 사람들입니다.

그들이 남다른 삶의 방식을 실험하기 시작한 것은 이 책을 쓴 반세기 전인 1932년부터였습니다. 그들은 결코 젊지 않았지만 모험을 할 각오가 되어 있었습니다. 그리고 앞으로 나아가면서 생각이 점점 뚜렷해지고 그들이 나아가고 있는 길이 그들에게 옳다는 것을 굳게 믿게 되었습니다.

그들이 지켜온 생활 방식은 사실 인간의 긴 역사에서 보면 전혀 새로운 것은 아닙니다. 그러나 자본주의 시대에서는 드문 것임에 틀림없습니다. 그들은 문명의 집합체인 도시를 떠나 시골에서 더 단순하고 자급자족하는 삶의 길을 걷고자 했습니다. 기본 목표는 시장 경제를 벗어나 사용 가치가 중심이 되는 살림 경제를 일구는 것이었습니다. 그리고 스스로의 힘으로 '체제'에 얽매이지 않고 독립하여 살아가는 것이었습니다.

저자들은 이런 결과물을 몇 가지 저술로 남겼습니다. 니어링 부부는 1932년 미국의 버몬트 주 자메이카에서 흙먼지 날리는 길로 11킬로미터 가까이 더 들어가야 하는 파익스폴스에서 열아홉 해 동안 농사를 지었습니다. 그에 대한 기록은 1954년 『조화로운 삶』으로 펴냈습니다. 그 후 그 곳이 관광지로 개발되자 1952년 봄 메인 주 하버사이드에서 또다시 흙먼지 날리는 길을 따라 가야 하는 케이프로제가 새로운 터전이 되었습니다. 『조화로운 삶의 지속』은 그들이 메인에서 한 실험과 경험을 기록한 것입니다.

책 전반부에는 귀농하여 농사짓기를 원하는 사람들에게 충실한 경험담을 통해 유익한 정보를 제공합니다. 봄부터 겨울까지 밭일하기, 거름 만들기, 연못 만들기, 나무하기 등 할머니 할아버지가 헬렌이 일흔 일곱, 스코트가 아흔 다섯 살 젊은이들에게 농사지으며 사는 것을 꼬치꼬치 참견하고 있습니다. 가령 이런 식입니다.

> 곡식은 짜임새 있게 돌려 짓는다. 한 곡식을 똑같은 자리에 다시 심으려면 적어도 한 철을 건너뛰어야 한다. 자리를 정할 때 키 작은 곡식과 키 큰 곡식끼리 심어야 한다. 곡식을 심을 때는 동서로 길게 심는 것보다 남북으로 길게 심는 것이 좋다. 그래야 씨앗이나 곡식 뿌리에 햇빛을 가장 많이 쬘 수 있다. 셀러리와 파슬리와 시금치는 웬만한 서리에도 잘 견딘다. 브로콜리, 꽃양배추, 배추, 서리를 훨씬 잘 견디는 양배추는 꽁꽁 얼어붙는 추위에도 살아남는다. 밭을 덮어 주면 채소들은 추위를 잘 견딘다. 잔가지들을 밤서리가 내리기 전에 일찍 밭에 뿌려 주면 영하 12도 추위에서도 채소들은 견뎌 낸다. 태양열로 데우는 온실에서 가을과 겨울 농사를 지을 수 있다.

그러나 이 책의 진정한 매력은 농사 정보가 아닌 '자연주의 삶'의 실천에 있습니다. 그들은 많은 땅이 숲으로 가꾸어지고, 완만한 비탈에는 과수원과 포도밭이 들어서고, 깎여 나갈 위험이 없는 평평한 땅은 논밭이 되어야 한다고 생각합니다. 에너지 자원을 파는 일은 조화로운 삶의 원칙에서 벗어난다고 믿습니다. 화석 연료는 이미 묻혀 있는 게 얼마 없어서 늘어 가는 수요량을 따라잡기에 턱없이 모자랍니다. 에너지 위기는 사람들이 많아지면서 화석 연료가 점점 부족해지는 시대에 어떤 일이 일어날 것인지 미리 알려 주는 사건입니다. 그래서 그들은 주장합니다.

"숲에서 얻어야 한다. 인간은 스스로 숲을 가꾸고 거기서 필요한 만큼 나무를 가져다 써야 한다. 이렇게 하면 더할 나위 없이 탄탄한 경제 밑바탕을 갖고 안정된 삶을 꾸리게 될 것이다."

그래서 그들은 겨울철 농사에 필요한 온실도 돈을 들여 전기를 끌어다 온실을 따뜻하게 만들지 않습니다. 그들의 관심은 태양열로 데우는 온실에서 가을과 겨울 농사를 짓는 데 있습니다. 그들은 전력 회사나 화석 연료 회사와 거래하고 싶어 하지 않습니다. 어머니인 자연과 함께 살고 싶은 마음뿐이라고 합니다.

아울러 그들은 '건강을 실천하는 삶' '나누는 삶' '조화로운 삶'을 추구합니다. 그들은 버몬트에서 열아홉 해를 살면서 가정의를 둔 적이 없습니다. 메인에서 스물다섯 해 넘게 살고 있지만 한 번도 의료 처방을 받지 않았습니다. 그들은 건강을 지키는 길로 '조용하고 소박하게 사는 길'을 골랐습니다. 탁 트인 자연 속에서 일하고, 알맞은 때에 일을 마치고, 지칠 때까지 일하지 않습니다. 몸을 단련시키는 체육 시설을 일부러 찾지 않습니다. 다만 자연 속에서 육체노동을 할 뿐입니다.

세상에서 가장 훌륭하고 소박한 음식은 가공하지 않은 것이며,

밭이나 나무나 풀밭이나 숲에서 곧장 가져와 영양소가 그대로 온전하게 간직되어 있을 때 날로 먹는 것이라고 생각합니다. 덜 조리하고 더 간단하게 준비할수록 더 좋은 음식이라고 생각합니다. 그리하여 인도주의적 차원이나 영양 측면에서 채식주의를 권합니다. 이런 음식들을 나무를 깎아 만든 밥상에 나무 그릇을 놓고 나무 숟가락과 젓가락으로 먹습니다. 그러면서도 이것조차 디오게네스에 견주면 자랑할 만한 소박함이 아니라고 합니다. 디오게네스는 어떤 꼬마가 손으로 물을 떠먹는 것을 보고, 하나밖에 없는 그릇이었던 컵마저 치워 버렸다고 한다

그들은 시골에 와서 농사를 지은 일과 그것을 사람들이 와서 보도록 널리 알렸습니다. 그 결과 그들의 삶을 동경하고 찾아 온 방문객들이 해마다 늘어났습니다. 하루에 한 둘에서 몇 십 명씩 한 해 수천 명이 다녀가기도 했습니다. 그들은 함께 어울려 일을 하며 경험을 얻어 갔습니다. 그 중에 적잖은 젊은 부부와 젊은이와 단체들은 땅을 얻고 싶어 했습니다. 그래서 니어링 부부는 올곧은 젊은이들과 땅을 나누기로 했습니다. 그들 중 일부는 니어링 부부가 싼 값에 떼어 판 땅에서 살며 공동체를 만들어 가고 있습니다. 니어링 부부가 처음 계약한 17만 평이 지금은 3만 평만 남아 있을 뿐이라고 한다

저자는 조화로운 삶을 사는 데 당장 필요한 것은 먹을거리와 집이라고 말합니다. 이 생존의 기초 위에서 개인과 식구, 사회 공동체가 더 큰 기쁨과 보람을 느낄 수 있는 교육과 여가와 여행을 할 수 있다고 생각했습니다. 그래서 4-4-4 공식으로 조화로운 삶의 특성을 요약합니다. 즉 네 시간은 생계 노동을 하고, 네 시간은 전문 활동에 보내고, 네 시간은 사람으로서, 지역 주민으로서, 국민

으로서, 세계 시민으로서 의무와 책임을 다하는 단체 활동에 참여한다는 것입니다. 생계 노동은 몸이 튼튼한 사람이면 할 수 있고 해야 하는 일이자 영광스러운 일입니다. 스코트는 아흔 다섯 살인 당시에도 자기 몫의 일을 하고 있었습니다. 또한 개인의 관심과 재주는 서로 다른 분야에 보태어져 새로운 것을 만들어 내고 아름다운 예술 작품을 창조해 사회에 이바지합니다. 그리고 성인은 누구나 시민으로서 책임을 지고 시민으로서 활동해야 합니다. 이것이 4-4-4 공식입니다. 이렇게 그들은 자연 속에서 소박한 삶을 통해 건강한 삶, 나누는 삶, 조화로운 삶을 이루어 갔습니다.

이들의 삶은 『조화로운 삶』과 『조화로운 삶의 지속』으로 기록되었습니다. 이들이 세상에 없는 지금도 메인에는 니어링 부부를 기념하는 '굿라이프센터' The Good Life Center가 있고, 그들 삶을 본받으려는 사람들이 공동체를 이루며 살고 있다고 합니다. 그들은 말합니다.

"삶의 본질은 사는 것이다."

니어링 부부, 그들은 조화로운 삶을 추구하며 누구보다 소박하게 살았지만 가장 값진 것들을 누구보다 넉넉히 지니고 산 사람들입니다.

6

아름다운 삶

『사랑 그리고 마무리』

헬렌 니어링 지음 | 이석태 옮김 | 1997 | 보리

> 우리가 애써온 삶은 땅과 그 위에 있는 모든 것들과 조화를 이루어 사는 것이다. 검소하고 스스로 만족하며 자립하는 그 삶은 우리 이마에 땀을 흘려 생계를 꾸리고, 고용주나 어떤 사람에게 의존하지 않는 것이다. 우리 스스로 먹을 양식을 기르고 살 집을 지으며, 필요한 나무를 베고, 자신의 생활 수단을 마련하는 것이다. 우리는 돈이 거의 필요 없었고, 쓸 일도 없었다. 물건을 살 돈이 없으면, 우리가 손수 만들거나 그냥 없이 지냈다. 우리 뜻은 우리가 먹고 자고 입고 집을 덥히는데 필요한 것들을 바깥 세상의 도움 없이 해결하면서 읽고, 쓰고, 연구하고, 가르치며, 음악을 만들어 내는 것, 또한 그런 일들을 함께 하는 것이었다.

이렇게 평생 '조화로운 삶'을 실천하며 살아 온 스코트 니어링은 100세 생일을 맞이하고 18일 후 세상을 떠났습니다. 100세

생일 한 달 전부터 단식을 통해 자기 몸을 스스로 벗고 품위 있고 평화롭게, 죽음은 맞기 위한 결과였습니다. 그것은 스코트 니어링의 삶에서 완성된 아름다움이었습니다. 계획했던 떠남을 곁에서 도운 헬렌은 슬픔 없이 그의 마지막을 지켜보았습니다. 곁에서 헬렌은 그이가 해방됨을 느꼈습니다.

스코트의 죽음은 자신의 시간이 다가왔을 때 어떻게 맞이해야 할지를 보여 주었습니다. 헬렌은 자기 차례가 되면 자기 또한 그렇게 하기로 작정했습니다. 중요한 것은 사라지는 인격체가 아니라 사랑이라고 느꼈습니다. 존재의 정수, 실재는 죽지 않고 남아 있고 덮개와 껍질은 어쩔 수 없이 단명하는 것이라 생각했습니다.

『사랑 그리고 마무리』는 그의 아내이자 평생 동료인 헬렌 니어링이 스코트 니어링을 있는 그대로 세상에 알리기 위해 쓴 것입니다. 이 책을 통해 그녀는 스코트 니어링이 스스로 택한, 평화롭고 미리 결정한 마지막을 나누고 싶었다고 합니다. 스코트 니어링은 일생 동안 경제학자, 교육자, 평화주의자, 인권옹호자, 좌파정치인, 국제 사회주의자, 생태주의자, 귀농운동가, 미래주의자로서 업적을 쌓았고 그 인정을 받았습니다. 그는 이 모든 분야에 대해 큰 기여를 했습니다. 그리고 그가 대학교수로 머물렀던 것 이상으로 사회 복지부문에 더 많은 업적을 남겼습니다.

그들 부부는 자본주의 문명을 거부하고 버몬트 숲 속으로 떠나 '조화로운 삶' 을 추구하며 19년간을 살았습니다. 이후 그 지역이 개발 붐이 일어 점점 시끄러워지고 문명의 이기들에 물들어 가자, 숲 속을 떠나 다시 바닷가 메인에 정착하여 새롭게 농장을 일구며 살았습니다. 스코트의 나이 예순을 넘긴 때였습니다. 그러나 스코트는 자신이 땀 흘려 이룩한 것들을 누군가에게 물려주고 모든 것을 뒤로 한 채 길을 떠났습니다. 사랑을 쏟을 곳은 반드시 있다, 어떤 곳이든 시작과 끝이 있다고 했습니다.

그들은 자신들의 삶에 관심을 가지거나 그런 삶을 살고 싶어 하는 이들에게 언제든 농장을 개방했습니다. 방문객들은 주로 그들 부부가 쓴 책들 『조화로운 삶』『조화로운 삶의 지속』『소박한 밥상』 등 한두 권을 읽었거나 스코트 니어링의 강연을 들은 사람들이었습니다.

방문객 수는 때때로 한 해 2,300명 정도 되기도 했습니다. 방문객들은 스스로 문명에서 물러난 생활을 고집스럽게 해온 이 기이한 늙은 부부에게 끌렸고 애정을 가지게 되었습니다. 그 사람들은 자기 눈으로 '조화로운 삶'을 보기 위해 심지어 인도, 일본, 유럽의 여러 나라들에서도 왔습니다.

걸어서 또는 자전거나 자동차를 타고 좁은 길을 지나고 굽은 길을 돌아 마침내 돌로 만든 건물들과 꽃들, 줄지어 심어져 있는 말끔한 채소밭과 농장을 보았을 때, 그 사람들은 마치 꿈이 현실로 나타난 듯했습니다. 그리고 자기들도 집으로 돌아가서 마찬가지로 할 수 있다는 행복한 희망을 품고 떠났습니다. 그들 부부는 스스로 실천하는 삶을 통해 전 세계 사람들에게 영향을 주었습니다.

책의 전반에는 스코트와 헬렌이 처음 만났던 시절을 묘사하고 있습니다. 대학에서 쫓겨 나기 전 후 스코트가 그려져 있는데 스코트를 '엄격하고 의지가 굳은 개혁주의자'로 말하고 있습니다.

그 시절 스코트의 좌우명은 이랬습니다.

> "간소하고 질서 있는 생활을 할 것. 미리 계획을 세울 것. 일관성을 유지할 것. 꼭 필요하지 않은 일을 멀리할 것. 되도록 마음이 흐트러지지 않도록 할 것. 그날그날 자연과 사람 사이의 가치 있는 만남을 이루어 가고, 노동으로 생계를 세울 것. 자료를 모으고 체계를 세울 것. 연구에 혼 힘을 쏟고 방향성을 지킬 것. 쓰고 강연하며 가르칠 것. 계급투쟁 운동과 긴밀한 접촉을 유지할 것. 원초적이고 우주적인 힘에 대한 이해를 넓힐 것. 계속해서 배우고 익혀 점차 통일되고, 원만하며, 균형 잡힌 인격체를 완성할 것."

스코트는 돈을 위해 말하지 않았으며, 가르치기 위해 말했습니다. 그의 강연은 언제나 사실에 바탕을 둔 실천에 대한 것이었습니다. 버몬트나 그 이후 메인에서 땅을 일구며 살면서도 그는 전 세계 어디서나 강연 요청이 오면 기꺼이 달려갔습니다.

대학에서 젊은이들을 가르치는 기회를 박탈당한 스코트는 집시처럼 자동차로 온 나라를 돌아다니면서 하는 프리랜서식 강연을 하고 싶어 했습니다. 1952년, 53년, 54년 세 해 겨울 동안은 수천 마일 강연 여행을 했습니다. 청중 수는 10명에서 50명, 500명까지 다양했습니다. 강연료는 경비보다 남는 경우가 거의 없었습니다. 스코트는 어떠한 경우에도 자신이 상류층으로 보이는 것을 원하지 않았습니다. 소지품은 단출했고 돈에도 관심이 없었습니다. 그가 묵는 숙소는 언제나 값싼 곳이었습니다.

그는 삶에서 정말 중요한 것은 소유물이 아니라 자신이 누구인가 하는 점이라고 했습니다. 그 사람이 어떤 사람이냐, 어떤 행위를 하느냐가 인생의 본질을 이루는 요소라고 생각했습니다. 단지 생활하고 소유하는 것은 장애물이 될 수도 있고 짐일 수도 있습니다. 그는 가지고 있는 것이 아니라 그것으로 우리가 어떤 일을 하느냐가 인생의 진정한 가치를 결정짓는 것이라는 신념을 지녔습니다. 그래서 그는 진정한 경제학자로서 검소하게 지내고 절약하는 확고한 습성을 실천했습니다.

"당신의 수입 안에서 생활하라. 얻은 것보다 덜 쓰라. 쓴 만큼 지불하라."

이것이 스코트의 원칙이었습니다. 그는 실천할 수 있는 경제를 말했고, 또 그대로 실천했습니다.

그들 부부는 낮 시간 동안은 동시대인이 쓴 책과 저작들을 같이 읽었습니다. 저녁때는 방문객들이 없이 보통 혼자였습니다. 소란스럽게 만드는 텔레비전이나 라디오 없이 훌륭한 고전들을 듣고 불가에 앉았습니다. 부부 가운데 한 사람이 소리 내어 읽으면 다른 한 사람은 강낭콩이나 완두콩을 까거나. 스프나 사과소스를 만들거나, 뜨개질 또는 바느질을 했습니다.스코트 역시 갖가지 집안일을 했다

자본주의 문명에서 벗어나 생활하는 그들은 텔레비전이나 라디오를 혐오스러운 것으로 여겼습니다. 스코트는 텔레비전을 문명이 만들어 낸 공포스러운 물건 가운데 하나로 보았습니다. 텔레비전은 개인을 현실과 갈라서게 합니다. 갈수록 수동적인 태도를 갖게 하고 무의식 속에 해로운 상을 불어넣으며, 의식을 둔하게 만

들고 환각 상태를 만든다고 생각했습니다. 우리에게 필요한 것은 직접 하는 경험이라고 했습니다. 스코트는 전화를 가리켜 '어느 때든 부르면 모습을 보여야 하는 하인처럼 사람을 불러대는 방해물이자 훼방꾼' 이라고 불렀습니다.

먹을거리와 잠잘 곳도 자급자족을 했습니다. 그들은 채식주의자로 유기농으로 만든 싱싱한 채소를 가공하지 않은 채 먹는 것을 즐겼습니다. 일주일에 하루는 음식을 만드는 사람을 포함해 소화기관이 쉬게끔 단식을 했습니다. 음식에 대한 방학 기간으로 적어도 일 년에 한 번은 열흘 동안 단식을 했습니다. 그것이 육체와 정신에 이롭다고 믿었습니다. 집은 그 지방에서 흔히 나는 재료인 돌을 사용해 돌집을 손수 여러 채 지었습니다. 14년이 걸려 120미터가 넘는 정원 둘레에 돌담을 쌓기도 했습니다.

스코트는 "당신은 당신이 생각하는 대로 살아야 합니다. 그렇지 않으면 머지않아 당신은 사는 대로 생각할 것입니다." 라는 폴 발레리의 말처럼 변함없이 원칙을 지키며 한 세기 동안 살았습니다. 스코트 니어링은 진정한 현자의 삶을 살았습니다. 그래서 그의 집을 방문한 로날드 라콘테 교수가 쓴 '니어링네를 찾아서' 의 구절은 사뭇 웅변적입니다.

> "정보가 지식으로 간주되고 지식이 흔히 지혜를 가장하는 시대에 진정한 현자를 만나는 것은 정말로 가치 있고 이채로운 일인데, 스코트 니어링은 의심할 바 없이 지혜로운 사람이다. 이렇게 묘사할 수 있는 것은 그가 보낸 세월 때문만은 아니다. 또 상

상하기 힘든 그 사람의 박학 때문만도 아니다. 아니, 지혜는 지식을 쓸모 있게 쓰는 데서 비롯되는 것이므로, 단순히 어떤 것을 아는 데서 그치지 않고 왜 그러한 지식을 갖게 되었느냐 하는 것을 아는 데 있다. 니어링네를 찾으면 지식이 쓸모 있으면서도 기품 있게 응용된 예를 보게 된다. 안채, 바깥채, 농장, 어디서나 형태와 기능 면에서 아름다움이 있다. 사물이 단순히 작동하는 데서 나아가 조화롭게, 훌륭하게 움직이고 있는 것처럼 보인다. 이것이 지혜의 본질이다."

7

삶을 맛보는 미각

『헬렌 니어링의 소박한 밥상』

헬렌 니어링 지음 | 공경희 옮김 | 2001 | 디자인하우스

요즘은 세상이 온통 '웰빙' 바람입니다. 건강하게 잘 살자는 생각은 이미 생활 전 부분에 자리 잡았습니다. 새해의 소망을 말할 때도 '건강'은 더 이상 빠지지 않습니다. 그렇다면 건강한 삶을 영위하는 데 무엇이 가장 소중할까요? 의식주를 비롯한 물질적 신체적인 요소는 물론이고 정신적인 면까지 무엇 하나 소중하지 않은 것이 없습니다. 그러나 건강의 가장 기본적인 조건은 먹는 것에 있을 것입니다. 왜냐하면 인간도 자연 속에서 생명을 영위해 가는 한 생명체이기 때문입니다. 생명체인 이상 생명을 유지하는 필수적인 에너지를 공급 받아 소비해야만 자신을 유지할 수 있습니다. 에너지 공급이란 곧 먹는 행위입니다.

『헬렌 니어링의 소박한 밥상』은 요리책입니다. 그러나 요리책이 아닙니다. 이 말은 책 자체가 여느 요리책과 확연히 다르다는

뜻입니다. 책은 '소박한 사람들을 위한 소박한 음식'과 '소박한 음식 만들기'로 나누어 전개하고 있지만, 후반부에서 소개하는 종류별 조리법보다는 전반부에서 밝히는 먹을거리와 먹는 행위에 대한 저자의 관점과 철학이 훨씬 맛있는 요리로 다가옵니다. 그것은 저자 헬렌 니어링의 삶이 우리에게 주는 자양분이 그만큼 더 소중하기 때문입니다.

지은이 헬렌 니어링은 그의 남편 스코트 니어링과 함께 『조화로운 삶』의 저자입니다. 그들 부부는 물질문명에 저항하고 자연에 순응하며 사는 자연주의 사상을 가진 부부입니다. 그들은 가장 소박하고 가장 자연친화적인 삶을 살았던 사람으로 전 세계인에게 많은 영감을 주었습니다. 이들 부부가 조화로운 삶을 실천하며 가장 중시한 것은 그들이 세운 삶의 원칙과 먹거리에 대한 인식이었습니다. 그들은 현대 문명이 주는 복잡함, 불안, 낭비, 추함, 소란 등에서 벗어나 단순함, 고요한 생활, 가치 있는 일, 조화로움을 중요한 이상이자 목표로 삼았습니다.

그들은 조화로운 삶을 살아가려면 가장 중요한 것 가운데 하나가 건강이라고 보았습니다. 건강할수록 더욱 충만하고 만족스러운 삶을 누릴 수 있기 때문입니다. 이것은 요즘 사회에 광범위하게 퍼진 '웰빙'의 개념과 일치합니다. 그래서 좋지 않은 환경과 좋지 못한 음식에서 병이 나오기 때문에 병을 내쫓으려면 무엇보다 좋은 먹거리를 먹어야 한다고 믿었습니다. 그 방법을 그들은 유기농법으로 직접 지은 채소와 과일에서 찾았습니다. 그들은 건강한 땅에서 자란 좋은 곡식을 가능한 싱싱한 채로 가공하지 않고 자연 식품 그대로 먹어야 한다고 믿었습니다. 그런 음식이야말로 건강을 주고 맛도 있다는 것입니다.

채식을 실천하며 살았던 그들 부부부인은 채식을 실천하는 부모 슬하에서 자랐으며, 남편은 30대 중반부터 채식을 실천했다는 남편이 100세 부인은 92세까지 살았습니다. 그들 부부가 보여준 삶의 마무리가 인상적입니다. 그리고 그것은 그들이 믿었던 삶의 방식이 얼마나 건강한 것인지 보여줍니다.

『헬렌 니어링의 소박한 밥상』에서 저자가 밝힌 관점을 요약적으로 말해본다면 먹는 일의 단순화, 화식보다는 생식, 육식보다는 채식, 가공식품보다는 자연식을 강조하는 것입니다. 헬렌 니어링은 여성들이 하루 시간의 대부분을 화덕 앞에 머물며 음식을 만들고 가사에 매여 있을 필요가 없다고 주장했습니다. 음식 만들기에는 시간을 최소한 투자하고 다른 가치 있는 일들을 찾아 나가든지 음악이나 책에 몰두하고 싶어 했습니다. 그래서 식사는 간단하고 쉽게 하며 화려하게 꾸미는 것을 최소화하고, 기본적인 것에 충실해 최소한의 노력으로 최대한의 영양을 내고자 했습니다. 그러기 위해 우리 몸에 어떤 음식이 필요한지 알아두고, 자연스럽고 적절한 식사법을 꾸준히 실천했습니다.

그래서 아침에는 과일 또는 과일 주스와 직접 키운 허브를 우린 차를 마시고, 점심에는 야채수프에 삶은 곡물, 땅콩버터, 꿀, 사과를 곁들이며, 저녁에는 샐러드와 채소밭에서 따온 야채 요리, 과일을 먹습니다. 그리고 그들의 식습관 목표는 과일 35퍼센트, 야채 50퍼센트,3분의 1은 녹색 채소, 3분의 1은 황색 채소, 3분의 1은 수분이 많은 채소 단백질 10퍼센트, 지방 5퍼센트였습니다.

저자는 채식주의자입니다. 동시에 생식옹호론자이기도 합니다. 조리한 음식보다는 생식이 훨씬 장점이 많다고 주장합니다. 문명화된 인간이나 그 인간이 키우는 가축은 질병을 앓지만 야생 동물들은 질병을 앓지 않는다고 합니다. 야생 동물들은 조리 과정을 거치지 않은 날것을 그대로 먹습니다. 인간만이 음식을 먹기 전에 조리를 합니다. 조리를 해서 맛이 더 좋게 느껴지는 것은 습관에 물든 미각 때문이라고 주장합니다.

조리해서 먹는 것보다 날것으로 먹는 편이 소화가 더 쉽고 배설에도 도움이 된다고 합니다. 또한 끓이기, 굽기, 튀기기, 냉동, 건조, 염장 등을 거친 식품은 날것으로 먹는 것과는 영양과 소화 면에서 비교가 되지 않는다고 합니다. 그래서 저자는 가능하다면 아예 조리하지 말고 꼭 조리해야겠다면 불 위에서 최단시간 조리해서 먹고, 매 식사에 반드시 일정 분량 날것을 먹자고 주장합니다. 이렇게 하면 조리해서 죽었거나 독성이 생긴 음식을 먹는 데서 오는 폐해를 중화하는 데 도움이 된다고 합니다.

먹거리에 대한 신념이 이렇다 보니 음식의 종류를 크게 세 가지로 나눕니다. 즉 자연에서 찾을 수 있는 싱싱한 날것, 고온에 가열함으로써 생기가 빠져나간 조리된 음식, 제조되고 조리되어 죽고 독성이 든 음식입니다. 부패하지 않도록 가공 처리하고 이것저것 복잡하게 섞어 재료가 본래 갖고 있는 순수하고 자연적인 맛을 없애버린 가공 식품은 가공 과정에서 오히려 불필요한 독성이 들어간다는 것입니다. 지은이는 천연 상태에 가장 가까운 음식이 최고의 음식이라고 거듭 강조합니다. 그래서 그 계절에 갓 나온 먹거리가 좋다고 합니다. 한 번에 제철 식품으로 한 가지 음식을 만들어 먹는 것도 좋은 식습관이라고 합니다.

채식이 골자가 되는 이 책은 채식이야말로 가장 간단하고 가장 깨끗하고 가장 쉬운 식사법임을 강조하고 있습니다. 그리고 식사를 더 간단히 더 빨리 준비하고 거기서 아낀 시간과 에너지를 시를 쓰고, 음악을 즐기고, 자연과 대화하고, 테니스를 치고, 친구를 만나는 데 써서 생활에서 힘들고 지겨운 일을 몰아내자고 합니다. 요리를 좋아하는 사람은 요리의 즐거움을 만끽해야 합니다. 그러나 식사 준비가 고역인 사람은 그 지겨운 일에서 노동량을 줄여야 합니다. 그러면서도 잘 먹을 수 있고 자기 일을 즐겁게 할 수 있어야 합니다. 그래서 독자들에게 '요리를 많이 하지 않는 법' 을 배우기 위해 이 책을 읽을 것을 권합니다.

소박한, 이루 말할 수 없이 소박한 음식 다루기. 이것은 '지상의 모든 것에 연민을 갖고, 최대한 많은 것에 유익을 주고, 최소한의 것에 해를 끼치도록 노력해야 한다' 는 조화로운 삶의 태도에서 기인합니다. 조화로운 삶에 걸맞은 음식은 가장 자연적인 음식입니다.

8

인간과 자연의 건강한 공존

『생태계』

카를로 론디니니 지음 | 이희정 옮김 | 2006 | 사계절출판사

유엔 기후 변화에 관한 정부 간 위원회IPCC 총회에서 채택한 '제4차 기후변화평가보고서'에 따르면, 지구 기온이 1.5~2.5도 상승하면 생물의 30퍼센트가 멸종 위기에 빠진다고 합니다. 이런 변화가 왜 우리에게 중요할까요? 그것은 생물의 생존이 인간의 생존과 직접 관계를 맺기 때문입니다. 지구상 모든 생물은 자신의 생존을 위해 태양에너지, 산소, 물, 먹이 등과 같은 환경과 끊임없이 관계를 맺으며 살고 있습니다. 인간도 지구상의 생물체입니다. 그러므로 생존을 위해서는 다른 생물체와 관계 속에서 살아가야 합니다. 그러나 인간이 '세상의 중심'에 서면서 환경이 달라졌습니다. 인류가 자기 삶터를 가꾸는데 급급한 나머지 자연환경을 망가뜨려 다른 생물들은 삶터를 잃어가고 있습니다. 지금도 하루에 수십 종의 생물이 사라지고 있습니다.

인간은 정말 다른 생물들의 운명을 결정할 수 있는 '세상의 중심' 에 위치해 있을까요? 인간은 무슨 권리로 생물을 멸종시킬 수 있는 것인가요? 이 질문에 대한 답은 없습니다. 있다고 해도 그 대답은 단순하지 않습니다. 분명한 것은 인간이 인간의 이익을 위해 저지른 생태계 파괴가 부메랑이 되어 오늘날 우리를 공격하고 있다는 점입니다.

생물의 종이 멸종하는 이유는 대개 주변 환경 때문인 경우가 많습니다. 기나긴 지구의 나이를 살아오면서 기후가 변하고지난 70만년 동안 큰 빙하기가 다섯 번이나 닥쳤다 식량 공급원이 사라지거나 새로 생긴 전염병이 들기도 했습니다. 그러면서 지구에서 살아가고 있던 생물이 대부분 멸종한 큰 사건은 지금까지 적어도 다섯 번은 일어났습니다. 심지어 생물종의 90퍼센트가 멸종한 때도 있었습니다. 다섯 번째 대멸종은 6,500만 년 전에 일어났습니다. 이때 1억 5,000만 년 넘게 지구를 지배해 오던 공룡이 멸종했습니다. 오늘날 우리는 여섯 번째 대멸종을 앞두고 있다고 해도 과언이 아닙니다. 상황은 매우 심각합니다. 다가올 20년 안에 전체 동식물의 5분의 1 정도가 사라질 것이며, 다음 세기에는 반 정도가 멸종의 길을 걸을 것으로 예측하고 있습니다. 이렇게 대멸종이 일어난 뒤 사라진 종의 수만큼 새로운 종이 생겨나려면 꼬박 수천만 년이 걸린다고 합니다.

더 무서운 것은 지금 벌어지고 있는 생물 멸종의 가장 큰 원인은 바로 인간이라는 사실입니다. 인간은 다른 모든 종과는 달리 생활환경을 변화시키며, 자신의 필요에 맞게 조건을 바꾸기도 합니다. 그 덕분에 매우 높은 수준으로 진화할 수 있었습니다. 그러나 이 탁월한 능력은 오늘날 생물 다양성을 파괴하여 인류 자체를 위협하는 결과를 나았습니다. 인간에 의한 다른 생물들의 멸종은 호모 사피엔스가 등장한 4~5만 년 전부터 있었지만 가장 심각한 상황이 빚어진 것은 산업혁명 이후부터입니다. 산업혁명은 기술을 발전시키는 동시에 자원도 고갈되는 시스템을 전 세계에 퍼뜨렸습니다. 그리고 자연환경을 차지해 버린 인간 때문에 다른 생물들이 살 공간이 점점 줄어들었습니다.

인간이 저지른 환경 변화 중 가장 위협적인 것이 온실 효과와 숲의 남벌입니다. 온실 효과는 대기 중에 이산화탄소 농도가 높아져서 생기는 현상입니다. 20세기 후반에 대기 중의 이산화탄소 농도는 30퍼센트나 증가했고 이 때문에 연평균 기온이 0.4~0.8도 올라갔습니다. 최근 지구온난화현상은 이 온실효과 때문입니다. 온실효과를 줄이려면 이산화탄소의 배출을 줄이고 숲을 마구잡이로 벌채하는 것을 막아야 합니다. 숲에서는 식물이 광합성 작용을 하여 이산화탄소를 흡수하고 산소를 배출합니다. 숲의 남벌은 온실효과를 일으킬 뿐만 아니라 환경을 훼손하고 생물의 서식지를 파괴함으로써 생물 다양성을 위협합니다. 그렇기 때문에 숲의 남벌이 인간의 손으로 이루어지는 생물 멸종의 주된 원인이 됩니다.

해마다 평균적으로 한 종의 척추동물이 사라지고 있습니다.

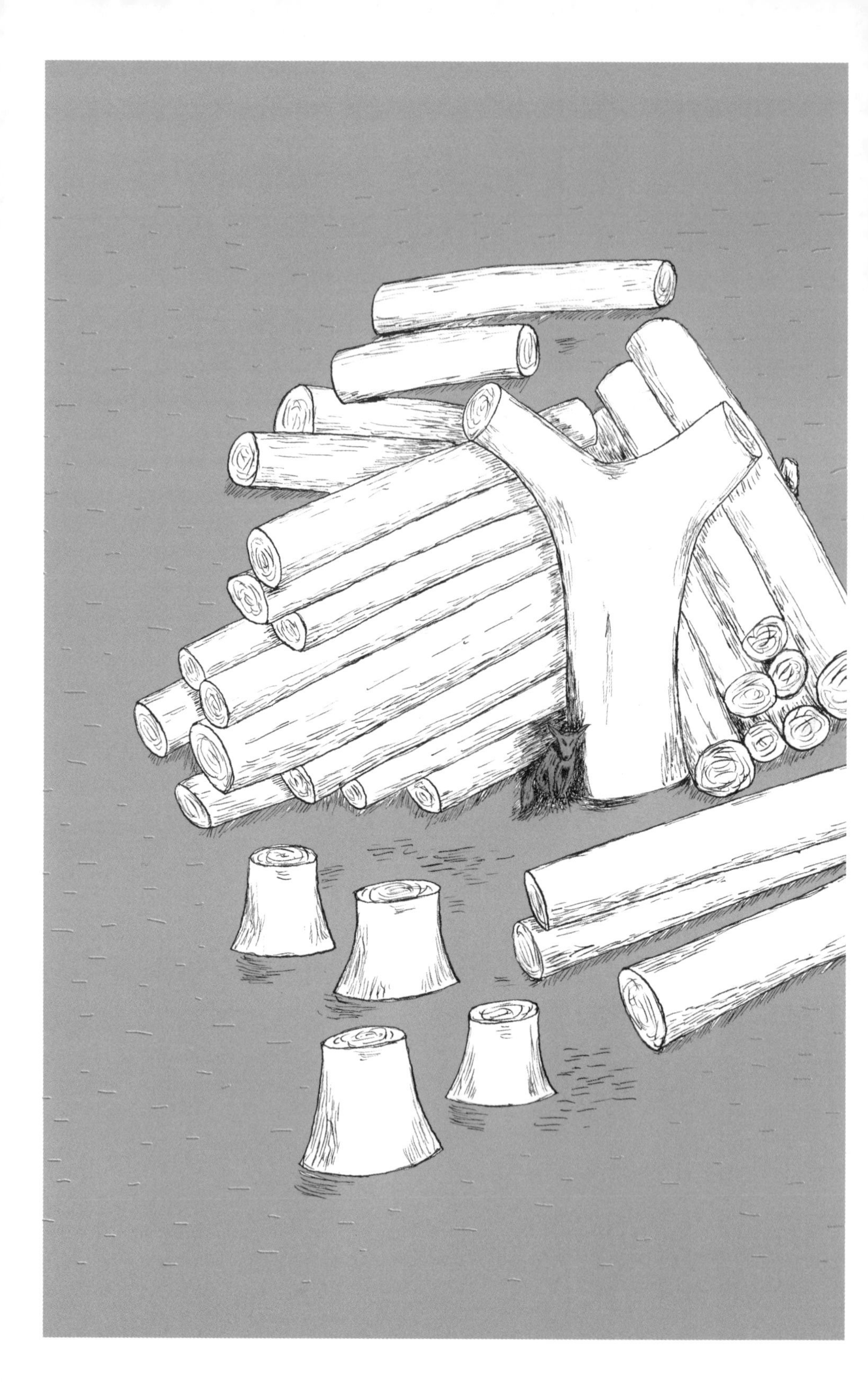

6,500만 년 전 어느 날 지구상에서 공룡이 사라졌을 때보다 훨씬 빠른 속도로 멸종이 진행되고 있습니다. 그런데 생물 멸종의 99퍼센트는 인간의 책임입니다. 인간의 활동 때문에 수많은 종들이 사라졌습니다. 우리가 알지 못하는 사이에 해마다 수십 종이 같은 운명을 걷고 있습니다.

가령 이런 예를 들어보겠습니다. 쿠바금강앵무새는 19세기 후반 멸종했습니다. 애완용으로 팔려고 사람들이 마구잡이로 잡아들였기 때문입니다. 주머니늑대는 오스트레일리아에서 가장 큰 유대류 육식동물입니다. 늑대와 같은 생태적 지위를 차지하고 있었습니다. 그러나 사람들이 함부로 잡아들이고 서식지를 파괴한 데다, 딩고인간이 오스트레일리아로 들여온 개의 후손, 토종 육식동물인 주머니늑대와 경쟁했다와의 경쟁에서 패배해 1936년 이후 완전히 사라졌습니다. 모아는 키가 1.5미터 정도이며 뉴질랜드에서 살았던 조류입니다. 그러나 원주민들의 남획으로 수세기 전 멸종했습니다. 도도 역시 모리셔스에 살던 조류입니다. 몸무게가 20킬로그램이 넘어 날지 못했습니다. 1598년 네덜란드 선원들에게 발견되어 1680년경에 멸종했습니다. 사람들이 함부로 잡아들이고 개나 야생 돼지 같은 포식자를 들여왔기 때문입니다.

한편 인간이 부추긴 생물의 멸종 행위에는 인위적인 외래종 유입도 중요한 원인이 되었습니다. 오스트레일리아는 수세기 동안 이런 문제로 골치를 앓는 나라들 중 하나입니다. 이곳에는 토끼 사냥을 즐기는 영국 식민 지배자들이 식민지를 자신들의 거주지와 비슷하게 만들려고 토끼를 들여왔습니다. 그런데 이들이 왕성한 번식력과 적응력으로 토종 유대류를 몰아내고 말았습니다. 이런 비극을 뒤늦게 알아차린 사람들은 여우를 들여와서 날이 갈수록 무섭게 늘어나는 토끼를 잡으려고 했습니다. 그러나 여우는 오히려 토끼보다 훨씬 느린 토종 유대류를 사냥했고, 마침내 수천 년 동안 외부 세계와 동떨어져 진화를 해온 토종 유대류는 멸종 직전에 이르렀습니다.

또 다른 사례로 1960년대 유럽 북부 강 유역에서 일어난 사건이 있습니다. 그곳에서는 1960년대부터 북아메리카산 밍크 사육이 확산되었습니다. 유럽산 밍크보다 모피도 값비쌌고 번식도 훨씬 더 빠르다는 것이 이유였습니다. 1970년대에 생태주의 운동가들이 동물을 사랑하는 마음에서 이 밍크들을 근처 강 유역에 풀어 주었습니다. 그러자 이 밍크들은 그곳에 터를 잡고 살아가던 유럽산 밍크들을 멸종시킨 데 이어 족제비북아메리카산 밍크와 경쟁 관계의 생존까지 위협했으며 영국의 강 유역에 살고 있던 들쥐들을 싹쓸이했습니다.

이런 생태 환경의 여러 가지 문제를 과학적인 관점에서 접근하는 학문이 보존생물학입니다. 보전생물학자들은 인간이 일으키는 생물 멸종의 메커니즘을 밝히고, 종을 보존할 수 있는 해결책을 찾아내며, 자연 자원을 지나치게 훼손하지 않고 잘 이용하는 새로운 방법을 연구합니다. 그에 따르면친 생태적인 식생활도 위기 극복의 한 대안입니다.

현재 우리는 매우 제한된 생물종들을 식량으로 소비하고 있습니다. 지구상에 식용 식물이 약 3만 종 존재합니다. 그 중 7,000

종 정도만 재배하고 있습니다. 거기에서 다시 20종으로 식량의 90퍼센트를 해결하고 있습니다. 온대지방이나 대륙성 기후 지대가 원산지인 종을 주로 사용하지만, 각 환경마다 자생하는 생물들을 소비하면 이득도 크고 생물 다양성에도 더욱 도움이 될 것이라 생각하고 있습니다.

날개콩은 뉴기니에서 재배하고 있습니다. 씨, 잎, 뿌리까지 모두 먹을 수 있고 맛있습니다. 성장이 매우 빨라서 몇 주 만에 수 미터까지 자라고 땅을 비옥하게 하는 데 한몫 합니다. 큰옆목거북은 아마존에 사는 거대한 거북으로 고기가 역시 맛있습니다. 강가에서 과일이나 생채소를 먹이면서 큰옆목거북을 사육하면 환경을 해치지 않고도 1헥타당 수 톤에 이르는 고기를 얻을 수 있습니다. 이는 넓은 숲을 베어내고 기른 식육용 쇠고기보다 400배나 많은 양입니다.

우리가 생태계를 보존해야 하는 필연성은 명확합니다. 지구상의 모든 생물종들은 환경 내에서 각각 어떤 역할을 담당합니다. 그들은 유기적인 역할을 통해 서로의 생존에 적합한 환경을 이루어나가고 있습니다. 따라서 자연에서 살아가는 모든 생명은 나름대로 중요한 위치를 차지하고 있습니다. 『생태계』에서는 생물 다양성을 보존하는 것이 왜 새로운 세기에 인류가 해결해야 할 커다란 과제인지를 말하고 있습니다. 그것은 인류라는 생물종의 생존이 달린 중대한 문제입니다. 이제 더 이상 미룰 수 없는 과제인 것입니다.

9

지구환경과 공존

『선사 시대』

조반니 카라다 지음 | 이희정 옮김 | 2006 | 사계절출판사

지금으로부터 1만 2,000년 전, 오스트레일리아 남쪽에 있는 커다란 섬 태즈메이니아는 마지막 빙하기가 막 끝나고 해수면이 올라가면서 완전히 고립되었습니다. 그 후로 1만 년 간 태즈메이니아인은 나무나 돌로 지극히 초보적인 물건을 만드는 기술밖에 없었고 불 피우는 방법도 몰랐습니다. 수렵과 채취로 '선사 시대' 삶을 이어 온 것입니다.

19세기 초 영국인들이 식민 지배를 위해 그 섬에 도착했을 때 5,000명의 태즈메이니아 원주민이 살고 있었습니다. 이때부터 원주민 사냥이 시작되었습니다. 영국 정부는 '원주민 사냥'에 어른 한 명 5파운드, 어린이 2파운드의 현상금을 내걸었습니다. 결국 영국 경찰과 현상금을 노린 사냥꾼들의 조직적인 학살로 인해 그들은 몇 십 년 만에 완전히 사라져 버렸습니다.

인류의 삶이 수렵 채취의 시대에서 농경 목축의 시대로 전환되는 시점은 선사 시대에서 역사 시대의 문턱으로 접어드는 신석기 시대였습니다. 그러나 선사 시대의 삶인 수렵 채취 생활을 하는 인류가 지구상에는 여전히 존재합니다. 세월이 흐르고 역사 시대에 접어들어 지금으로부터 5세기 전, 농경 목축을 하던 유럽인들이 아메리카 대륙을 발견했을 당시 지구상의 수렵 채취인들은 전체 인구의 25퍼센트에 이르렀습니다. 그리고 그들은 전 세계 땅의 70퍼센트를 점유하고 있었습니다. 그러나 오늘날 수렵 채취인들은 전 세계 인구의 1퍼센트 미만밖에 남아 있지 않습니다. 그나마 남아프리카의 사막, 오스트레일리아나 북극의 툰드라 같은 가장 살기 어려운 오지에 살고 있습니다. 16세기부터 유럽인들이 식민지 확장을 하면서 전 세계 대부분의 지역에서 선사 시대수렵 채취인의 삶는 막을 내린 것입니다.

유럽의 식민 지배자들은 군사력을 앞세워 원주민들을 압도했습니다. 심지어 '천연두' 같은 전염병을 들여와 신세계 원주민들을 해쳤습니다. 사람들은 보통 아메리카 대륙에 유럽인들이 도착했을 때 그곳에는 사람이 거의 없었을 것이라고 생각합니다. 그러나 최근의 연구 결과에 따르면 그 당시에 적어도 2,000만 명 정도의 원주민이 살고 있었다고 합니다.

이들은 1492년 콜럼버스가 아메리카 대륙에 첫발을 내딛은 이래 2세기 동안 전체의 95퍼센트가 죽음을 당했습니다. 바야흐로 최후의 선사 시대를 맞은 셈입니다.

인류학자들이 인류의 기원을 찾기 위해 선사 시대에 대한 연구를 본격적으로 시작한 것은 19세기 무렵이었습니다. 그들에 따르면 인류가 종속하고 진화해 온 지난 10만 년 간을 하루 시간으로 가정할 때, 밤 11시 54분까지는 수렵 채취를 하며 산 셈이라고 합니다. 하루 중 단 6분만이 농경 목축을 하며 빠른 속도로 문명을 발달시킨 시간입니다. 이런 면에서 선사 시대가 인류 전체 역사의 99.9퍼센트를 말해 준다는 주장은 일리가 있습니다.

인류의 생물학적 진화는 무척 늦은 속도로 이루어졌습니다. 불을 사용하고 도구를 발명하고 주변 환경에 적응하는 지혜를 발휘하는 데는 오랜 시간이 필요했습니다. 그러나 인류가 농경 목축을 시작하면서 인류의 삶은 가히 혁명적으로 빠른 변화를 일으켰습니다. 언어 사용을 통해 생물학적 진화가 아닌 '문화적 진화'가 나타난 것입니다. 결국 우리가 배우는 역사는 인류 전체 역사의 극히 일부분인 셈입니다. 왜냐면 선사 시대가 훨씬 길기 때문입니다. 그래서 선사 시대를 제대로 알아야 인류 역사를 총체적으로 이해할 수 있다는 주장에 공감이 갑니다.

과학자들에 따르면 인류의 DNA는 침팬지와 98.4퍼센트가 똑같다고 합니다. 이런 사실을 통해 과학자들은 우리의 직계 선조가 900만~700만 년 전에 출현했다고 추정합니다. 현생 인류를 지칭하는 호모 사피엔스의 기원설은 두 가지가 있는데 그 중에서 아프리카 기원설이 더 인정받는 추세입니다. 그 주장에 따르면 현생 인류는 20만~10만 년 전 아프리카에서 발달한 어느 호모 사피엔스 집단이고 그들이 아시아, 유럽 그리고 오스트레일리아로 퍼져 나갔다고 합니다. 이렇게 인류의 선조격인 동물과 현생 인류

사이의 긴 시간은 그동안 '잃어버린 고리 1.6퍼센트' 로 존재했습니다. 그러나 19세기에 들어 인류의 기원에 대해 연구하는 고생물학자들에 의해 수많은 호미니드사자 호랑이 등을 고양잇과라고 하듯이 우리가 속하는 사람과를 지칭하는 용어의 화석이 속속 발견이 되어 호미니드 15종의 계통수다양한 호미니드를 시대 순으로 정리한 그림를 정리할 수 있었습니다.

현생 인류인 호모 사피엔스는 구석기 시대인입니다. 그들은 불을 붙이고 사용하는 법을 배웠고, 새로운 돌 도구 제작법을 개발했으며 숲, 초원, 툰드라같이 다양한 환경에 정착한 종이었습니다. 이때 가장 주목할 만한 점은 '언어 발달' 입니다.

다른 동물들에 비해 인류가 특히 유리한 점은 본능보다 훈련에 따라 행동한다는 점입니다. 인류는 언어를 사용함으로써 발견하거나 발명한 것들을 모두 다른 이에게 설명해 줄 수 있었습니다. 인류의 후두는 침팬지나 다른 포유류의 후두보다 훨씬 낮은 위치에 있다고 합니다. 그래서 후두 위에 있는 공명실이 더 넓고, 이에 따라 발음할 수 있는 소리도 훨씬 많다고 합니다.

단어를 1분에 최대 25개까지 전할 수 있는 음성언어는 가장 쉬운 정보 전달 방식이자 문화의 탄생을 가져왔습니다. 호모 사피엔스가 그토록 다양한 자연환경에 무난히 적응했던 이유는 식량을 찾거나 복잡한 도구를 만드는 방법을 윗세대가 아랫세대에게 음성언어로 전해 주었기 때문입니다.

선사 시대의 가장 중요한 사건은 수렵 채취 사회가 농경 목축

사회로 바뀐 일입니다. 이때 인류는 선사 시대를 나와 역사 시대의 문턱에 접어들게 됩니다. 농경과 목축은 야생 곡물과 야생 동물 길들이기에 성공하며 시작되었습니다. 농경의 시작은 현재의 터키 동부 지역, 이라크 북부 지역, 시리아와 요르단을 아우르는 지대에서 시작되었습니다. 이 지대는 초승달 모양이어서 '비옥한 초승달 지대'로 불립니다.

길들일 만한 가치가 있고 잘 길들여지는 야생 동물을 찾아내는 것은 쉽지 않습니다. 오늘날에도 선사 시대 사람들이 길들인 동물의 종류에서 거의 늘리지 못했다고 합니다. 목축의 경우는 고기를 충분히 얻기 위해 몸집이 중간 정도 이상 되는 잡식성 혹은 초식성 동물을 길들였습니다. 이 조건에 맞는 포유류는 148종 정도 되는데, 그 중에서 14종만이 가축으로 길들여졌습니다. 가장 나중에 길들여진 동물은 말로 약 4,500년 전에 가축이 되었고, 가장 먼저 길들인 동물은 개였습니다. 개는 1만 5천 년 전 농경 목축 생활이 시작되기 전에 이미 인류가 길들인 동물입니다.

선사 시대 마지막 시기인 신석기 시대에 농경 목축 생활을 하면서 인류 사회는 급속하게 발달했습니다. 촌락이 탄생하고 인구가 급격히 증가했습니다. 이전에는 전 세계의 인구가 평균 17만 년 만에 두 배씩 늘었지만, 농경이 시작되고부터 2,200년 만에 두 배씩 늘어났습니다. 그리고 식량 생산이 아닌 일에 종사하는 사람들이 생겨나 새로운 기술이 발달했습니다. 반면에 정착 생활, 인구 과잉, 동물들과 뒤섞여 사는 생활양식 등은 전염병의 원인이 되기도 하였습니다.

신석기 시대 전염병이 창궐하던 기간에는 출생률보다 사망률이 더 높았다고 합니다. 이런 상황은 겨우 1세기 전부터 '공중 위생'이라는 조직적 위생 활동 개념이 생기고 나서부터 백신과 항생제 개발로 바뀌기 시작했습니다.

선사 시대는 인류가 지금껏 살아온 중에 가장 오랜 동안의 시기입니다. 그러면서도 잃어버린 고리이기도 합니다. 이 '잃어버린 고리' 앞에서 인류를 백인종, 흑인종, 황인종 등 신체적 외형이나 성격, 지능 등으로 분류하는 것은 어리석은 일입니다. 전 세계 사람들은 겉보기에는 많이 다르지만 사실은 하나의 인류가 저마다 살아가는 지역의 환경에 따라 제각기 신체 구조가 달라진 것뿐입니다.

스칸디나비아인은 햇빛이 귀한 곳에서 살아 왔습니다. 그래서 비타민 D 합성에 반드시 필요한 햇빛을 잘 흡수하기 위해서 피부가 투명하리만큼 흽니다. 북아시아인은 추위와 눈 덮인 벌판에서 반사되는 햇빛으로부터 눈을 보호하기 위해 눈꺼풀이 길쭉하고 쌍꺼풀이 없습니다. 나일족은 열을 빨리 소모하기 위해서 키가 크고 몸매가 호리호리합니다. 피그미족은 열대우림에 사는 종족들이 모두 그렇듯 키가 무척 작습니다. 그래서 재빨리 움직여도 에너지를 적게 소모합니다.

『선사 시대』가 주장하는 '선사 시대'는 단순히 시대적인 기간만을 말하는 것이 아닙니다. '선사 시대'는 수렵 채취 생활을 하는 등 자연 환경과 잘 어울려 공존하는 삶을 영위하면서 자신들만의 독특한 문화를 이어가는 삶을 말합니다. 선사 시대는 지구 환경과 평화롭게 공존했다는 측면에서 문명인보다 오히려 지혜로운 삶을 살았던 가장 오랜 된 역사입니다. 그래서 문명시대에도 선사 시대의 재발견이 필요합니다. 인류는 자연과 아름답게 공존하며 스스로를 변화시킬 때 진정 지혜롭습니다. 이것이 『선사 시대』가 우리에게 전해 주는 덕목입니다.

변화를 위한 이정표

『누가 내 치즈를 옮겼을까?』

스펜서 존스 지음 | 이영진 옮김 | 2000 | 진명출판사

지금은 2000년대. 현대인은 이미 세 번째 밀레니엄으로 떠났습니다. 그들 손에는 멀티미디어 정보 통신 기술이라는 선물이 쥐어져 있습니다. 현란한 테크놀로지는 마치 구원의 기술인양, 시각적 이미지와 가상현실로 우울한 현실을 환상과 희열로 가득한 세상으로 만들고 있습니다. 그 기술은 인류 역사상 유례없이 빠른 사회 변화를 주도하고 있습니다. 가히 혁명이라 할 만합니다.

그런데 현대인은 불안합니다. 왜 그럴까? 현대 사회의 변화 속도는 빠릅니다. 모든 것이 상품화되고 또, 상품으로 팔려나갈 때 그 가치가 결정됩니다. 급격한 변화에 순발력 있게 대응해야만 뒤떨어지지 않을 수 있습니다. 변함없는 가치란 마치 현실을 외면한 비효율적인 것으로 여겨지기도 합니다. 이런 강박 관념은 현대인의 허무의식을 낳기도 합니다.

스펜서 존스의 『누가 내 치즈를 옮겼을까?』는 바로 이런 변화에 직면했을 때, 허무주의와 불안을 넘어서는 사색의 깊이를 제공하고 있습니다. 그 속에 담긴 우화의 상징성은 '변화에 대한 명쾌한 답' 혹은 '변화에 맞선 이들을 위한 이정표' 를 보여줍니다. 자신이 안주하던 삶이 어느 날 변화의 소용돌이에 휩싸인다면 과연 우리는 어떤 마음 자세로 어떤 태도로 또 다른 삶을 찾아가야 할까? 어떻게 해야 삶의 참 의미를 찾아 나설 수 있을까?

책의 구성은 세 부분으로 되어 있습니다. 제1장 '모임' 에서 어느 화창한 일요일 오후, 학교를 졸업하고 사회에 나가 나름대로 자리를 잡은 사람들이 고등학교 동창회를 엽니다. 대화를 나누던 중, 한 사람이 회사가 큰 변화에 부딪혀 거의 문을 닫을 뻔한 일이 있었을 때 그 위기에서 구해준 짧은 우화를 동창생들에게 들려줍니다. 그 우화가 바로 제2장 '이야기' 입니다. 그리고 제3장 '토론' 은 그 우화가 그들에게 각기 어떤 의미로 다가왔으며 각자의 삶 속에서 어떻게 활용될 것인가에 대한 토론입니다. 책의 중심에는 짧고 흥미 있는 우화가 있습니다.

먼 옛날 두 마리의 생쥐와 두 명의 꼬마 인간이 살고 있었습니다. 두 생쥐의 이름은 스니프킁킁거리며 냄새를 맡는다는 의미와 스커리종종거리며 급히 달린다는 의미의 의태어 그리고 두 꼬마인간의 이름은 햄헛기침한다는 의미의 의성어과 허점잖을 뺀다는 의미입니다. 이들은 하루 종일 미로를 뛰어다니며 치즈 찾기에 열중하고 있었습니다. 그들은 이 치즈가 그들에게 행복과 성공을 가져다 줄 것이라고 믿었습니다. 미로는 복잡하게 얽혀 있었으며 어두운 모퉁이와 막다른 길도 있었습니다. 누구든지 길을 잃고 헤매기 쉬운 곳이었습니다. 어느 날 그들 모두는 각자 좋아하는 치즈를 치즈창고 C에서 찾게 되었습니다.

그러나 치즈창고를 발견하고 난 후 그들의 변모는 서로 달랐습니다. 생쥐들은 시간이 흘러도 매일 하던 일을 게을리 하지 않았습니다. 그들은 치즈의 재고량이 조금씩 줄어든다는 것을 느꼈으며, 본능적으로 언젠가 결국 다시 새로운 창고를 찾아나서야 한다는 것을 알고 있었습니다. 반면 꼬마인간들은 처음의 만족감과 자신감이 이내 오만함으로 변하기 시작했습니다. 결국 C창고에 치즈가 하나도 남지 않게 되었습니다. 이때 사라져버린 치즈 앞에서도 생쥐들과 꼬마인간들의 반응이 서로 달랐습니다. 스니프와 스커리는 즉각 새 치즈를 찾아 나섰습니다. 그러나 햄과 허는 당혹감과 절망감에 빠졌습니다.

온갖 갈등 끝에 꼬마인간 허는 마침내 새 치즈를 찾으러 다시 미로 속으로 뛰어들어야 한다고 생각합니다. 그러나 다른 꼬마인간 햄은 끝내 현실을 인정하지 못하고 실패에 대한 두려움에 떱니다. 결국 허는 미로 속을 뛰어들고, 새로운 창고를 찾아가며 그동안 알지 못했던 여러 가지 사실을 깨닫게 됩니다. 작고 날카로운 돌 조각으로 자신이 찾고자 하는 치즈 그림과 함께 자신의 생각을 벽에 써가며 점점 내면의 변화가 일어납니다. 마침내 허는 N창고에서 새 치즈를 발견합니다. 거기엔 반가운 옛 친구 스니프와 스커리도 있었습니다. 그 후 허는 매일 아침 N창고를 둘러보고 치즈의 상태를 점검합니다. 그는 다시는 예상치 못한 변화에 습격을 당하지 않기로 마음먹습니다.

꼬마인간 '허'는 새 치즈를 찾아 나서며 내면적인 변화를 하게 됩니다.

'변하지 않으면 살아남을 수 없다.'

'자신이 감당할 수 있는 두려움은, 현실에 안주하려는 안일한 생각을 생산적인 방향으로 흐르게 하는 촉매 역할을 한다.'

'치즈는 하룻밤 사이에 사라져버린 것이 아니었다. 치즈의 양은 조금씩 줄어들고 있었고 남아있는 치즈는 오래되어 맛이 변해가고 있었다.'

'두려움을 극복하는 것이 변화를 향한 지름길이다.'

'새로운 치즈를 마음속에 그리면 치즈가 더 가까워진다.'

'가능하면 많은 치즈를 소유하고 싶었지만, 치즈가 행복의 절대조건은 아니다.'

'과거의 사고방식은 우리를 치즈가 있는 곳으로 인도하지 않는다.'

'변화 앞에서 자유로울 수 있는 사람은 자신의 벽을 쉽게 무너뜨릴 수 있는 사람이다.'

'가장 빠르게 변화하는 길은 자신의 어리석음을 비웃을 줄 아는 것이다.'

이런 깨달음을 거쳐 마침내 '변화를 수용하는 데 있어 가장 큰 방해물은 자신의 마음속에 있으며 자신이 먼저 변하지 않으면 다른 것도 변하지 않는다는 것을 인정'하는 단계에 이릅니다.

우화가 주는 상징적 의미는 받아들이는 개인에 따라 다를 수 있습니다. 상징성 자체가 여러 가지 의미를 함께 포괄하는 함축성이 있기 때문입니다. 그래서 독자 여러분들은 여러분의 상황과 경험과 생각에 맞게 우화가 전하는 바를 받아들여야 할 것입니다. 그럼에도 불구하고 우리가 이 우화에서 주목해야 할 점이 몇 가지 있습니다.

먼저 '치즈'에 대한 생각입니다. 치즈란 과연 무엇인가? 저자와 함께 공동 집필 경험이 있는 경영컨설턴트인 케네스 블랜차드 박사의 덧붙이는 말에 따르면 '치즈'란 우리 생활 속에서 얻고자 하는 직업, 인간관계, 재물, 근사한 저택, 자유, 건강, 명예, 영적인 평화 그리고 조깅이나 골프 같은 취미활동 등을 모두 아우르는 개념이라고 합니다. 구체적인 대상을 들자면 어디 이뿐이겠습니까? 여러분이 얻고자 꿈꾸는 것들은 모두 '치즈'입니다. 그래서 치즈를 가진 자는 행복합니다. 그러나 치즈는 일정 시간이 흐르면 점점 사라집니다. 행복이 영원하지 않듯이. 인생이 영원하지 않듯이. 그렇지만 죽음 이후의 새로운 탄생을 준비할 수는 없다하더라도 새로운 행복을 준비하는 변화는 필요합니다. 새로운 치즈를 찾아 나서야 하는 것입니다.

다음은 복잡하게 얽혀 있는 '미로'입니다. 이것 역시 박사의 의견으로는 '우리들 각자가 원하는 것을 찾기 위해 머무르는 장소'라고 말합니다. 즉 우리가 현재 몸담고 있는 조직이나 지역사회, 또는 우리 삶에 등장하는 어떤 관계일 수도 있습니다. 그러나 이 경우 미로가 무엇을 상징하는가보다는 미로를 대하는 행동 방식에 더 묘미가 있습니다. 『누가 내 치즈를 옮겼을까?』에 등장하는 주인공들 각자의 행동방식은 그런 면에서 웅변적입니다. 나는 그 중 어떤 주인공과 같은 행동과 사고를 하고 있을까? 어떤 주인공의 모습을 닮아야 할까?

누구나 예측하기 힘들고 불안정한 미래에 선뜻 몸을 맡기지는 못합니다. 대부분의 경우 지금 누리고 있는 현실에 안주하고 싶어 합니다. 그런 자신을 정당화하는 일종의 자기 합리화에 더 익숙합니다. 그러나 변화는 자신이 원하는 내부에서도 일어나고 원하지 않는 외부의 압력으로 다가오기도 합니다. 우리는 치즈의 양이 점점 줄어들고 치즈의 맛이 조금씩 변해가고 있음을 미리 알아차려야 합니다. 그리고 때가 되면 자신이라는 그릇을 깰 수 있어야 합니다. 깨어야 비로소 새로운 그릇을 만들 수 있습니다. 자신이 먼저 변해야 합니다. 그렇게 여러분의 '치즈'를 찾아가기 바랍니다.

11

건강을 위한 습관과 사고

『오래 살려면 게으름을 피워라』

잉에 호프만 지음 | 이영희 옮김 | 2003 | 나무생각

한창 나이에는 건강에 대한 소중함을 모르기 일쑤입니다. 그러다가 나이가 들면서 건강이 제일 소중함을 비로소 인식하는 경우가 대부분입니다. 청소년기에 건강을 관리하는 습관을 갖는 것은 평생 건강을 좌우할 수 있습니다. 몸과 마음은 결코 따로 분리되는 것이 아닙니다. 건강한 신체라야 맑은 정신이 담깁니다.

『오래 살려면 게으름을 피워라』에서는 스트레스 해소 방법으로 '생물학적 게으름'을 제시하고 있습니다. 그런데 이 '게으름'은 아무것도 하지 않는 것이 아닙니다. 생물학적 게으름은 이상적인 생체 환경에 맞춰 사는 것, 다시 말해 몸과 마음이 최적의 상태를 유지하기 위해 필요로 하는 것들을 주는 것입니다. 내 몸의 신체 시스템을 최적의 상태로 가동시키는 것을 말합니다. 예를 들어 혈관과 근육을 위한 게으름은 무엇보다 운동을 뜻합니

다.꼼짝도 않고 있는 것이 오히려 스트레스다 영혼을 위한 게으름은 좋은 책을 읽는 것입니다.

우리가 사는 지구에는 게을러서 오히려 건강하고 오래 사는 복을 받은 악어와 거북이란 생물체가 있습니다. 그 장수의 비결에 관심을 갖은 학자들에 따르면 여러 동물은 각기 에너지 소비 형태에 따라 생명 템포에 커다란 차이가 있다고 합니다. 언제나 가쁜 숨을 몰아쉬며 에너지 소모가 극히 높은 동물들생쥐나 작은 새 같은이 있는 반면 매우 절약적으로 에너지 자원을 관리하는 것들느림보 거북이나 고래, 코끼리 등이 있습니다. 산다는 것은 에너지를 태우는 것입니다. 인간을 포함한 모든 생물체는 태어날 때부터 몸집과 비례한 같은 양의 에너지 저장분을 가지고 있습니다. 이 '생명의 연탄'이 빨리 탈수록, 다시 말해 내면의 신진 대사 불꽃이 밝게 타오를수록 실제의 수명은 짧아집니다. 늘 바삐 행동하고 활동하는 인간이나 동물은 안팎으로 느긋하고 균형 잡힌 삶을 사는 인간이나 동물보다 생명 저장분을 빨리 소진합니다. 이것이 각자의 수명 길이에 차이를 보이는 원인이기도 합니다. 에너지 소비 속도가 빠른 유기체는 그 마모도 빠릅니다. 그러므로 우리 몸에 저장된 에너지가 새나가지 않도록 느긋하고 즐거운 마음으로 살아가야 한다는 것입니다.

그러나 우리가 일상생활을 해나가면서 아무런 스트레스를 받지 않고 살아갈 수는 없습니다. 우리 몸은 신비한 자정 작용이 있어서 갑작스런 위험, 충격적인 소식 등에 바로 대처하는 능력이 있습니다. 몸이 내보내는 호르몬과 신경전달 물질이 즉각적인 비상

반응을 일으켜 최적의 상태를 유지하려고 노력하기 때문입니다. 그러나 그 상태가 지나가고 나면 호르몬 시스템은 체내 비상조치를 멈추고 휴식과 이완의 단계에 들어갑니다. 이런 과정 속에서 가장 중요한 것은 밀려오는 편안한 피로를 의식적으로 즐겨야 한다는 점입니다. 그래야 신진 대사가 균형을 되찾습니다.

자동차가 달리기 위해서는 에너지가 필요하듯이 우리도 살아가는 힘을 갖기 위해서는 에너지가 필요합니다. 우리에게는 음식물이 바로 넘치는 생명의 휘발유입니다. 에너지가 부족하면 자율신경과 반사작용이 안정을 잃기고 하고 과도한 호르몬 방출 등 온갖 부작용이 생기기도 합니다. 한편, 당분과 지방산은 주된 에너지 공급체이긴 하나 다량섭취는 오히려 에너지 도둑이 되기 쉽습니다. 그래서 음식물 섭취에도 에너지 균형이 필요하다는 것은 누구나 아는 사실입니다. 이때 에너지 밸런스가 균형을 이루기 위해서는 산소가 중요합니다. 오늘날처럼 대기오염이 심한 환경 속에서는 필연적으로 산소 결핍이 옵니다. 또한 식품 속에 함유된 질산염비료를 과잉 사용한 야채, 육류와 소시지류의 첨가제으로 인해 산소 부족이 생기기도 합니다. 그래서 사람들이 유기농 채소를 선호하고 물도 사먹게 되는 것입니다. 좋은 산소를 마시기 위해 산이나 강으로 나가기도 합니다. 이렇게 좋은 공기를 마시러 찾아 나서는 것도 중요하지만, 담배를 피우지 말고 단백질이 너무 풍부한 식사는 자제하는 것이 먼저 필요합니다. 이런 것들은 모두 평소의 생활 습관과 밀접한 관련이 있습니다.

미국의 일부 의학자들이 주장하는 웹 달력이라는 새로운 시간

2010

계산법이 있습니다. 몇 시간씩 꼼짝도 않고 계속 앉아 있어야 하는 단조로운 생활, 휴대전화와 이메일을 통해 언제나 연락을 받아야 하는 강요된 상황 등등 네트워크망으로 연결된 노동 1년은 정상적인 노동 3년의 부담에 해당된다는 시간 계산법입니다. 그래서 이런 일에 종사하는 사람일수록 기진맥진 신드롬, 심인성心因性 질환들, 갑작스런 청각장애 등이 30대 직원들 사이에까지 나타난다고 합니다. 게다가 여기서 유발되는 심장순환계 질환이 가장 흔한 사인으로 널리 알려지고 있습니다. 그런데 비단 이런 직종에 종사하는 사람들만이 아니라 현대인들의 생활이 이와 유사한 환경 속에 있다는 점이 문제의 심각성입니다. 우리들 자신도 이메일이나 휴대폰 메시지, 단조롭고 반복적인 생활환경의 강요 등에서 자유로울 수 없는 현실입니다.

그래서 많은 사람들은 탈출을 꿈꾸고 있습니다. 사회적으로는 직업이 부과하는 엄청난 압력을 감당하기 위해 일정기간 근무한 사람에게 주는 안식년을 도입하기를 권합니다. 이 제도는 직장을 잠시 떠나 스스로를 돌이켜 보며 쉬었다가 다시 복귀함으로써 작업 능력을 더 높이는 것입니다. 그러나 생산성을 문제로 기업들이 꺼리고 있기도 합니다. 그렇다고 개인인 우리가 학교나 직장을 일방적으로 일정 기간 동안만 쉬겠다고 나설 수도 없는 현실입니다. 결국 하루 생활 속에서 몇 가지 규칙을 나름대로 정해 실천해 나가는 것이 현명한 방법일 수 있습니다.

『오래 살려면 게으름을 피워라』에서는 먼저 하루 시작을 서두르지 말고 느긋하게 해 보라고 권합니다. 일어나자마자 잠깐 시간을 내어 몇 차례 스트레칭과 맨손체조를 하거나 요가에서 하는 태양 예배체조를 해보라고 권합니다. 태양 예배체조는 일련의 스트레칭과 호흡명상인데본문 85쪽에 방법 소개 아침식사 전에 하는 것이 가장 좋다고 합니다. 아침 식사는 하루 중 가장 중요한 식사이고 올바른 아침 식사는 최적의 상태로 하루를 시작하도록 해준다고 합니다. 아침을 등한시하는 우리 청소년들이 귀 기울일 필요가 있는 부분입니다. 아침 식사는 섬유질이 풍부한 음식을 먹거나 신선한 과일 또는 과일 주스, 저지방 유제품요구르트, 크림치즈을 매일 빼놓지 않으면 좋다고 합니다.

낮에는 점심시간 후 휴식을 오직 자기만의 시간으로 쓰라고 합니다. 밖으로 나가 거리를 한 바퀴 산책하면서 빛과 산소를 저장하고 조금이라도 태양 빛을 즐기도록 해야 한다고 합니다. 가능하다면 낮잠을 자두는 것이 좋습니다. 낮잠을 자면 생명에너지와 힘이 빨리 새어나가지 않으므로 기회가 있을 때마다 낮잠을 자는 것도 좋다고 합니다. 낮잠을 자는 사람들은 결코 희귀한 소수만이 아닙니다.

저자의 나라인 독일의 경우도 다섯 명 가운데 한 명이 낮잠을 잔다고 합니다. 다만 놀림을 당할까봐 숨기고 있을 뿐이라고 합니다. 결국 우리들의 학교생활 속에서라면 점심시간의 토막잠이 그런 형태의 휴식이 될 것이고 그것을 굳이 숨길 필요는 없는 것입니다. 저자는 규칙적으로 낮잠을 20분 정도 즐기고 또는 낮잠을 칭송한 유명 인사들을 소개하면서 영국 수상 윈스턴 처칠의 낮잠에 관한 다음과 같은 글도 소개합니다.

"사람은 점심식사와 저녁식사 사이에 잠을 자야 한다. 낮잠을 자면 일을 적게 한다는 생각은 절대 하지 말라. 그건 상상력이 없는 사람들의 어리석은 생각이다. 낮잠을 자면 오히려 더 많은 일을 할 수 있다. 하루에 이틀 적어도 하루 반을 살기 때문이다. 그건 분명하다."

낮잠을 자고 난 사람은 그렇지 않은 사람보다 일을 할 때 반응 속도가 빠르고 주의력과 집중력이 높고 기분도 한결 좋아진다고 합니다.

저녁식사는 느긋하게 시간을 내서 즐기는 것이 좋다고 합니다. 훌륭한 저녁 식사는 소화에도 좋고 하루의 영향 상태의 균형도 이룹니다. 일반적으로 탄수화물이 풍부한 밥이나 국수, 감자는 마음을 안정시키는 효과가 있고 피로를 회복시켜 주는 수면을 보장하므로 저녁식사로 좋다고 합니다. 그리고 가능하다면 저녁 식사 전에 약간의 운동을 하는 것이 좋습니다. 예를 들어 몇 차례 달리거나 자전거 타기, 수영 또는 산책을 한다면 낮 동안의 스트레스가 물러가면서 긴장이 풀립니다. 또한 호흡이 안정되고 머리가 가벼워지며 잠도 더 잘 잘 수 있습니다.

잠에 대해 말하자면, 우리는 인생의 삼분의 일을 자면서 보냅니다. 잠은 유기체가 피로를 회복할 수 있는 가장 훌륭한 수단입니다. 잠자는 동안 힘과 에너지를 공급받고 전날에 입은 손상을 재생시킵니다. 잠자는 동안 세포가 수리되고 연료를 공급받고 늙은 세포는 새로운 세포로 대치됩니다. 회복력 있는 수면을 취하고 나면 기분이 상쾌하고 명랑해지며 신경도 안정되고 몸과 정신을 민첩하게 해줍니다. 그러므로 잠자는 시간은 훌륭한 투자입니다.

그렇다면 어느 정도의 잠이 적당한 것일까? 우리 청소년들 특히 수험생의 경우는 비상한 관심이 쏠리는 부분입니다. 이에 대해 저자는 독일인 평균 수면 시간이 7시간인 점을 들고 최적의 수면 시간이 어느 정도가 좋은지는 개인적인 문제라고 주장합니다. 7~8시간보다 적게 자도 아무 문제가 없는 사람이 있고, 건강과 작업 능률을 유지하기 위해 훨씬 더 많이 자야 하는 사람이 있다고 합니다. 심지어 잠을 많이 자는 사람은 9.5시간 이상의 수면을 필요로 하며, 잠을 적게 자는 사람은 6시간 이하로 잔다고 합니다. 자신이 어떤 유형에 속하든지 스스로 만족하고 불만이 없으면 아무런 문제가 없습니다. 10시간 이상을 자는 사람은 1.5퍼센트에 불과하고, 반대로 잠을 적게 자는 사람도 대부분 5시간은 자며 4시간 이하로 자는 사람은 거의 없습니다.

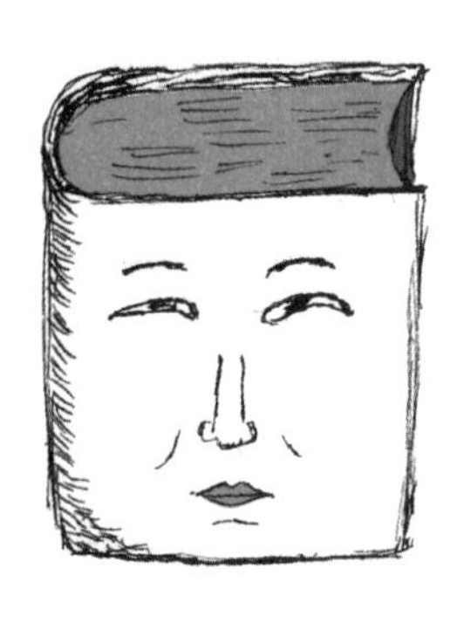

그러니 남자는 4시간, 여자는 5시간 이상 자면 바보라고 했던 나폴레옹의 말은 매우 특이한 경우에 속합니다. 자신이 다른 사람에 비해 조금 잠이 많다고 해도 부끄러워할 필요가 없습니다. 수험생이라고 해서 지나치게 잠을 줄일 필요도 없습니다. 자신이 잘 수 있는 최소의 시간을 찾아내서 리듬을 맞춰야 합니다. 중요한 점은 깨어 있을 때의 정신 상태와 집중력에 더 노력을 기울여야 하는 것입니다.

정상적인 경우 자신에게 가장 적합한 시간만큼 자고 나면 자명종 없이도 깨어납니다. 좋은 잠은 언제나 자신의 내적 시계에 맞는 잠입니다. 정상적인 경우에는 간혹 잠을 적게 자더라도 능력이나 건강을 침해당하지 않습니다. 하지만 며칠씩 계속해서 내면의 수면시계를 속인다면 몸과 마음에 치명적인 손상을 입을 수 있습니다. 통계에 의하면 많이 자는 사람이 적게 자는 사람보다 더 젊어 보이고 더 오래 산다고 합니다.

건강하고 행복하게 오래 사는 것은 인간의 보편적인 소망입니다. 그 비결은 에너지 균형에 있습니다. 너무 조급하게 살려고 하지 말고 느긋하게 사는 자세가 필요합니다. 우리가 바쁘게 쫓기듯 사는 것도 알고 보면 노년의 행복과 평안함을 위해서입니다. 그렇게 살다가 어느 날 병에 걸린 다면 무슨 소용이 있습니까. 오래 살려면 생물학적 게으름을 피워라. 적당한 운동, 즐거운 식사, 하늘을 바라볼 수 있는 여유, 올바른 호흡법, 충분한 수면, 긍정적인 생각이 생물학적 게으름의 비결입니다. 바쁜 중에도 이렇게 의식적으로 살려고 나름대로의 방법을 찾아 노력해야 합니다. 행복하기 위해 공부하고 일하는 것이라면 얼마나 아프지 않고 오래 사느냐는 것은 행복의 필수 조건인 셈입니다. 몸의 자연스런 리듬을 따라가는 생활 습관을 가져봅시다.